公元787年,唐封疆大吏马总集诸子精华,编著成《意林》一书6卷,流传至今

意林: 始于公元787年,距今1200余年

青春最美,梦想出发

中国式好看轻小说优鲜品牌

图书在版编目（CIP）数据

微甜少女触心记. ②, 花漾青春 / 马晓艳著. -- 长春 : 吉林摄影出版社, 2019.4
（意林·轻文库. 恋之水晶系列）

ISBN 978-7-5498-3981-0

Ⅰ.①微… Ⅱ.①马… Ⅲ.①长篇小说 - 中国 - 当代Ⅳ.①I247.5

中国版本图书馆CIP数据核字(2019)第057786号

微甜少女触心记②花漾青春
WEITIAN SHAONÜ CHU XIN JI ② HUA YANG QINGCHUN

著　　者	马晓艳
出 版 人	孙洪军
总 策 划	安雅 张星
责任编辑	吴晶
图书统筹	空心菜
特约编辑	魏娜
封面摄影	E.Pcat
书籍装帧	胡静梅
美术编辑	王周益
开　　本	700mm × 1000mm　1/16
字　　数	280千字
印　　张	11
版　　次	2019年4月第1版
印　　次	2019年4月第1次印刷

出　　版	吉林摄影出版社
发　　行	吉林摄影出版社
地　　址	长春市净月高新技术产业开发区福祉大路龙腾国际大厦A座17楼
	邮编：130117
网　　址	www.jlsycbs.net
电　　话	总编办：0431-81629821
	发行科：0431-81629829
经　　销	全国各地新华书店
印　　刷	北京市兆成印刷有限公司
书　　号	ISBN 978-7-5498-3981-0　　　　定价：28.80元

版权所有侵权必究

如发现印装质量问题，请与印务部联系退换，电话：010-51908584

目 录 Contents

001 第一章
昙花一现,如烟而逝

013 第二章
再相遇,我已不是你的全部

025 第三章
谜团丛生,携手探寻

039 第四章
你如繁星,亦远亦近

059 第五章
有些深情,总是后知后觉

071 第六章
一颗坠入深渊的心

089 第七章
世界冷漠,有你温暖便好

目录
Contents

- 105　**第八章**
  戴着云崖石吊坠的少女
- 121　**第九章**
  危险之时，总有彼此在身边
- 137　**第十章**
  世间险恶不过人心
- 149　**第十一章**
  找回那些流逝的美好
- 161　**第十二章**
  愿你我明媚，花开不谢

 第一章

Weitian Shaonü Chu Xin Ji

昙花一现，如烟而逝

1

有时得到比失去更痛苦,是因为此时的得到已经失去了原来美好的味道,哪怕一丁点儿的瑕疵都会令内心疼痛难忍,但我们往往就在最徘徊的时候,选择了那条最难走的路。

记不清这是第几个无眠的夜晚,衣繁夏躺在床上,眼神空洞地盯着天花板,她一遍遍摩挲着额头上的伤疤,脑海中总是浮现出波西塔诺小镇爆炸的场景——破碎混乱的现场,一股浓烟在半空中散成蘑菇云,不知哪里飞来的玻璃碎片划过衣繁夏的额头,血流不止。

然而身体上的疼痛,却远不及衣繁夏目睹晨安在爆炸中消失的画面更撕扯内心,那种撕心裂肺的痛铭刻于心。

从波西塔诺回来后,衣繁夏因为沉重的心理压力和无法修复的情绪,而选择休学在家。

那时,身在法国的斌威也特意请了长假,回国来陪衣繁夏度过这段最难熬的时光。

有人会说,经历过至亲至爱去世之痛的人,就再也不会被任何事伤害到。可说这句话的人必定是没经历过伤痛的人,殊不知,越是有所经历,越是害怕失去,而这无关坚强与否。

那是一个阴雨连绵的深夜,衣繁夏坐在床角发呆,散乱的长发被窗外的冷风徐徐吹动,一直坐在地板上陪着她的斌威,轻手轻脚地起身关好窗户,并将一张便利贴放在了她的脚边。昏暗的房间随着木门关闭声再次回归安静,出神的衣繁夏这才注意到那张便利贴,她捏着小小的纸张,轻声念出上面的字:"只有怀着对生活的希望走下去,才能看到无限光明。"

希望那么难能可贵,却又那么容易破灭与消失。而对于衣繁夏来说,在亲眼看着晨安于爆炸中彻底消失时,她好不容易找寻到的那点希望,就被震耳欲聋的爆炸声彻底夺走了。

然而,衣繁夏自觉不值一提的人生,在斌威的心里却是极其重要的。

那时,是衣繁夏休学的第五个月,临近年底,斌威的假期眼看就要结束,而法国与中国相距千万里,斌威无论如何也放心不下让衣繁夏独自生活,于是在临行前的两天，斌威分别拜访了乔姨和吴帅警官。

乔姨是敖家的保姆，也是晨安待在敖家时唯一在身边照顾他的人。

在乔姨的家中，斌威难为情地请求道："乔姨，繁夏孤苦无依，如今因为爆炸案又休学在家，郁郁寡欢的样子看着让人着实心疼，而我的假期马上就要结束，不得不回法国，我实在放心不下，想请您帮忙照顾下。"

乔姨摇摇头："她这样沉浸于过往，终究不是办法，我不是不想帮忙，是我年纪大了，女儿要带我去三亚安度晚年。"乔姨手指着空荡的卧室说，"你看，房里的东西都整理好了。"

"那吴警官呢？"斌威焦急地追问着，仿佛抓到最后一根稻草。

乔姨连忙摆摆手："吴警官和你一样，也要出国。"

原来，当年因为吴帅警官在敖家当卧底，并成功查明云端集团的犯罪事实，抓获敖瀚，获得上级赏识，因而被派往国外深造一年。

在远海，能让斌威放心的人只有乔姨和吴帅警官，可人人都有自己的人生，哪有多余的时间去顾虑别人呢？

这个道理，斌威懂，衣繁夏同样明白。所以当衣繁夏看见斌威愁眉不展的面孔时，她才意识到，自己又成了他人担心的对象。

斌威的卧室里，衣繁夏正将一件件衣服归置到行李箱内，边整理边安慰道："你放心回法国工作吧，不要为我担心，我会回学校的。"

看着眼前愈发懂事的衣繁夏，斌威的心里酸楚难耐，他宠溺地刮了下她的鼻子，语气颇为无奈道："我到底如何才能安慰你那颗伤痕累累的心啊？"

衣繁夏努力挤出一丝笑容："你我无须言语安慰，亲人的力量可是如影随形的。"她边说边指着自己心脏的位置。

不知是这句话打动了斌威的心，还是被衣繁夏的笑容所惊艳，斌威就那样痴愣在原地，低语道："你总是这样让我心疼，让我不敢将你放在这混沌的世界中。"

斌威说完张开双臂，将衣繁夏抱在怀中，那力道不紧不松刚刚好，多一分少一分都像会伤害到她一般。

反倒是衣繁夏，轻拍着他的后背，安慰道："你就像一直追寻我的光，从来不会放弃一直消极颓废的我，你看，因为你，我现在又打算去面对这个让我惧怕的世界了。"

衣繁夏说完，脸上绽放出许久不见的灿烂笑容。

斌威依旧宠溺地揉着她的脑袋，相视而笑间，他们早已生出了不需言语的默契与情感，那是一种类似亲情的情谊，更加可靠与温暖。

衣繁夏心底涌起"亲情"这两个字时，斌威正拖着行李箱走进机场安检口，隔着玻璃窗，她心中恍然间被阳光充盈着，暖暖的满是幸福感。她挥挥手，与斌威做最后的道别。

复学手续并不烦琐，但衣繁夏一个人在学校忙碌了整整两天的时间，提交完所有资料后，她漫无目的地走回家，坐在空荡荡的卧室里发呆，她是不愿接触外面世界的，也不喜欢学校嘈杂的环境，可心底有种莫名的悸动，好像冥冥中预感到在学校中会发生一些特别的事。

到底会是什么事情呢？衣繁夏沉沉地闭上双眼，任由思绪蔓延开来。

那一晚，是衣繁夏近半年来睡得最好的一次。第二天醒来，她望了一眼窗外，明晃晃的光束落在泛黄的银杏叶上，美得令人心绪宁静。

衣繁夏快速洗漱后，拖着自己简单的行李走出家门，她迎着朝阳嘴角浅笑，忽然间耳边传来熟悉的两道声音："繁夏……"

她循声望去，是乔姨和吴帅。

"你们一位要去三亚，一位要去国外学习，怎么会在这儿？"不管是乔姨还是吴帅，在衣繁夏看来，他们并没有义务关心、照顾她，而此刻见到他们，让她颇为诧异。

乔姨总是热心肠，上前拉住衣繁夏的手："傻孩子，我们都是你的亲人啊。"吴帅在一旁默许地点着头，补充道："你和斌威都是我们心疼的孩子。"说着，吴帅接过衣繁夏的行李箱塞进汽车后备厢，在去学校的路上，吴帅像个父亲一样没有过多的话，反倒是乔姨，像位唠叨的母亲，不停地在好好吃饭、天冷穿衣诸如此类的小事上一再叮咛着。

许是从小缺少亲情，这样的唠叨竟然让衣繁夏觉得自己备受宠爱。她依偎在乔姨怀中，像长不大的小女孩，撒娇道："有你们真好。"

随着一个不紧不慢的刹车，一滴眼泪在半空中掠了道弧线落在衣繁夏的手背上，衣繁夏刚要抬头，吴帅提醒一句："到了，我帮你拿行李。"

下车后，衣繁夏发现乔姨正悄悄地抹眼泪，她不舍地上前抱住乔姨，唤了一声："乔姨……"

第一章
昙花一现，如烟而逝

乔姨带着哭腔："我这次去了三亚，不知何时才能见到你，所以，以后的路不管多坎坷，你都要勇敢地自己走下去。"

吴帅递过行李箱，边拍衣繁夏的肩膀，边叮嘱道："有事记得给我打电话。"

面对这样简单却真挚的告别之语，衣繁夏郑重地点点头，她不善于表达，只是催促着他们快些离开，然而在乔姨和吴帅驱车离去后，衣繁夏的眼泪再也隐忍不住，看着那两个真心疼爱的人离开，她在心中告诉自己："18岁已是成年，而在成年人的世界里，除了自己，再没有人能真正帮得了你！"

她努力昂起头，冲着空无一人的前方挥挥手，是在跟乔姨、吴帅告别，更是与过往的一切做着告别。

身后是充满朝气的大学，每一位学子的脸上都洋溢着青春年少的蓬勃生气，衣繁夏凝视许久，最终还是迈着沉重的脚步走向校园。

那时的宿舍已经重新分配，与衣繁夏同寝室的是体育教育专业的卫佳慧，因为新宿舍实行两人同住，落单的卫佳慧一直住着单间，平日里连个说话的人都没有。

如今看到拖着行李箱的衣繁夏，卫佳慧别提多开心了，没给衣繁夏喘息的机会，卫佳慧一把将她拽进宿舍，极为热情地帮她整理起床铺来，边忙碌着边自我介绍道："我叫卫佳慧，别看我名字像女生，实际上更像个假小子。"

果不其然，卫佳慧话音刚落，一个震天响的喷嚏响彻整个宿舍，再看向卫佳慧，白皙的脸上挂着两条鼻涕，配着她滑稽的表情，衣繁夏竟被逗得笑声连连。

卫佳慧拽过一张纸巾胡乱一擦，忽然收起方才傻姑娘的气质，语调一转："第一眼看到你，还以为你是从药罐里跑出来的，满脸的忧愁，我还以为你不会笑呢。"说着，卫佳慧揽住衣繁夏，像是认识许久的朋友一般说道，"不过好在以后有我，保证不会让你郁郁寡欢的。"

看着眼前这个热情过头的新室友，衣繁夏破天荒地不觉吵闹和厌烦，心中竟还颇为期待与她的相处。

虽然重新回到学校，衣繁夏的心却再也激不起一丝涟漪。

因为与卫佳慧是两个不同的专业，所以她们的上课时间总是岔开的，而没有卫佳慧的陪伴时，衣繁夏总爱一个人跑到校外散步。

那天刚好是周末，要参加社团活动的卫佳慧早早地离开了宿舍，衣繁夏望了一眼湛蓝的天空，好像心里的阴霾也被驱散般变得明朗起来，她"噌"地从床上跳下来，简单洗漱后便冲出了校门。

许是周末的原因,街道上行人稀少,零星散落的枯萎落叶踩在脚下,发出令人心碎的声音,衣繁夏缓步而行,这条街她走过很多次,无数个清晨、无数个傍晚,那些走过的路,去过的地方,都有晨笙的痕迹,而想起晨笙就会想起晨安,以及那过去的种种。

但她从来没有像此刻一样,心中充满异样的感觉,那是一种很难形容的感觉,冥冥中似乎被什么东西指引着要去往一个地方。

这条街道很是狭长,在这样一个幽静的清晨里一路走去,脚下的柏油马路似乎一下被拉长了,衣繁夏漫无目的地朝前走,并不拐弯,也不停留,她走了很久很久,久到眼前的风景变得陌生,再一抬头,一块写着"水晶花圃"的木牌映入眼帘。

衣繁夏好奇地走上前,透过铁栅门,她看见一处广阔而美丽的花圃园地。

花圃面积并不算大,一间小木屋坐落在绿油油的植物中间,一眼望去颇有田园风的恬静之美,让人心旷神怡。

衣繁夏看得出神,不由自主地伸手推了下铁门,门在"哐"的一声中竟打开一条门缝,她小心翼翼地挤身而过,顺着田埂慢悠悠地边走边欣赏,看那些绿色的叶片和刚冒出头的花骨朵,她确定这里大多种的是百合花。

衣繁夏走进花田里,温柔地抚摸着这些含苞待放的花儿,心底升起一份怀念。

没错,正是那份儿时的怀念,那处水晶草肆意疯长的水晶草田,承载着衣繁夏与斌威年少时光里所有的幸福,日暮斜阳,草长莺飞,衣繁夏沉浸在美好的回忆中,嘴角浮起自然流露的笑容,那时光似乎都放慢了脚步……

衣繁夏迎着朝霞深吸一口气,眼前忽然闪过一个黑影,她还来不及做出反应,左脸颊上随即传来一阵刺痛感,那痛感传达到鼻腔,带出了一丝血腥的味道,她吃痛地弯下身,连说话的力气都没了,耳边却传来一阵训斥声:"哪里来的偷花贼?"

这道清朗的声音来自一个男孩,好听又熟悉,衣繁夏心底一沉,抬头痴痴地看着他。那一瞬间,时光仿佛被利刃割裂开,一半飞速流逝,一半停滞不前,但谁又说得明白,有些被搁浅的时光会在不经意间浮出记忆的海岸线,一如此刻。

2

"晨安?"衣繁夏不由自主地唤着这个令她心碎的名字。

眼前的男孩站在花丛中,上身穿着一件白色的长袖衬衣,衣袖半卷着,衣摆则随意地束在淡蓝色牛仔裤内,他身材高瘦,碎发齐整,那毫无血色的面容反倒衬得他如玉般无瑕。

衣繁夏仿若陷入梦境中,痴愣在原地,但好在男孩那一双深邃的蓝色眸子和那熟悉的面容,令衣繁夏混沌的思绪变得清晰。

"晨安!"衣繁夏向男孩走近,似要看清他的面容,不知为何,在历经错认晨笙为晨安后,她更加清楚晨安与他人的不同,此刻她泪如雨下,口中再次确认道,"晨安,是你没错!"

衣繁夏满怀深情的模样换来的却是男孩的满腹疑惑。

看着男孩空洞的眼神,衣繁夏焦急地重复自己的名字:"我是衣繁夏,你不记得了吗?和你一起寻找过许多真相的衣繁夏啊!"

男孩歪着脑袋,用一副未知的模样看着衣繁夏,显然对衣繁夏这个名字没有丝毫的记忆,微愣片刻,男孩质问道:"你家在哪里?看你年纪轻轻,怎么就做了偷花贼呢?何况这些花值不了太多钱。"

这世间有太多的东西是金钱无法买到的,而对于衣繁夏来说,晨安就是她在这世间为数不多的在乎并且珍惜的人,她猛烈地摇着头,声嘶力竭地反驳着:"不!我不要金钱,我只要你,晨安!"

眼前的男孩对"晨安"这个名字很是陌生,可面对情绪失控的衣繁夏,他有些手足无措,生怕刺激到她,只好思索片刻,弱弱地回答:"我也不知道自己的名字,我只是这个花圃的园丁,平日里很少有人来这儿,也从来没有人叫过我的名字。"

"你记不起自己的名字?"衣繁夏有些不可思议,但她确定眼前的男孩就是晨安无疑。

衣繁夏认真回想着到底是哪里出了问题,男孩的关注点却一直落在她渐渐瘀青的鼻梁上,毕竟是自己造成的,男孩心里有些过意不去,建议道:"不如我带你去花房擦下药油吧,顶着个瘀青总是不太好看。"

说着,男孩向衣繁夏伸出右手,脸上绽放的笑容莫名令人很有安全感,她像一名小粉丝,心潮澎湃地将自己的手放进他的掌心,肌肤碰触的温度像一股暖流袭遍全身。

衣繁夏跟着他穿过一片花丛,越过低矮的栅栏,两人一前一后地走进木屋。

那木屋看上去并不老旧,然而推开木门的一瞬间,一股刺鼻的腐朽味扑面而来,里面瓶瓶箱箱摆得零乱不堪。

"真抱歉，花圃就我一个人，忙得总是没时间整理仓库。"男孩投来一个抱歉的眼神，手脚利索地从木橱顶层拿下一个急救箱，指着门口的台阶，说，"屋里没凳子，你将就一下好不好？"

衣繁夏乖乖地点点头，眼神全都锁在他的脸上，丝毫不关心他给自己抹的是什么药。

直到一股辛辣感钻进眼睛里，衣繁夏才如梦初醒般从台阶上跳起来，慌乱地揉搓着眼睛，难忍痛楚地喊着："好疼！你给我擦的什么药？"

"是红花油，可能是我不小心蹭进你眼睛里了。我去给你拿清水。"说罢，他便跑出木屋，用铁盆接了水又冲回她身边。

衣繁夏看不见东西，指示男孩："你能帮我清洗下吗？"

男孩举着手里的毛巾，犹豫数次后，终是小心翼翼地替她擦拭着眼睛。他看着这个陌生的女孩，心中竟泛起一种说不出的情愫，心疼、喜欢、留恋……诸多感觉爬上心头，让他自己都觉得不可思议。

"晨安是对你很重要的人吗？"男孩试探着问道，生怕哪句话再触碰到衣繁夏的痛楚。

衣繁夏努力睁开双眼，因为红花油浓重的气味，熏得她眼底血丝满布，眼泪汪汪，配着她那暗自悲伤的眼神，让人有种想要保护的冲动。

见衣繁夏不作声，男孩识趣地收拾起急救箱，刚要转身离开时，身后传来衣繁夏低柔的声音。

"他曾毫无生息地消失在我的世界里，我用尽我所有的气力去寻找，你明白那种失而复得的喜悦吗？"衣繁夏用一种近乎绝望的眼神看着他。

男孩略作沉思，说道："可我看你并不喜悦呀。"

"因为晨安不记得我了。"衣繁夏委屈极了，泪水一直在眼眶中打转。

眼前的衣繁夏那种坚定的眼神，分明是将自己当成了晨安，男孩解释道："也许我真的与你怀念的人长得很像，可我真的不是晨安。"

"不，你是晨安！我曾将别人误认为是你，那样的经历让我对你再也不敢有一丝的大意，我一遍遍回忆着你曾经的笑容、说话的语气和仰望天空时的眼神，生怕会再次错过你。"衣繁夏一股脑将积攒在内心许久的话全部说出。

可男孩一时语塞，只得安慰般地冲她浅浅一笑，抱着急救箱转身离开，衣繁夏舍不得将眼神从他身上移开，恍然间看到有道伤疤从男孩的头发中延续到后颈上。

第一章

昙花一现，如烟而逝

衣繁夏舒口气，她确定他是晨安，也确定他不记得她了，她在心里一遍遍地问："我的晨安，你到底经历了什么？你到底什么时候才能记起过去的那段时光与点滴？"

陷入无限思绪中的衣繁夏被男孩的吆喝声拉回现实："你快走吧，我要给花田浇水了，会弄湿你衣服的。"男孩边说边安装着花洒的喷头。

衣繁夏转身走了两步，欲言又止地回过头看着他，突然开口问道："我……我以后可以叫你晨安吗？"

面对这样的要求，男孩并不觉得无礼，毕竟自己也没有名字，又看衣繁夏这般执着，索性一摆手："你开心就好，只是以后不要再闯进花圃了。"

虽然他接受了"晨安"这个名字，可那句"不要再闯进花圃"却像是对一个毫不相干的人说着厌恶的话一样。

晨安转身去忙了，整个花圃只留下衣繁夏。

突然的相见，突然的冷漠，以及这突然的离开，让衣繁夏早已死去的心复活又窒息。

衣繁夏无力地蹲下身子，脑海中尽是晨安充满距离感的模样，而这种想而不得的感觉令她逐渐崩溃，继而伤心地哭起来。

衣繁夏只告诉了他叫"晨安"，关于过往的种种她只字未提，因为她不知道那些被他忘记的记忆，以及那些他与她还未来得及展开的情愫，对于现在失忆并过着平凡生活的晨安来说，是不是值得再次被记起！

她的眼泪在这一刻像收不住的流水，径直落在花田的土地中，瞬间被吸收得无影无踪。

衣繁夏哭得伤心，她随手一擦眼泪，模糊的视线里恍然出现一朵金灿灿的花，那花色极其温暖，像极了一个人宽厚的肩膀。

衣繁夏抬头看去，站在面前的是一个身穿呢子长裙的女子，好看的波浪长发自然地垂在肩旁，衬得一张瓜子脸上的五官越发精致，女子未施粉黛，看上去不过二十五六岁的模样，素净的打扮加上恬静的气质，很有一种不食人间烟火的味道。

见衣繁夏蹲在地上发愣，女子将花再次递上前，声音甜美地说道："送你一朵向日葵，愿它能让你看到希望。"

衣繁夏接过向日葵，颇为享受地嗅着花的芳香，忽而昂起头，满面泪痕地问："还不知道你的名字？"

"有些人只是擦肩而过的过客,有些人则是要追寻一生的,而我不希望与你有太多的交集,因为不想害了你。"女子停顿片刻,"希望我们都会好起来。"说完,女子的脸上绽放出如花般的笑容,连眼角的那颗朱砂痣都陷进了笑容里。

女子话语不多,转身朝花圃的出口走去。

衣繁夏这才想起自己还没有道谢,于是飞快地追上前去,可还未到门口,栅栏边便闪过一个鬼祟的人影,待她追出花圃外,人影已跑出十几米,那应该是个男人,身穿一件黑色运动服,身材高大而魁梧,奔跑速度也极快。

这里不过是个普通的花圃,不管是失忆的晨安,还是她自己,抑或方才那个不知名的女子,他们都是普普通通、安守本分的人,并没有什么不可告人的秘密,那么那个在栅栏外的鬼祟之人为何要逃跑,为何不愿以真面目见人?这个问题倒成了衣繁夏再次回归学校,遇到的第一个疑惑。

从花圃出来后,衣繁夏便返回了学校。

那时临近中午,衣繁夏情绪低落地在校园里漫步,忽然听到身后有人在叫她的名字:"衣繁夏!"

衣繁夏从思绪中回过神来,循声望去,是喜滋滋的卫佳慧。

此时的两人已经相处有段日子了,衣繁夏对卫佳慧的性格、家境也有所了解。

卫佳慧的父母都是生意人,父慈母爱,家境殷实,从小没受过苦难的她性格活泼开朗,却没有一丁点儿的"公主病",而她最爱说的一句口头禅便是"想到就要去做,不然就变成白日梦了"。

作为乐观主义者的卫佳慧,怎么也看不下去衣繁夏总是一脸悲戚戚的模样。

卫佳慧关心地问:"发生什么事了?你的脸色怎么阴沉沉的?"

"佳慧,失而复得后,是应该奋力争取,还是要顺其自然呢?"衣繁夏反问道,希望能从他人的回答中找到答案。

"昙花一现,如烟而逝,人生匆匆,倘若错过了多可惜,要是我,当然要奋力争取了。"性格大大咧咧的卫佳慧不假思索地回答道。

听了卫佳慧的话,衣繁夏若有所思地抬起头,正好一片落叶在空中划过一道弧线落在了地上,她感慨地重复了遍卫佳慧的话:"昙花一现,如烟而逝。"

没错,时光匆匆,早已错过了许多,她寻觅了许久,实在没有道理在遇见了晨安后选择放弃与他的情谊。

第一章

昙花一现，如烟而逝

"这一次我要勇敢地走向晨安，亦如你当初一般。"衣繁夏在心底默默地告诉自己。

3

"天涯海角有穷时，只有相思无尽处"。

那天正是汉语言文学的教授在授课，老教授在讲台上念出这句古诗时，衣繁夏的脑海中第一个浮现出的就是晨安。

在那些误以为晨安死亡的日子里，衣繁夏对晨安的思念真就如同那句古诗一样相思无尽处，也终于确定了自己喜欢晨安的心，所以这一次她不想再让自己凭空思念了。

她要去找晨安，就在此刻！

衣繁夏像抓到希望一样抓住卫佳慧，激动的心情溢于言表："你说得对，我应该奋力争取才是，即便他不记得我。"

说完，衣繁夏便冲出校门，只留下搞不清状况的卫佳慧。

衣繁夏一口气跑到水晶花圃，花圃的大门半开着，她不假思索地推门而入，在花田里寻找许久，直到穿过小木屋，宽阔的花海里，她突然驻足，在那一刻映入眼帘的是撕扯她内心的画面——

一名眉目如画的女孩站在晨安的旁边，那女孩长发齐肩，浅黄色的衬衣，搭配着一件卡其色的洋裙，看上去既清纯又知性。晨安正在给花草浇水，那女孩就围绕在他身边，有说有笑地帮忙，晨安不时会用花洒喷向女孩。

阳光下，连花洒喷出的水雾都散发着光芒，映着两人明媚的笑容，衣繁夏的心底泛起了阵阵酸意。

衣繁夏认得那女孩，女孩名叫戚婷，是远海学院音乐系的系花，在衣繁夏休学前，戚婷这个名字就红遍了整个校园。

一个是人见人爱、知性美丽的校花，一个是性格内向、平凡无奇的女生，衣繁夏都觉得自己跟戚婷没有任何可比性，但眼见晨安身边多了一个如此耀眼的女孩，她是看在眼中急在心里。

此刻她脑海中不停转着卫佳慧的那句"人生匆匆，奋力争取"的话，加之眼前的画面，衣繁夏容不得自己更多地思考，猛地冲到两人面前，愤怒地将戚婷与晨安隔开，并且很无理地指着戚婷质问道："你为什么缠着晨安？"

　　这突然闯进来的人令戚婷和晨安有些不知所措,两个人面面相觑,戚婷最先反问道:"晨安是谁?你又是谁?我和他怎样你管得着吗?"

　　戚婷的话像一根针刺入衣繁夏的心脏,她怔怔地愣在原地,这才认真去想戚婷的问题。

　　是啊!她与晨安到底是什么关系呢?朋友抑或恋人,似乎总是差那么一点儿。

　　就在衣繁夏沉默的时候,晨安从背后推开她,极力撇清自己的身份:"我可以叫晨安,但我并不是晨安。我希望你不要影响到我的生活,影响到我的朋友。"

　　衣繁夏委屈又无奈地看着他,她想倔强地说:"你就是晨安,你曾经还叫敖嘉彦,你有着许多不开心的往事。"但她不敢说,更害怕说了后,失意的晨安会更加讨厌她。

　　衣繁夏咬了咬嘴唇,最后垂头丧气地吐出一句话:"我只是想来买花而已。"

　　晨安知道她醉翁之意不在酒,所以不想与她继续纠缠下去,于是生硬地拒绝道:"我们花圃都是大批量卖给花商,你,我不卖!更何况现在花期已过,你难道想要这些花梗和绿叶吗?"

　　这一场对峙,衣繁夏恨不得钻进地缝,那一颗原本就敏感的心,就在这个恬静的花圃中被撕得粉碎。

　　她摇摇头,像一个泄了气的皮球,说:"算了吧,花期都过了,我大概真不该如此执着地奋力争取。"

　　衣繁夏缓缓转过身,不禁在心底默念一句:只因昙花一现,所以如烟而逝。

　　虽然想要帮晨安找回记忆的道路很是长远与困难,但衣繁夏并不打算放弃,毕竟人在最迷茫、最无可奈何的情况下,往往会选择那条最难走的路。

Weitian Shaonü
Chu Xin Ji

第二章

再相遇，我已不是你的全部

1

人的情感总是很奇怪，彼此相安无事，或者被伤害时，我们都可以隐忍不发，但当敌人出现时，全身的细胞都长满了刺，尤其在爱情里。

那是衣繁夏与戚婷的第一次交锋，却是一败涂地，狼狈收场。

戚婷走进花田，变戏法般地递过来一个塑料袋，随即眉头一挑，用很不屑的眼神看向衣繁夏，说："第一次种花就种仙人球吧，好养活。"

衣繁夏自然是知道戚婷的用意，无非是想暗喻她是个没人愿意靠近又没人喜欢的仙人球，更是警告她无法与如花般的自己相提并论。

至于衣繁夏，她哪里是真的想养花，无非是一时语塞，随口编出的谎言罢了。但碍于面子，又不愿自己太难堪，衣繁夏也只好不情愿地将塑料袋接过。

周围的气氛一下变得诡异而安静，在戚婷说完后，衣繁夏竟然没有反驳，甚至不敢看晨安，而晨安也不带一丝留恋地走出了花田。

此时此刻，在晨安的心中甚至认为衣繁夏是个不正常的女孩，执着得令他恐惧。

然而夹在两个人之间的还有戚婷。

见晨安离开，一直伪装柔弱的戚婷变得放肆起来，脸上温柔的笑容瞬间变得阴冷，连语气也变得令人捉摸不透："别以为我不知道你的来历，我和你的恩怨长久着呢。"戚婷定住眼神，眼底竟然生出一种仇恨，并且继续说道，"你夺走了我的最爱，我自然要把他夺回来！"

戚婷说完这段话后，不屑的视线挪向远方，在与衣繁夏错身而过时，还故意重重地撞了一下她的手臂，似乎要在语言和气势上压过她。

但是戚婷的话听得衣繁夏云山雾罩，她的来历并没有什么值得八卦的地方，也无须隐瞒，而在过去的那些年里，衣繁夏绞尽脑汁地想，也无法在脑海中搜寻到关于戚婷的任何画面，所以她不清楚两人到底有怎样的恩怨！虽然衣繁夏也不明白自己夺走了戚婷最爱的什么，可她却能猜测到，戚婷是在摆明态度要从她手中将晨安夺走。

那种女生与生俱来的直觉，能够像福尔摩斯一样，从一个人的眼神、语气、神态中得到信息，并加以分析。

而戚婷与当初的牧冉不同，戚婷似乎充满浓浓的恨意，那股恨燃烧着火焰，且被冰层厚厚地包裹着，隐藏得很深，伪装得很好。

这让衣繁夏感到深深的不安，她总觉得戚婷像一把锋利的匕首，随时都会刺入她的身体。好不容易找到了晨安，他却将自己和过往的一切都忘了，如今身边又多出一个"图谋不轨"的戚婷，一时间衣繁夏也想不出脱离这个困境的方法。

偌大的校园里，心情忧郁的衣繁夏拎着仙人球慢悠悠地走着，忽然脚边滚来一个篮球，本就心情不好的她，看见这突如其来的篮球，心底一下蹿出怒火，抬脚用力一踢，只见篮球在空中划出一道弧线，不偏不倚地朝操场边上飞去，最终砸在场边做着赛前准备活动的谭苏阳的头上。

谭苏阳是远海学院体育系大二的学生，身材高大魁梧，长相帅气，大概是因为从小父母离异的原因，无人管束，缺乏关爱，从初中开始他便成了老师眼中的问题学生，有时还因为没完成作业的小事把老师气得跳脚，更是学校里典型的坏小子。所以长久以来的恶性循环，让谭苏阳的性格暴躁而敏感。

只是那一刻，衣繁夏并不知晓自己那一脚将篮球踢到哪儿去，更不知道自己已经招惹到了一个大麻烦。

那篮球砸中的是谭苏阳的嘴角，只见他不耐烦地用舌头舔着嘴唇，口腔中瞬间弥漫着血腥的味道，他抬头四处搜寻，在球场外围的地方只有衣繁夏一个人，而顺着球砸来的方向，谭苏阳自然将目标锁定在衣繁夏身上。

依照谭苏阳的脾气必定要狠狠教训衣繁夏一番。

谭苏阳朝衣繁夏的方向走了几步，似乎是为了积蓄力量，因为下一秒他便用力将球甩向衣繁夏。

如果说衣繁夏的行为纯属无意间造成的，那么谭苏阳根本就是故意为之。他练体育，又是男生，力气和瞄准度自然都在衣繁夏之上。

随着一声闷响和衣繁夏的惨叫声，整个球场上人们的视线都转向了她。

因为那个篮球带来的冲力大过了衣繁夏娇小身体的承受能力，使得她重重地跌倒在地，她捂住疼痛的腹部直不起身子，连喊疼痛的力气都没有了。

显然谭苏阳并不懂得怜香惜玉，他用脚随意地踢着衣繁夏的小腿，一副吊儿郎当的模样挖苦道："装什么装，我都还没躺地上，你却在这儿装死？"

听了这话，衣繁夏气不打一处来，抬起头刚要反驳几句，却被谭苏阳脸上那副小混混的模样吓得说不出话来，只好硬着头皮问道："你凭什么打我？"

谭苏阳冷笑一声，却牵动了嘴角的伤口，龇牙咧嘴道："你有没有记忆？分明是你先用篮球砸中了我，我不过是以牙还牙罢了。"

衣繁夏重重地喘着粗气，缓缓地从地上站起来，她盯着谭苏阳足足十秒钟，眼前

这个身穿运动服、身材魁梧的人像极了在水晶花圃逃离的那个身影。

然而就在谭苏阳觉得无趣想要转身离开的刹那，只见衣繁夏挥动着手里的塑料袋，一气之下将手中的仙人球砸向了谭苏阳的脸部。

那种仙人球名叫"黑枪丸"，绿色的球体上长着六七根黑色外刺，每根刺长两厘米。

这样坚硬的刺扎在脸上，想想都疼。而那尖刺就像一根根银针，硬生生扎进皮肤刺入肉里，疼得谭苏阳龇牙咧嘴地蹲在地上痛苦地号叫着。

眼见自己惹了大祸，衣繁夏灵光一闪，三十六计还是走为上策。

可奈何谭苏阳早已发觉她的小伎俩，还没等衣繁夏转过身便一把抓住她的肩膀，恶狠狠地质问道："干完坏事还想跑，你觉得你能跑得掉吗？今天遇到我算你倒霉。"

谭苏阳的力气极大，硕大的手掌掐住衣繁夏肩膀，好似老鹰擒住小鸡一般轻松。

衣繁夏痛苦到了极点，她感觉自己肩膀上的骨头就快被捏碎了，疼痛感传到全身，瞬间便放弃了逃跑的念头，不禁求饶道："我不跑了，你快放手，真的好疼。"

摸着自己满脸的刺，谭苏阳怎会轻易松开手，衣繁夏越挣扎他便越用劲。两个人站在操场的过道上纠缠不止，惹得周围的同学驻足观看，衣繁夏瞧了一眼人群，被一双双陌生的眼睛注视令她很不自在，她向来最怕成为别人注视的对象，为了逃离，她使劲去掰谭苏阳的手指，彼此的身体接触中，她碰触到谭苏阳的手腕，在手腕正上方的皮肤上有一块凸起，她好奇地看去，那应该是一块烫伤，虽然伤口并不大，但患处的皮肤颜色与正常的肤色很是不同，而在伤口的旁边还有一块镰刀状的文身。

但那一刻，烫伤似乎给了衣繁夏更大的启示。

衣繁夏突然放弃挣扎，反倒抓住谭苏阳的手，边仔细观察，边自语道："没错，我怎么没想到？"

不知道这是不是谭苏阳第一次被女生抓住手的原因，这个身高一米八六的男生，脸颊"唰"地红了，刚才胡乱动着的身体也安静下来，语气也瞬间温柔得像个情窦初开的小男生，他盯着衣繁夏吞吞吐吐地问道："你……你想到了什么？"

然而衣繁夏像没听到他说话一样，转身撒腿就朝校外跑去。

她要去的不是别的地方，正是水晶花圃。

在那一路奔跑的过程中，衣繁夏一遍遍印证了自己的想法。她回想着，当初在波西塔诺发生爆炸时，自己距离爆炸点足足有二十米，可还是被路边震碎的玻璃碴划伤了额头，而晨安距离爆炸点只有五米左右的距离，那样的距离他又怎么可能毫发无伤呢？如果受过伤，那身上一定会留下明显的伤疤。

想到这儿,衣繁夏努力回想着,在水晶花圃见到晨安的第一面时,他的身上似乎没有明显的伤痕,挽起衣袖的手臂上,除了几块粘在皮肤上的泥巴外,似乎也没有什么异常。于是一个大胆的想法浮现在她脑海中,爆炸案中她看到的"晨安",并不是晨安本人!

人想要为自己的猜测得出一个结论时,往往会表现出一种极度的执拗感。

衣繁夏一口气跑到水晶花圃时,晨安正在花田里忙碌着,她不声不响地跑上前,一把拉住晨安,从头到脚地检查了一遍,这才发现晨安的四肢和脸上没有任何伤痕。

"你身上有没有伤疤?"衣繁夏说着迫不及待地要去解开晨安衬衣的纽扣,吓得晨安慌忙挣脱,倒退两步,用一种看危险人物的眼神看着她。

晨安整理好衣服,言语中满是气愤,低吼着她的名字:"衣繁夏你疯了吗?以后不准你再来找我,也不许再叫我晨安!"

低吼的声音回荡在微风中,拂过面颊,吹落了眼泪,也风干了记忆。

2

能够重新找到晨安,对于衣繁夏来说,这是做梦都能笑醒的事情,可眼前陌生的晨安却让她无比气愤与无奈,长久以来失去他的悲痛,寻找他的执念,所有的情绪在那一刻像决堤的洪水,而衣繁夏则像发疯的猛兽,情绪失控地向晨安嘶吼:"你知不知道我为了找你去过多少地方?流过多少眼泪?你现在让我不要来找你,即便是个陌生人你也不可以这样狠心啊,就算你失忆了,我也不会原谅你!"

这段话的最后一个字,是淹没在衣繁夏的哭声里的。晶莹剔透的眼泪在她的睫毛上短暂地停留后,又滑落而下,那伤心的模样,好似被晨安触碰了她心底最柔软的地方,只是在那一刻他才意识到,衣繁夏心底最柔软的地方原来就是那个名叫"晨安"的男孩。

晨安被衣繁夏如此突然的举动吓得怔在原地,想要安慰的手不知该落在何处,最后只好揉揉她的头发,妥协地回答道:"好好好,真是怕了你了,你想怎样都行,求求你别再哭了,我最害怕女生流眼泪了。"

越哭越凶的衣繁夏抽泣着看着晨安:"真的怎样都行吗?"说话的间隙,两行清鼻涕挂在她巴掌大的小脸上,看得晨安哭笑不得。

毕竟是男孩子,虽然不太懂得怜香惜玉,可面对女孩的眼泪终究还是心软了。晨

安随手抽出一张纸巾,动作温柔地替衣繁夏擦掉了那两条滑稽的鼻涕,还不忘无奈地回答道:"不然怎么办?我也拿你没办法了。"

两个人一高一矮的身高差中,四目相接的距离里,竟能从晨安的眼底看出一丝宠溺。衣繁夏满足地点点头,这才破涕为笑。

明晃晃的阳光,湛蓝色的天空,映衬着一大片绿油油的花田,虽然晨安的记忆还没有恢复,然而此刻在衣繁夏看来,已经很有久别重逢的感觉了。

这世间有一种感觉叫失而复得,如梦如幻,总是很不真实,生怕一个碰触便会烟消云散。就像衣繁夏面对失忆的晨安一样。

此后一周的时间里,衣繁夏都没有直接去见晨安,而是趁在清晨或傍晚花田最忙碌的时间段,躲在花圃外偷偷看着晨安。有时傍晚的余晖洒在晨安的脸上,像一块质地温厚的璞玉,沉静而美好,连那一双蓝色的眸子都在阳光中熠熠生辉。

但衣繁夏实在不敢再轻易去打扰晨安了,她怕自己的靠近会令他不安、厌烦,然后在一个不经意间,再次消失于她的视线里。与靠近后的不确定性相比,这种默默的守护似乎来得更长久、更安稳些。

然而这样的安稳并没有持续多久,平静的时光就毫无征兆地被打破了。

那是大二年级统一体育考试的日子,整个年级的学生以班级为单位在操场上集合,衣繁夏混迹在人堆的最后一排里并不显眼,她四处张望了下,又将脑袋缩了回去。

极其讨厌被人注视的衣繁夏,一定想不到自己已经被两个人盯上了。当长长的队伍里突然有个人逆向走来时,那种异样的感觉总是很强烈。衣繁夏抬头望去,那缓慢移动的人影在队伍的遮挡下,只能从着装上猜测到走来的是个女生。

那女生看上去气场十足,急匆匆的步速中透露出一种焦躁与挑衅。直到女生的脚步停在衣繁夏的面前,她才恍然大悟,一场未知的麻烦似乎正朝她袭来。眼前的女生不是别人,正是令男生们倾慕不已的校花戚婷。

"每天都往花圃跑,看来你是真的喜欢晨安啊。"戚婷犀利的眼神扫过衣繁夏。

然而衣繁夏诧异的并不是戚婷不友善的话语,而是那样笃定地说出了"晨安"这个名字。

不管晨安当初在云崖石海岸坠崖,还是在波西塔诺小镇爆炸案中,地点都是在意大利,那时连衣繁夏和吴警官都寻找不到晨安的一丝踪迹,那么为何身在远海学院的戚婷,会深信不疑地说出她们面对的这个失忆的男孩就是晨安呢?

衣繁夏不禁重新打量起戚婷，疑惑地问："你到底知道些什么？"

看着眉头紧锁的衣繁夏，戚婷似乎达到了目的，嘴角轻轻一扬："这么早就告诉你答案，太没意思了，我们之间的游戏才刚刚开始！"

与戚婷对视的过程中，衣繁夏竟觉得不寒而栗，她越发捉摸不透眼前这个文雅的女孩心里到底打着什么鬼主意。而与此同时，身在两人后方的队伍里，也有一双充满好奇的眼睛正盯着衣繁夏和戚婷。这人正是想要找衣繁夏麻烦的谭苏阳。

他远远地看着这两个水火不容的女孩，心中生出无数个问号，她们到底有什么过节？衣繁夏又是怎样的女孩？

对峙中的戚婷和衣繁夏，气场悬殊。

毕竟，捉摸不定的人，往往更容易得胜。

"衣繁夏，你不过是克死自己父母的孤儿，别试图跟我耀武扬威。"戚婷趾高气扬地走上前一步。

面对咄咄逼人的戚婷，衣繁夏竟气馁地后退一步，颤抖的嘴唇说不出一句话，紧紧攥住的拳头也因气愤而颤抖着。

不知是不是出于男孩子特有的保护欲，眼见衣繁夏处于下风后，谭苏阳的心底竟产生了一种异样的情愫。

戚婷嘲讽的声音回荡在人群中，自然也被谭苏阳听到，而戚婷的话就像腊月的冷风一样伤人，这让从小就父母离异的谭苏阳动了恻隐之心，想要出手帮助衣繁夏。

谭苏阳缓缓走向衣繁夏的班级队伍，可还没等他走得更近些，便随着一个响亮的巴掌声停住了脚步。

那个巴掌声吸引了所有人的目光，只见戚婷捂住自己的左脸颊，不可置信地看着衣繁夏，吞吞吐吐地吐出几个字："你竟敢……打我！"

衣繁夏空洞的眼神像是看不到操场上纷杂的人群，她极轻地冷笑一声："打你又怎样？重点是我觉得我没做错，你可以伤害我，但绝不能牵涉我最亲的人，你若再敢这样，我还会这么教训你。"说完，她便在众人的注视中离开。

谭苏阳双手抱肩，远远地打量着衣繁夏远走的身影，从心底对她刮目相看。他以为这样的女生遭人欺辱时，会是唯唯诺诺的模样，会害怕或是不知所措，却想不到会在不经意间反击，这样的反差萌倒让他对衣繁夏有了一探究竟的冲动。

那天的体育考试衣繁夏没有参加，她一个人游荡在校园中，心底是从未有过的舒畅感，她不禁回想着自己方才做出的举动，第一次没有了那种被人注视的恐惧感，那

一刻她恍然明白了，原来所有的压抑和躲避都只会让自己变得更加弱小卑微，即便再害怕也要假装强大！

不过因戚婷而开始的纷争，似乎并没因为衣繁夏的离开而结束。

许是戚婷成了众人注视的焦点，一时间有些六神无主，挪着小碎步在原地打转，直到人群中挤出一个身材高大的男生，戚婷的眼神才定在这人身上。

整齐的队伍也因这人的出现变得骚乱起来。

"谭苏阳，你要干吗？"戚婷眉头紧皱，眼底尽是恐惧。

虽然谭苏阳外貌不凡，但他在校内的口碑并不好，要说起大家害怕他的原因，那还要追溯到半年前——

那时正值深冬，谭苏阳和五名社会青年玩完台球去夜市吃消夜，去夜市的路必须经过一片桃树林，因为天冷，桃树只剩下灰秃秃的枝丫，而那里刚好因为树林的原因没有路灯，凑巧有名远海学院的男学生路过此处，五名社会青年便动起歪心思，趁着昏暗，他们打劫了男学生，并因男学生的反抗对其拳脚相加。谭苏阳并没有出手，刚劝了两句就被人推到一边，社会青年们拿着抢来的钱一哄而散，只留下男学生和谭苏阳面面相觑。

第二天，被抢的男学生就将谭苏阳告到了学校，为此谭苏阳被校长点名批评，还在档案上记了大过。后来，谭苏阳才在被抢男学生口中得知，是五名社会青年为了逃避责任，威胁他指认是谭苏阳抢劫并出手打人的。

那是一个阴雨的周末午后，气急败坏的谭苏阳独自跑到台球厅，以一人之力对抗那五名社会青年，他们的脸上满是瘀青，散架的桌椅落了一地。而这场闹剧是在刺耳的警笛声中结束的。

为此，谭苏阳险些被远海学院开除，幸好他体育成绩优异，学校又怕毁了他的前程，这才勉强留下他。然而谭苏阳校外打架的事件被大家添油加醋地传播后，他俨然成了众人眼中可怕的不好惹的怪物。

"你干吗这么盯着我看？"戚婷的话将谭苏阳拉回现实。

谭苏阳眉眼低垂，双眼死死地盯着戚婷，走到她身后，语气阴沉："你真的让人好讨厌，以后管好自己的嘴巴，说出的话是要负责的哦，不要招惹那个叫衣繁夏的女生，再让我知道类似今天的事，你就等着被我修理吧。"

谭苏阳拍了拍戚婷紧缩的肩膀，冷笑地警告道："别随便找衣繁夏的麻烦，只有我谭苏阳可以欺负她。你好自为之。"

戚婷后退两步，盯着谭苏阳吊儿郎当远去的模样，既不甘心地想发火，又对衣繁夏恨之入骨，但这些情绪眼下她也只能忍下去。

离开学校后，谭苏阳一路跟着衣繁夏来到了水晶花圃，他站在远处默默地观察着衣繁夏。广阔的花田里，一身素色休闲装的衣繁夏被郁郁葱葱的植被包围着，虽然看不见她的面容，却能感觉到她无限的悲伤。

谭苏阳顺着衣繁夏的视线看去，身穿白衣的晨安正在花间忙碌，她一直望着晨安，对他心有思念。谭苏阳却看着衣繁夏，对她充满好奇，然而在花圃之外，还有一双冷厉的眼神在望着这一切，戚婷双拳攥得紧紧的，在心中暗暗下定决心：我一定要得到晨安！

那场浓烟滚滚的大火，是在衣繁夏离开水晶花圃后的半个小时发生的。

浓烟从木屋的窗口钻出，如一朵巨大的毒蘑菇蹿到了半空中，消防车的声音和火光让花圃失火的消息很快传到远海学院。

衣繁夏站在食堂的门口，进进出出的同学们都在讨论着火灾事件，忽然耳边出现一个声音："听说那家花圃里住着一个男孩，不知道会不会有危险啊。"

衣繁夏手一抖，随着一声清脆的声音，饭盒里的菜洒落一地。

大火、花圃、晨安，这三个词组成一幅残忍的画面，不停地出现在衣繁夏的脑海中。她发疯一般朝着水晶花圃跑去，远远便看到半空中弥散的烟雾和水津津的地面。

那时，大火已被扑灭，花圃的外围聚集着看热闹的人群，衣繁夏挤到最前面，隔着栅栏门，她看到花圃内狼藉一片，在靠近失火的小木屋旁边，一小片绿色的植被被踩弯了腰，五六名消防员正在园内整理消防器材，衣繁夏抓着铁栅栏四下寻找，却始终不见晨安的踪影。

衣繁夏按捺不住自己焦急的心情，推开花圃大门就往里跑，可没跑几步，就被一名消防员拦住了去路："你不能进去，危险还没解除呢？"

"求求你，让我进去吧，我要进去找个人。"衣繁夏语调升高，生怕消防员不明白她要找的这个人对她来说有多重要。

阻拦衣繁夏的消防员看上去有四十岁了，边心疼边阻拦道："姑娘，你怕重要的人出事，那份心情我懂，我也有个女儿，所以不管是作为一个父亲，还是一名消防员，我都不能任由你进危险的地方。"

衣繁夏被语重心长的消防员说得落下眼泪，再一抬头，视线里出现的那个牵动她

心跳的身影，让她心底顿时明朗起来，却又在下一秒阴云密布。她双眼紧紧盯着小木屋的出口，戚婷扶着晨安坐在空地上，小心翼翼地替他擦拭着脸上的灰尘。看着那样的画面，衣繁夏心如刀割，眼泪更是止不住地往下流。

衣繁夏的反应，倒是把消防员吓到了，这个五大三粗的男人有些不知所措："你别哭啊，不然你告诉我要找谁，我进去帮你找找。"

衣繁夏摇着头，说："不必了，看到他没事我就放心了，其他都不重要了。谢谢你。"说完衣繁夏像失了魂一样转身离开。

而与衣繁夏的落魄相比，戚婷与晨安的相处倒显得温馨许多。

"戚婷，你怎么会在这儿？"不知是不是吸入了烟灰，晨安说话的间隙不停地咳嗽。

戚婷突然噘起小嘴，抱怨道："怎么，你不想见到我吗？我可是每天都想见你，要不是这样，你今天该怎么办？"

面对这般使小性子的戚婷，晨安只得清浅一笑算是回答。晨安虽然失忆了，但并没有缺失对感情的认知，他能从戚婷的眼睛和话语中察觉到异于朋友之间的情感，曾经有那么一瞬间，他因戚婷而感受到心跳加剧。

事情还要追溯回半年前，那时刚来水晶花圃帮忙的晨安，因为要买花苗而打款，却怎么也找不到银行，就在他毫无办法的时候，逛街回来的戚婷拎着大包小包从街尾走来，哪想到脚下不稳，连人带包摔在地上，晨安好心上前帮忙，却发现戚婷一双眼睛睁得浑圆，惊讶的表情像是看到了外星人。

戚婷吞吐着伸出手，问："你认识我吗？"

他摇摇头，反问道："你知道哪里有银行吗？"

"这附近没有的，不过大学里有，你可以去那里。"戚婷指着前方，"并不是很远的。"

着急打款的晨安只能跟着戚婷去远海学院，一路上他帮戚婷拿着购物袋，直到到了学校门口，戚婷好似害羞的小女孩，突然问道："我们能互相保存手机号码吗？"

晨安并不太想这么做，所以愣在原处迟疑半天不作答。

"我可帮你解决难题了呢，这点儿要求你都不答应我吗？"戚婷露齿一笑，灿烂得如同明媚的暖阳。

晨安心底一颤，点着头便将手机号码交给了戚婷。

那之后在两个人的往来中，都是戚婷主动联系晨安的，晨安不爱逛街，日常生活圈除了水晶花圃再无其他地方，所以戚婷总像个跟屁虫一样跟在晨安身后。大概那时起，晨安便感觉到戚婷对自己的与众不同。

"喂，你发什么呆啊？"戚婷伸手在晨安的面前晃了又晃，继续问道，"该不会是被这场大火吓到了吧？"

晨安恍然摇摇头，像顿悟了大事一般表情凝重地看着戚婷，语气平缓："以后你多把精力放在学习上吧，不要再来找我了。"

这样的反应让戚婷有些难以置信，她将脑袋靠向晨安，情绪有些波动："为什么？一直都好好的。"戚婷思考片刻，"难道是因为衣繁夏？"

其实，晨安提出这样的请求，只是出于他自己的本心，他明白那一瞬间的心动并不是爱情，所以他也不愿戚婷将这份感情投入更深，否则于她于己，都是不公平的。

然而在戚婷看来，这样将她拒之千里之外的语言已是不公平。

戚婷倔强地摇摇头："不行，这个你说的不算，我的感情我自己负责，你只要站在原地就行。"说完，戚婷将手里的湿巾塞到晨安的手中，面若桃花地笑道，"明天我会再来帮你整理花圃的。"

不等晨安反应，戚婷便跑远了。看着戚婷消失的背影，晨安的脑海中恍然浮现出衣繁夏的样子。

有时，人的害怕源于对自我的保护，越是想象越是害怕，越是害怕越想逃离。

这种恶性循环就发生在了衣繁夏身上。自从衣繁夏看见戚婷扶着晨安从火场跑出来的画面后，她脑海中就不停闪现出两人相处愉悦的画面，一幅幅虚无缥缈的画面，像一把锋利的匕首，每想象一次，内心就被划伤一次。

以至于衣繁夏的心底产生了一种恐惧，她害怕见到晨安，害怕他身边突然出现戚婷的身影，所以她再也不敢踏进水晶花圃一步。

好友卫佳慧看出衣繁夏的异常，独处的时候她都是盯着一处发呆，神色忧伤。

那天是周末，苏醒过来的衣繁夏在床上辗转反侧，忽然阳台的门被人用力推开，卫佳慧那极有特点的大嗓门瞬间让衣繁夏来了精神："喂，别睡了，懒虫，你快起来看看，那不是你朝思暮想的晨安吗？"

听到"晨安"两个字，衣繁夏心底不禁一哆嗦，迟迟不敢起身去看，但又忍不住好奇心，只能轻声问道："是他一个人吗？"

"不是他一个人，还能有谁吗？"卫佳慧被她问得摸不着头脑，又不明白她为何是这副害怕的模样，"他都来这儿了，你还不快去找他。"

衣繁夏本就没有见他的勇气，这会儿被卫佳慧怂恿着，反倒心底涟漪不断。

"我……能去见他吗？"

面对瞻前顾后的衣繁夏，卫佳慧只能干着急，气不打一处来地将她拉起来往门口推："有什么话就直说，说不出来见一面也是好的呀。"

有卫佳慧这样的鼓励，衣繁夏迈着迟疑的步伐朝宿舍楼下走去，刚走出宿舍大门，便看见晨安迎面走来，她鼓起勇气正欲抬起手打招呼，只觉得身边一阵风，一个倩影掠过，再看向前方时，晨安的身边便多了一个人——戚婷。

衣繁夏在口中念着这个名字，心底却害怕得颤抖不已，她不想看见戚婷和晨安同在一幅画面中，所以她要逃，逃得远远的。

"嗨，衣繁夏！"

就在衣繁夏刚要转身时，戚婷喊住了她，而听着那笑声的临近，她便知道自己逃不掉要去面对他们了。

戚婷拖着晨安走到衣繁夏面前，像是关系密切的好友，抱怨道："怎么见到了也不打声招呼？我都许久没见到你了。"

衣繁夏不愿对戚婷强颜欢笑，于是直接选择无视她，将眼神落在晨安的身上，连声音中都透着胆怯："晨安……你还好吗？"

"你好像看上去更不好一些。"晨安说着朝衣繁夏走近一步。

衣繁夏抬起头与晨安四目相接，他蓝色的眼眸依旧璀璨，虽然褪去些温度，却依旧能察觉出一种异样。

面对晨安的问题，衣繁夏先是点点头，接着又摇摇头，她很想像从前那样依靠他，被他宠溺着，可现在她不敢了，她已经不再相信，一个人可以对另一个人持续拥有热情。

见衣繁夏和晨安深情对视，戚婷很是气恼，于是拉了下晨安的衣角，提醒道："你不是要找后勤主任吗？快点儿，我带你去。"

晨安就这样跟着戚婷走了，甚至都没有回头看衣繁夏一眼。

衣繁夏站在徐徐寒风中，脸颊上的眼泪被吹得冰凉，她转过身，不愿再多看一眼他们的背影。

"再相遇，我已不是你的全部。"

衣繁夏念着这句话，泪眼婆娑。

 第三章

Weitian Shaonü Chu Xin Ji

谜团丛生，携手探寻

1

凌晨三点的远海学院内，皎洁的月光夹杂着校灯的浅光，洒在悠长的校园小道上，失去灯光的建筑物，像一具具冰冷的石棺，在暗夜中愈发沉默，愈发神秘……

"砰！"突然一声巨响，打破了远海学院凌晨时分的安宁。

"女生宿舍楼的学生们，听到请按秩序撤离宿舍，并到操场上集合。"

衣繁夏本就睡得不沉，异样的响声加上此刻宿管人员的声音让她猛然惊醒，立马意识到问题的严重性，再看一眼隔壁睡得正香的卫佳慧，赶忙冲上前："佳慧醒醒，好像出事了！"

卫佳慧睡眼惺忪地抓着衣繁夏，求饶道："天还没亮，再让我睡会儿吧。"

"你听不到宿管员的喊声吗？快起来了。"衣繁夏边嚷着边将卫佳慧拖下床，还不住地安慰道，"想睡让你出去睡个够。"

衣繁夏扶着卫佳慧走出宿舍时，楼道上满是惊慌失色的同学们。

卫佳慧被这阵势吓得困意全无，抓着衣繁夏就往宿舍楼下冲。

学生们全都聚集在操场上，衣繁夏和卫佳慧手拉手地四处寻找认识的人，喧闹中听到身后传来的一段对话："听说是新建的图书馆塌了。"

"楼塌了不是重点，重点是还有学生在里面！"

"才不是学生，是一名在超市打工的年轻女孩。"

衣繁夏默默地听着同学们的议论，眼神不经意间落在远处的花坛上，穿着单薄外套的晨安坐在花坛上，双手插在头发中，将头埋在双臂间，看上去既疲惫又痛苦。

这样的画面看得衣繁夏心疼不已，她拍了拍卫佳慧："你在这儿等我一下。"

"这乱糟糟的环境，你要去哪里？"

衣繁夏指指晨安的方向："我去去就回。"

恍然大悟的卫佳慧很是识趣，摆摆手："快去快去，我就在这儿待着，有事随时来找我。"

那时，天边泛起了鱼肚白，整个校园也清亮了许多，衣繁夏缓缓朝晨安走去，在距离他一米的地方停住脚步，她没有直接打扰他，只是借着淡淡的亮光，凝视他手背上的伤口，原本鲜红色的血液，已经凝固变成暗红色。

衣繁夏蹲下身子，伸手轻轻摸着他的伤口，晨安猛地抬起头，看见是她，紧皱的眉头渐渐舒展开来。

"这个时间你怎么会在学校里？"衣繁夏说话的时候，匆匆将手收了回来，指着他的手问，"怎么受伤了？我带你去医务室清理下吧。"

晨安摆摆手，脸色阴沉地回答道："学校上周刚和我们花圃签订了种植花草的合同，所以我得赶在签订日期前将工作完成。"

衣繁夏抬头看看还未消失的月亮，诧异地问："那也不用来这么早呀。"

"本想避开你们上课的高峰期，哪想到会遇到图书馆大楼倒塌。"回想起刚才的一幕，晨安依旧心有余悸，他打理的花坛就在新建图书馆的下面，距离不过五米，楼房倒塌时他正在清理花坛中的枯枝落叶，飞落而下的砖石正好砸中他的手背，晨安说完话时，眼睛忽闪着从衣繁夏的身上移走，支支吾吾半天，问，"你没……受伤吧？"

脑海中明明没有关于衣繁夏的任何记忆，可内心还是不禁一颤，嘴上也忍不住想要关心一下。

自从于水晶花圃再次遇见失忆的晨安后，衣繁夏从他身上没感受到过一丝的温暖，而此刻这简单的五个字，却蕴藏着无限的温暖，也仿佛将她的回忆带回到当年学校外的咖啡店，他如那杯百合花茶一般，流淌出令人安心的温度。

然而，当衣繁夏将晨安视作自己眼中的画作时，不承想，她也成了别人眼中美丽的画。

黑压压的操场上，穿着睡衣的谭苏阳一脸焦急地穿梭在人群中，似乎在寻找着什么……直到看到花坛边的衣繁夏，谭苏阳的脚步才得以驻足。

在看见衣繁夏的那一刻，谭苏阳的脸上露出一抹自己都无法觉察的笑，那份发自心底的激动，甚至忽略了晨安的存在，他用最快的速度跑到衣繁夏面前，气喘吁吁地说不出一句话，这反倒吓到了衣繁夏。

因为在衣繁夏的记忆中，她与谭苏阳的相识还停留于那株仙人球，所以她更害怕这家伙是来报仇的，于是后退一步，双手握拳在胸前，凶巴巴地嚷道："你又想干吗？这是学校，我不怕你！"

谭苏阳也是个奇怪的人，从讨厌到喜欢，他对一个人的态度转变得简直毫无征兆可循。

面对衣繁夏的恐惧，谭苏阳非但没有觉察到，反而笑吟吟地靠上前，颇为轻松地问道："你没受伤吧？"

不知是不是从未对人这般温柔过，人高马大的谭苏阳一定不知道此刻的自己在外

人看来有多么奇怪。

衣繁夏不禁一愣，诧异地看着谭苏阳，不知如何回复他，只好迟疑地摇摇头，像遇见瘟神一样朝晨安的方向靠了靠。

衣繁夏的这一举动让谭苏阳突然觉得很没面子，于是收起了一脸的温柔，挖苦道："真该让你受点儿伤，或许被压在废墟下，也让你尝尝疼痛的滋味。"

大概别人突如其来的关心，总让自己心有不安，谭苏阳现在的状态反倒让衣繁夏放心不少。其实事后衣繁夏也反思过，那天的事的确不能全怪谭苏阳，毕竟满脸扎着仙人球刺，那种疼痛她从未体会过。

"对不起了，那天我也有错。"衣繁夏收起自己凌乱的表情，一本正经地说着并鞠了一躬。

"本来就是你的错！"

衣繁夏弯着腰忽然僵在半空中，如鲠在喉般一句话说不出来，她实在想不明白，作为一个男生，这个时候难道不应该彬彬有礼地回复"没关系"吗？

对于这种无赖，衣繁夏也不愿保持优雅，她深吸一口气，甚至撸起了袖子，冲到谭苏阳面前："怎么会有你这种人？幸好我今天没拿仙人球，不然我一定砸得你全身都是刺！"

谭苏阳冷笑一声："至此以后你都没有这样的机会了，因为……"他停顿了片刻，嘴角再次露出不怀好意的笑，继续说道，"因为你被我盯上了！"

这番话加上那意味不明的笑，着实把衣繁夏吓得接不上话，但还不想就此示弱，于是强撑着一口傲气反驳道："我也会关注你的！"

虽然嘴硬，可衣繁夏心底有多没底气，只有她自己知道。

然而衣繁夏与谭苏阳你一言我一语的斗嘴，在晨安看来却很不是滋味。只是默默看着两人的晨安实在找不到自己帮衣繁夏的理由，因为连他自己都不知道有一种感觉发自心底，却又折磨着神经，而那种感觉便是醋意。

那时，晨光微露，操场上的学生们因为疲惫都安静许多，三三两两地聚集在一起休息，只是这份安静却随着担架的出现变得骚乱起来。

"快看！埋在废墟下的人被救出来了！"人群中不知从哪里发出的声音，瞬间吸引了所有人的目光。

衣繁夏所在的地方，是距离倒塌的图书馆最近的花坛，所以当两名救援人员抬着担架从警戒线内走出来时，她看得一清二楚。那副担架很大，可上面的人却显得很瘦小，到底有多瘦小？衣繁夏也目测不出来，因为躺在担架上的人被一块白布遮盖着。

看到这样的场景，周围的学生不禁后退几步，毕竟是死了人，原本安静的操场上，顿时静得诡异。

众人默不作声地看着救援人员接过担架，并且静静聆听着他们的对话，来人显然是救援队的领导："事故现场什么情况？"

年轻的救援队员这样回复道："人是在楼梯口的位置发现的，发现时已经因为埋压时间过久而死亡。"

"身份确定了吗？"

为首的救援人员摇摇头，刚走出一步，不知是不是脚下不稳，悬在半空的单架突然倾斜了一下，要不是救援人员反应快，后果不堪设想。

但也正是那一倾斜，盖在担架上的白布掉落，那具尸体的模样正好被衣繁夏看得一清二楚。

担架上的女孩看上去身材娇小，长发披肩，好看的瓜子脸上沾满了石灰。衣繁夏出神地看着那女孩，视线最终落在了女孩眼角上的一颗美人痣上，她不禁定睛去看，发现这个如熟睡般的女孩像极了一个人。

衣繁夏努力回忆着，脑海中出现了那名在水晶花圃中拿着向日葵的女孩，那女孩的笑容美丽至极，尤其是将金灿灿的向日葵送给哭泣中的衣繁夏时，温暖的模样简直宛如天使降临。

没错！单架上的尸体就是那个女孩！

衣繁夏想要再仔细看看，救援队员却把白布重新盖好，迅速将单架送到车上。

"喂，你发什么愣啊？"看着衣繁夏一副着魔的样子，谭苏阳戳了下衣繁夏的后背。

可没等衣繁夏回复，身旁便传来晨安的声音："是她！"

听了晨安的话，衣繁夏心中一紧，当初她见女孩时就是在晨安的水晶花圃，所以晨安应该知道女孩的身份。

"你认识她吗？"衣繁夏一脸期待地看着晨安。

晨安沉默片刻："我只知道她叫琉璃，在这所大学里工作，其他的就一无所知了。她话很少，每次来花圃都只买向日葵。"

"看来是个有故事的女孩。"谭苏阳若有所失地说道，凝视着载有尸体的车辆渐渐驶出校园。

在汽车彻底离开校园后，聚集在一起的学生们又七嘴八舌地讨论起来，而衣繁夏

也终于得到了关于向日葵女孩更多的信息。

女孩名叫琉璃，22岁，家在外地，因家境贫寒而在远海学院的超市里做送货员，在此处工作的时间已经有半年之久。

衣繁夏神情忧伤地看着倒塌的一堆瓦砾，不禁疑惑道："既然是超市送货员，那她为何会在凌晨出现在图书馆呢？"

衣繁夏说完，分别看向晨安和谭苏阳，三个人面面相觑，又不知如何回应这个疑惑。

或许是因为与琉璃有过一面之缘的缘故，当第二次以阴阳相隔的方式再见到女孩时，衣繁夏的心底不禁有些难过，更为琉璃而心疼，这样一个花季女孩，却在一个冰冷而黑暗的清晨离开了人世，那沉重的水泥板和飘在空中的粉尘，弥盖住女孩生前所发生的一切。

衣繁夏望着渐渐升起的太阳，她想，此时此刻，这个名叫琉璃的姑娘，再也没有明天了。衣繁夏想着，一滴眼泪顺着眼角流下。

一旁的晨安将这一切看在眼底，他忽然觉得，这个让他有些讨厌的女孩，竟也这般善良，一时间好感倍增。

至于谭苏阳，他更多的则是惊讶和心疼，惊讶于衣繁夏的时而强悍，时而柔弱，心疼于她此刻内心的柔软。

这三个人各怀心事，好似一场谁都猜不透的谜局。

2

午后，卫佳慧气喘吁吁地闯进宿舍时，刚好看见衣繁夏趴在窗前对着一朵枯萎的向日葵发呆，忽然气不打一处来地抱怨道："你看我都这么倒霉了，你就别再对着一朵枯萎的花发呆了吧？我今天就是被那些向日葵给害的。"

听闻此话，衣繁夏这才将视线移到卫佳慧的身上，只见她浑身湿答答的像个落汤鸡，衣繁夏扭头望向窗外，看着晴好的天空诧异地问："外面没下雨，你怎么变成了这样？"说着，衣繁夏扔给卫佳慧一条干毛巾。

卫佳慧边擦边解释："还不是看你最近老盯着这朵枯萎的向日葵发呆吗？我看学校的醉心湖旁边种了一小片向日葵，所以想去帮你摘几朵，结果河边泥土湿滑，直接跌进湖里了。"

原来这一切都是因为自己，这让衣繁夏突然内疚起来："你其实不用对我这么好。"

"那哪行？我喜欢你，就想对你好啊。"卫佳慧说着就抱住衣繁夏的胳膊，还在滴水的头发蹭得她的衣服湿了一大片，衣繁夏并不生气，而是宠溺地揉着卫佳慧的脑袋。

人与人之间的相处，最感动人心的就莫过于只因喜欢便对你好的情谊，那种不夹杂任何欲望和目的的情谊，才最长久，最有安全感。

这大概就是衣繁夏愿意与卫佳慧像朋友一样相处的原因。

"这花都枯萎成这样了，丢掉算了，你若喜欢，我去给你买新的。"卫佳慧一脸真诚地看着衣繁夏。

每每看到这朵枯萎的向日葵，衣繁夏都情不自禁想起琉璃，而心情也会变得阴霾起来，为了让自己不再想起不开心的事，她叹口气，将枯萎的向日葵放进垃圾桶。

"我明天就去给你买些新的向日葵来。"

衣繁夏摇摇头："不必了，佳慧，我对向日葵并没有多余的情怀，只是因为它让我想到了琉璃，所以你能陪我去醉心湖，看一看那片向日葵吗？"

卫佳慧点点头，热情地回答道："可以啊，随时奉陪！不过……等我换下衣服。"说着，开始翻箱倒柜地寻找着。

两个人去醉心湖的时候，正是下午上课的时间，校园里学生稀少，醉心湖边上也很是冷清，唯独那一小片金灿灿的向日葵，暖沁人心。

卫佳慧当成郊游般心情不错："我去前面逛逛，一会儿就回来。"

衣繁夏点头应允，朝着向日葵走去，她仔细地观察着那些花朵，她是想摘一朵好看的，放在图书馆倒塌的地方，以便慰藉死去的琉璃。

在这些花中，有一朵花盘直径约五厘米，花瓣平整的向日葵，玲珑娇小，花色金黄，只可惜长在临近湖边的地方，不太容易摘取。

衣繁夏小心翼翼地探了下身子，可手指刚碰到花梗，她便觉得身后有一股不轻不重的力量推了她一把，脚下便是松软的泥土，使她整个人瞬间失去了平衡，甚至来不及反应，只随着"扑通"一声，便跌进湖水里。

无形的水波将衣繁夏包裹在一个漩涡中，让不懂水性的她不断下沉。

冰凉的水灌注在衣繁夏的鞋子和衣服里，失去平衡的身体，让她恐惧到忘记了害怕，不停往嘴里灌进的水堵住喉咙，连呼救声都无法发出，只能用自己的手臂不停地

拍打水面，飞起的水滴和断续的呼救声引来很多人。

"有人落水了！有谁懂水性吗？"人群中有人冲着运动场吆喝一声，一群健硕的男生全都闻讯赶来。

所有人都围在岸边，卫佳慧也在其中。

卫佳慧挤在了最前头，仔细看着湖里的人，直到确认那熟悉的衣服时，害怕地惊呼道："衣繁夏！是衣繁夏！"卫佳慧不知所措地拉住旁边人的手，求救道："救救她，救救她，她是我最好的朋友。"

可惜被抓住手的人突然甩开卫佳慧，不带丝毫救人之心，冰冷地回道："对不起，我没有救她的义务，她自己倒霉怪不了别人。"

卫佳慧被这人冰冷的话刺激得终于冷静下来，这才看清眼前的人是谁，于是嫌弃地念出那人的名字："戚婷，不救人就算了，干吗说这种风凉话？小心下个倒霉的就是你。"

戚婷冷笑一声，视线落到湖中，提醒道："只怕你再浪费会儿时间，你的好朋友就会死在里面。"

这话说得的确不假，此时的衣繁夏呼声愈来愈小，手打水面的力度也越来越弱，就在卫佳慧急得快哭出来的时候，只听湖中"扑通"一声，随着一个巨大的水花，一个身手矫健的男生拼命向衣繁夏的位置游去，男生水性极好，不多时便从身后将衣繁夏拖上了岸。

不知是惊吓过度，还是被呛着水，浑身湿淋淋的衣繁夏躺在草地上不省人事，吓得卫佳慧直接哭出了声："繁夏，是我不好，不该把你一个人丢下的……"

"你给我安静会儿！"同样全身湿透的男孩很是镇定，制止住卫佳慧发出的噪声，并迅速对衣繁夏实施了心肺复苏术。

所有人都惊呆了，是因为眼前的这一幕，更是因为这个浑身湿透的男孩，是大家都不敢招惹的谭苏阳！

谭苏阳做完最后一轮胸外心脏按压后，衣繁夏吐出一口水，终于清醒过来，只不过看着眼前的男生双手按在自己的胸前，所有的感恩全都化为虚无。

只见衣繁夏"噌"地坐起身，抬手一巴掌便结结实实地打在了谭苏阳脸上，口中骂道："你个变态！"

谭苏阳捂着脸，看着自己还在滴着水的衣服，气不打一处来，他收回手，却发现手指尖一片殷红，再蹭下嘴角，隐约觉得有些疼痛感，谭苏阳深吸一口凉气，指着衣繁夏的手气得直抖："我确实是变态，不然怎么会跳进湖里救你，还被你扇一巴掌。"谭苏阳说话的时候牵动了嘴角的伤口，像个孩子一样把脑袋伸到衣繁夏面前，质问道，"我跟你到底多大仇多大怨，你要下这么重的手，好歹我也算是你的恩人吧。"

听了谭苏阳的话，衣繁夏依旧有些不信，于是扭头看向了卫佳慧。

卫佳慧点点头："的确是他救了你。"

衣繁夏闻言很是尴尬，她低着头，恨不得找个地缝钻进去，毕竟自己不是没良心的人，面对自己的救命恩人，即便觉得再丢人，她也觉得应该道声谢，一番抓耳挠腮后，好不容易从嘴里挤出三个字："谢谢你。"

可是谭苏阳是真的生气了，故意提高分贝说道："声音太小，我听不到。"

衣繁夏窘得脸颊绯红，她咬咬嘴唇，用更大的声音重复了一遍："谢谢你，谭苏阳。"

听她说完这句话后，谭苏阳受伤的嘴角轻轻上扬，眉目舒展开来，再看一眼周围的人，他手一挥，对着众人嚷道："人都救上来了，赶紧都散了吧。"

围观的人群四散而去，醉心湖旁除了谭苏阳、衣繁夏和卫佳慧外，还剩下一个人，那便是戚婷。

谭苏阳习惯性地蹭了下鼻尖，语气中充满不屑："我这人虽然风评不佳，可从不做缺德的事，你还真是让我刮目相看。"说着，他看向衣繁夏，补充道，"是戚婷推你的，我亲眼看到了。"

谭苏阳说完，就要朝戚婷走去，却被衣繁夏伸手拦住："我自己的事，还是我自己解决吧。"

暴风雨的前夕总是异常平静，就像此刻的衣繁夏一样，她面无表情地一步步靠近戚婷，越是不露痕迹，越是让人难以捉摸，戚婷也猜不着她到底想干什么，只好一点点后退，两个人一进一退间，衣繁夏的双眼始终盯着戚婷，直到两人相距一米时，衣繁夏突然几步上前，将右臂横在戚婷胸前，直接将其推靠在树干上，恶狠狠地逼问道："让你不惜背上杀人的罪名，也要如此对我的原因究竟是什么？"

"等你痛不欲生的时候，我自然会告诉你。"关于这个问题，戚婷总是喜欢兜圈子。

衣繁夏横在戚婷胸前的手紧紧握拳，像被逼到绝境上的羔羊，毫不示弱地说："既然这样，以后我也不会再对你客气，我会用我的方式来接受你的宣战。"说罢，

她看向卫佳慧,"我们走吧。"

衣繁夏头也不回地离开醉心湖,只留下谭苏阳和戚婷。

显然,谭苏阳并没有直接离开的打算,他盯着戚婷,眼神犀利。

这并不是戚婷第一次与谭苏阳接触,所以她内心很是恐惧和抵触。

"我警告过你的吧,让你别再招惹衣繁夏,你是不是觉得我在开玩笑?"谭苏阳一把抓住戚婷的衣领,指了指微波荡漾的湖面,"要不要把你也扔进去试试?"

戚婷摇摇头,求饶道:"不要不要,我真不是故意推她入水的。"

谭苏阳也不愿与戚婷多加纠缠,再次警告道:"事不过三,这次暂且饶过你!"

醉心湖边上的一场闹剧,因为谭苏阳的离开而结束。

另一边,身体还有些不舒服的衣繁夏朝办公楼走去,卫佳慧跟在身后,担心地问:"你不去医务室,跑这儿干吗?"

衣繁夏突然停住脚步,一字一顿地回答:"我这次绝对不会再退缩!总得让教导处的老师知道这件事。"她看向卫佳慧,"你在这儿等我就好。"

说罢,衣繁夏独自走进综合办公楼。

平日里,办公楼中很少有学生出入,衣繁夏悄无声息地走在长长的走廊上,忽然走廊的尽头传来一个沙哑的声音:"图书馆事件一定要压下来……"

衣繁夏不禁定住脚步,心头也一紧,图书馆事件不正是指琉璃的死亡吗?而这人言语中似乎透露着什么秘密。

衣繁夏向走廊尽头寻去,声音似乎由尽头拐角处传来,她紧紧靠着墙壁,小心翼翼地探出半颗脑袋,视线中出现了一个身穿灰色冲锋衣的中年男人,因为是背对着衣繁夏,所以她并没有看到对方的长相,但那人的冲锋衣上沾满石灰,看上去应该是从事装修行业的。

中年男人冲着手机的另一端不断哀求:"事情的真相一定不能告诉学校,虽然死去的孩子并不是学生,可毕竟是在学校出事的,家长和学校都会抓着我们不放的。"

显然,男人字里行间透露出他是校外的人,更透露出图书馆倒塌的背后有着不可告人的秘密。

不知是自己心里的正义感作祟,还是因为与琉璃的向日葵之缘,此刻的衣繁夏心底生出无限的好奇,迫不及待地想要去寻找琉璃死亡的真相。

想到这儿,衣繁夏不禁加快了呼吸,就在衣繁夏拿出手机准备录音时,身后突然伸出一只手,大力地捂住她的嘴巴,并将她拖进一间办公室。

衣繁夏不断挣扎着，在肌肤的触摸中，她发觉对方肌肤的温度暖暖的，但直到摸到手腕上的伤疤时，衣繁夏悬着的心才放松下来。

衣繁夏整个人失去重心般靠在那人的身上，耳边响起一个低沉而熟悉的声音："别出声！这件事你不要管！"

"谭苏阳！"衣繁夏念着这个名字，挣扎地扭过头，诧异地盯着谭苏阳，问，"你怎么会在这儿？难道你也知道琉璃之死不是意外？"

谭苏阳沉默着摇摇头，答非所问道："戚婷应该会老实一段时间，你也不要把这件事闹大了。"

此时此刻，衣繁夏哪还有心思管戚婷，她满脑子都是探寻琉璃之死的真正原因，哪怕一丁点儿的信息都不想放过。

"不要岔开话题！快回答我的问题！"衣繁夏死咬着这件事不放。

见衣繁夏如此倔强，谭苏阳表情突然严肃起来，威胁道："你要是再对这件事如此执着，小心我对你不客气！"

衣繁夏忽然沉静下来，只意味深长地看着谭苏阳，她突然觉得自己正面对着一个巨大的阴谋，而心底的叛逆感又在一步步逼着她去靠近真相！

3

书上说，经历越多的人，越不容易相信他人。

而在同龄人中，衣繁夏的经历似乎很是与众不同，所以当别人都在享受大学生活时，她却像个异类一样，一头扎进黑暗地带。

在这所大学中，衣繁夏不知道自己该相信谁，谭苏阳已与她站在对立面，而卫佳慧是个单纯的女孩，并不适宜接触这样复杂的事，她不禁想起当初与晨安一起解开身世之谜，以及父亲在意大利死亡真相的过程，所以她想要再去找晨安试试。

再次去找晨安，衣繁夏的心底总有些许不确定和恐惧感，她害怕晨安会拒绝，会抛给她一个嫌弃的眼神。毕竟，对于深爱的人来说，对方的一个眼神、一个举动都能成为伤害的理由。

那时，已是初春，淡淡微风落在脸上，暖暖的，很舒服，一大片百合绿叶在田间摇曳，晨安在花田里穿梭忙碌着，衣繁夏只好紧随其后。

"我真的听到那男人说的话，图书馆倒塌和琉璃之死并不是看到的那么简单。"

衣繁夏将自己听到的全都告诉了晨安，可看着晨安依旧无动于衷地忙着手里的活，她不禁真挚地说道："我只相信你，求求你帮帮我吧。"

晨安忽然停下手里的活，脸上露出不耐烦的表情，事不关己地反问道："这和我有什么关系吗？我又不是你们远海学院的学生？"

衣繁夏不可置信地凝视着晨安，她实在不敢相信，自己深深喜欢的人竟会说出这样冷酷的话语，她不禁否认道："曾经的你不是这样的！"

曾经？这并不是衣繁夏第一次提起晨安的过去，可在失忆的晨安看来，她口中的"曾经"只是一片空白罢了，可晨安偏偏好奇那段"曾经"到底发生了什么？

"曾经的我是什么样的人？"沉默许久的晨安，忽然开口问道。

大概衣繁夏也没想到他会问这样的问题，一时不知该如何回答，毕竟那些往事对他来说并不美好。

看衣繁夏只字不说，晨安摇摇头："难道你是在拿我的失忆开玩笑吗？"

衣繁夏重新看向晨安，眼眶中噙着泪水，神情悲痛地回答道："我怎舍得拿你开玩笑？你一直是我心里最珍贵的人。"衣繁夏眨下眼睛，泪水夺眶而出，语气中饱含深情，"你失去的记忆，全都印在我的脑海中，但那些曾经太过沉重，如果现在的你能够承受，我会全都告诉你。"

衣繁夏的眼泪里，似乎蕴藏着许多故事，但此时的晨安突然对曾经的记忆没了兴趣，反倒是哭泣的衣繁夏，令他莫名心疼。

他不是不相信衣繁夏，而是太相信，那种虽然陌生却发自心底的信任感，让晨安有些心软。

"那些过往，既然你怕我会承受不住，那就先别告诉我了。至于你请求我的事，我答应你会帮忙查找琉璃事件的真相。"晨安说这句话时，脸色依旧冷得像个冰块。

可对于衣繁夏来说，这是一个令人兴奋的回答，她抱住晨安的手臂，不停地嚷着："我就知道，不管有没有失忆，你都是那个充满正义感的晨安！"

晨安不自在地抽回手臂，冷言提醒道："你不用上课吗？我今天还有好多事要做。"

面对晨安下的逐客令，衣繁夏第一次觉得很开心，她一副生怕被嫌弃的姿态赔着笑脸："好好好，你先忙，我明天再来找你商量对策。"说完，衣繁夏顺着田埂一路跑去。

晨安盯着她的背影，突然某一刻，脸上露出一抹笑容。

曾经的自己到底是否充满正义，这一点晨安还真不敢为自己判定，所以到底为何答应帮忙寻找琉璃之死的真相，其中原因也就只有晨安自己知道了。

没错，他怕衣繁夏会有危险，他怕看不到衣繁夏忧伤的神情和偶尔明媚的笑容。不知在哪一瞬间，晨安的心里生出了这样的情愫。

第二天傍晚，下课后的衣繁夏抱着书和刚买的晚饭，急急忙忙地往校外跑，边跑边回头朝卫佳慧招手："晚上我有事，你先回宿舍，不用等我了。"

话音刚落，衣繁夏就消失在了人潮中，弄得卫佳慧有些不悦。

而另一边的衣繁夏，则是一口气跑到了水晶花圃。

那时正是吃晚饭的时间，晨安坐在木屋前的台阶上吃着东西，眼前突然多出两个饭盒，他愕然抬头，看见眉眼含笑的衣繁夏朝他招了招手。

晨安礼貌性地点点头，问："这个时间，你来这儿有事？"

衣繁夏探头看了眼他的饭碗，摇着头："别吃这干巴巴的炒面，我带了些热菜，虽然比不上乔姨的手艺，但总归荤素搭配营养丰富。"

"乔姨？"晨安将注意力锁定在这个陌生的名字上。

衣繁夏一愣，如实告知："曾经照顾你起居的阿姨，非常慈祥，非常善良。"

晨安绞尽脑汁地想，想到头疼也记不起乔姨的模样。

看晨安如此痛苦，衣繁夏赶忙扶住他的手臂，安慰道："别再想了，你想知道什么，我可以讲给你听，请你别逼自己。"

晨安点点头，好像想到什么似的重新看向衣繁夏，问道："你有没有找到琉璃事件的线索？"

没等衣繁夏回答，一个矫健的身影便冲到两个人面前，抓着衣繁夏的手臂，一副恨铁不成钢的样子："我就知道你会咬住琉璃事件不放手，拜托你好好上学不行吗？你又不是警察！"

见谭苏阳如此粗鲁地抓着衣繁夏，晨安心底很不是滋味，于是上前擒住谭苏阳的手腕，警告道："衣繁夏要怎么做，她会自己做出选择，麻烦你离她远点儿。"

"我这是为了她好，放任她去调查，才是害了她。"谭苏阳怒吼着，想要从晨安手中挣脱出来。

而在彼此的拉扯中，晨安无意间注意到谭苏阳手腕上的钩形文身，那文身的形状很是特别，让晨安觉得眼熟，并且有种似曾相识的感觉。

晨安忽然松开手，揉着不断涨痛的太阳穴，脑海中不断跳跃出许多混乱的画面——

浪涛滚滚的海浪不断击打着岩石，站在云崖石岸上的晨安被人从背后击中后脑勺，巨大的疼痛感侵袭他全身的神经，他用尽最后一点儿力气扭头想要看清身后袭击自己的人，可模糊的视线中只看见了那人手腕上的一个钩形文身，以及一根带血的木棍，来不及看清那人的脸，晨安便眼前一黑，直接坠入了波涛汹涌的大海中……

这是一年来，晨安第一次想起失忆前的事情，他定定神，抬头打量起谭苏阳，眼神中充满疑惑、憎恨，连语气也变得低沉起来，他试探着问道："你知道波西塔诺小镇的云崖石海岸吗？"

自从在波西塔诺被卖花老奶奶救起后，晨安从老奶奶那里听到了关于自己被救的过程，他后脑上的伤，医生给出的结论是被重物袭击所致。

晨安这一系列的反应让谭苏阳有些摸不着头脑："什么小镇？我听不懂你在说什么？"

三个人中，衣繁夏的情绪是最激动的，她跳到晨安面前，抓住他的手臂，兴奋地问："是不是想起了什么？"

"凶手！我看到了凶手！"晨安抬手指着谭苏阳的手腕，"就是那个文身，我看得一清二楚，不会有错的！"

虽然谭苏阳并不能被划分到好学生的行列里，可"凶手"这词着实吓到了他，他惊慌地摆着手，否认道："什么凶手，我连那个小镇在哪儿都不知道！我好心劝你们远离危险，可你竟然冤枉我是凶手。"

其实晨安也相信打伤自己的并非谭苏阳，毕竟一个要置人于死地的凶手，眼神中不会透着学生般的稚嫩，而且看谭苏阳的反应确实没有撒谎。

"那打伤我的凶手到底是谁呢？"晨安惶惑地自问着，得到的却是长久的沉默。

衣繁夏深吸一口凉气，心底不禁浮现出无数疑问，身为超市送货员的琉璃为何会死在图书馆？晨安与谭苏阳手上的文身到底有着怎样的交集？还有说话神秘的咸婷步步紧逼的背后又蕴藏着怎样的真相？衣繁夏不禁仰头望天，在心中感慨道：自己的人生真是一路荆棘！

然而她又努力挤出一个微笑，因为曾经经历过种种不幸，所以她确信一切都会好起来的，更重要的是，衣繁夏觉得她比曾经的自己更强大了。

 第四章

Weitian Shaonü Chu Xin Ji

你如繁星，亦远亦近

1

两个人的相处，总是因为彼此的信任，才会有携手走下去的信念。

晨安自从找回曾经的点滴记忆，以及镰刀状文身的线索后，他对曾经的自己和曾经的生活有了更多的好奇和探索，也对衣繁夏产生了信任。

但是，衣繁夏却减少了去水晶花圃的次数。

天气渐渐暖和的时候，衣繁夏为了准备英语考试而忙得焦头烂额，以至于有一周的时间没去过水晶花圃了，晨安有些按捺不住，在一个阴雨的午后跑到远海学院女生宿舍楼下，纠结许久，终是给衣繁夏发了一条短信：我想知道，曾经的我生活在什么样的环境中？你能告诉我吗？在你宿舍楼下等你。

看见短信后的衣繁夏，丢下手里的单词书，火速冲到宿舍楼下，天空阴霾、雨滴密集，晨安寂寥地站在休息凳前等待衣繁夏的到来。

"你怎么会突然找我？"面对晨安突然的热情，衣繁夏有些不知所措，表情中夹杂着惊慌与喜悦。

晨安微微低着头，不好意思地回答道："我想知道我曾经是个怎样的人。"

明白晨安的用意后，衣繁夏沉默了许久，她抬头凝视着他蓝色的双眸，说："你是一个温暖又有安全感的人。"衣繁夏不敢直接告诉他那些坎坷的身世，只好避重就轻地回应道，"你不是答应帮我寻找琉璃事件的真相吗？我们也曾为了探寻真相并肩作战过，我希望这一次你能自己想起过往，我希望你能真的记起你的人生，还有……"

"还有什么？"晨安疑惑地问。

衣繁夏将视线移到别处，吞吐着挤出三个字："还有……我。"

两个人的对话像被施了魔法一般戛然而止，虽然那句"还有我"是那样简短，可字后蕴含的情愫却让人怦然心动。

"既然要查出真相，不如今天先去图书馆现场看看吧。"晨安率先打破沉默。

衣繁夏点头默许，跟在晨安的身后朝倒塌的图书馆走去。

倒塌的图书馆距离女生宿舍楼并不远，自从事件发生后，废弃的图书馆就一直用警戒线拦着，由于学校一直忙着琉璃的善后事情，图书馆是继续建设还是另有安排都没有得出结论，因此此刻的图书馆依旧保持着案发时的模样。

第四章

你如繁星，亦远亦近

"趁着案发现场还在，兴许能找到些蛛丝马迹。"晨安指着一片废墟的图书馆，示意衣繁夏一起进去看看。

"喂，你们俩不会在这儿密谋查案吧？"

衣繁夏和晨安同时看去，只见谭苏阳手插裤兜，表情冰冷地看着两人。

"又想阻拦？我劝你还是省省吧，我决定要做的事，就一定要做！"晨安语气坚决。

看着冥顽不灵的两个人，谭苏阳气不打一处来，忍不住吼道："这件事的幕后主使不是你们能轻易撼动的！为了你们自身的安全，还是放手吧。"

"谭苏阳，想不到你是这样的人！"衣繁夏失望地看着谭苏阳。

而晨安本就是个充满正义的人，他对谭苏阳的言语也很不认同，出言争辩："明知道有人遭遇飞来横祸，明知真相被掩埋，我们还要假装不知道，你的良心会安稳吗？"

"那是不是应该在确保自己安全的情况下再去帮别人？否则就是盲目做事！"谭苏阳提高分贝，显然很不认同晨安与衣繁夏的行为。

晨安淡淡一笑，很是不以为然："如果连这点儿盲目的勇气都没有，那死去的人还真是太凄惨了。"

面对这两人的执着，谭苏阳竟然找不到反驳的理由，于是看向一直沉默的衣繁夏，问道："你是出于什么原因非要查找真相，你认识那个琉璃吗？"

"我们虽然只有一面之缘，但琉璃在我伤心时，送过我一枝向日葵，是她告诉我，我们都会好起来的！"衣繁夏认真地解释着，却换来谭苏阳的嘲讽。

"真是幼稚！"谭苏阳放弃规劝，兀自站在原地喘着粗气。

谁都说服不了对方，晨安与衣繁夏对视一眼，转身朝废墟走去，没走两步，晨安又回过身，冲着谭苏阳喊道："等我忙完这些事，有个问题想向你请教一下，就是关于你文身的来历。"

"随便！但万一出事，你们可别怪我没提醒！"眼看着劝不住两人，谭苏阳气冲冲地扬长而去。

谭苏阳心中烦闷，低头一路走出校园，他漫无目的地走着，刚走过一条巷口，身后冷不丁飘过一个沙哑的声音："事情都办妥了吗？"

谭苏阳突然回过神，微愣片刻，毕恭毕敬地回答道："他们二人挺固执的，不过我一定能说服他们不再调查此事，荀哥再给我次机会。"

听了谭苏阳的回答,一个皮肤黝黑、面如凶煞的男人从暗处走了出来,恶狠狠地盯着他,似是威胁又似警告:"是你求我再给次机会的,这次你若再阻拦不了这两个人,我连你都保不住。好自为之吧。"说罢,谭苏阳口中的荀哥转身朝小巷内走去。

谭苏阳轻舒了一口气,眉头紧皱着,又开始担心起衣繁夏和晨安要如何摆脱这个困境。

一直以来,让谭苏阳警告衣繁夏不要插手琉璃事件的人,正是这个荀哥。

此人名叫荀斐,28岁,是远海学院附近出了名的社会青年,并在学校旁的小巷里经营着一家台球厅,而说到与谭苏阳的相识也颇具戏剧性。

大概在一年前,为了生计的荀斐,向朋友借了钱,开了这家台球厅。那是开业的第一天,荀斐的那些"江湖朋友"全都齐聚在台球厅里玩闹,而当时的谭苏阳刚刚交完学费,手头很是紧张,为了能让自己顺利完成学业,没什么特长的谭苏阳选择了去台球厅做兼职。

谭苏阳走进台球厅,震耳欲聋的摇滚乐充斥耳边,三五成群的人聚集在台球桌旁,时而欢笑,时而喧闹。他并不是第一次进台球厅,却是第一次看见这么多染着黄头发的社会青年,毕竟是刚进入大学的孩子,那一瞬间不禁有些发怵,他只顾着打量周围,恍然间手臂碰倒了一瓶啤酒,酒瓶落在地上,满满一瓶液体溅在了一个社会青年的身上,那人不由分说,抬手抓住谭苏阳的衣领,本想道歉的他,却在此刻选择了不低头。

都是混迹社会的人,所以硬碰硬的结果自然是双方大打出手,奈何对方人多势众,势单力薄的谭苏阳被打得满脸鲜血,躺在地上连喘气都疼。荀斐索性直接出面劝退了那些社会青年,见年纪轻轻的谭苏阳动弹不得,不仅送他去了医院,还为他交了医药费。

深夜的急诊室里,谭苏阳缓缓睁开双眼,床前却坐着荀斐。

"我砸了你的店,如果你要赔,我只能说等赚到钱就给你!"谭苏阳逞强地直起身子,昂着头颅,生怕别人会看不起自己。

看着眼前这个满身伤痕的孩子,荀斐有些心疼,不禁笑道:"和我年轻时一个样。"说罢,荀斐收起笑容,一本正经地看着谭苏阳,问:"打你的人是我朋友,所以砸店的损失不能全算在你身上,不过……倘若你愿意,可以晚上来我店里帮忙,不要耽误学业,工资不多。你愿意吗?"

都说锦上添花到处有,雪中送炭世间无。

第四章

你如繁星，亦远亦近

谭苏阳实在没想到，在自己经历一番拳打脚踢后，竟然能得到荀斐的帮助，而这对于谭苏阳来说，也的确是一份情谊，他点点头，感激地说道："您是我的恩人，以后我就叫您一声荀哥了。"

那之后，谭苏阳与荀斐便以兄弟相称，而台球厅也基本交由谭苏阳代为管理。

"吱……"随着汽车紧急的刹车声后，一个不满的吼声打破谭苏阳的回忆："你不要命了？"

谭苏阳慌神地看过去，小货车的驾驶室中一个中年男人探出头，冲着谭苏阳就是一顿咒骂："想死找个没人的地方，站在路中间是想害谁呢！"

因为有烦心的事，谭苏阳此时并没有斗嘴之心，他打量着这个男人，只觉得有些奇怪，天气不冷不热，这人却穿了一件灰色冲锋衣，也不拉拉链。

见谭苏阳并不言语，中年男人一踩油门，货车便缓缓驶进校门里。

另一边，不顾谭苏阳阻拦的衣繁夏与晨安已经走进了事发现场。

四层的图书馆，是从正门开始倒塌的，除了一、二楼损毁严重外，其他楼层还算完整，所以正门倾斜点与地面之间形成了一个一米左右的空隙。

衣繁夏跟在晨安的身后，突然拽住他。

晨安诧异地扭过头，问道："怎么？你害怕了？"

衣繁夏怯怯地摇着头，将整座图书馆打量了一番后，反问道："我们这样进去，安全吗？"

晨安摇摇头："所有的付出都要有所牺牲，不是吗？既然选择了要寻找真相，就不要因为任何困难而打退堂鼓。"

说实话，衣繁夏是真的有些害怕了，不管是谭苏阳的警告，还是这摇摇欲坠的图书馆，不经意间总会有种不安爬上心头，但幸好在她退缩时，晨安的话犹如一粒定心丸，消散了她的后顾之忧。

衣繁夏回晨安一个坚定的笑，说："我们一起进去吧。"

从狭小的缝隙挤进去，光线尽消，衣繁夏跟在晨安的身后，冷不丁地撞在了他的后背上。

晨安扶住她，关切地问道："没事吧？"

"放心。"衣繁夏说着，将事先准备好的迷你探照灯打开，昏暗的空间里瞬间有了光线。

衣繁夏将探照灯递给晨安，他无奈地叹口气，捏着她脸颊，语气宠溺："不早拿出来，你是不是故意的？"

"才不是，因为有你，再黑的地方我也不怕。"衣繁夏说话的间隙，不禁挽住晨安的手臂。

人都是希望被需要的。当衣繁夏说出这般依赖晨安的话时，大概再铁石心肠的人都会被触动吧。

所以晨安默许了衣繁夏亲昵的举动，牵引着她一点点在横梁断木间穿梭。

"琉璃被发现的地点你知道是哪里吗？"晨安放慢速度，仔细询问着。

"听说是在一楼楼梯的下面。"衣繁夏停住脚步，寻觅片刻后，指着侧前方的一片废墟说，"距离正门最近的楼梯，应该就是那里了。"

踩着脚下的瓦砾，两个人艰难地朝楼梯口的方向移去，晨安走在最前面，时而弯腰探寻，时而用灯光映照周围的环境。

不多时，晨安挺直了身子，意味深长地说道："看来我们白来一趟了。"

站在角落里的衣繁夏指着一把沾满灰尘的笤帚，无奈地叹口气："已经有人清理过现场了。"

这样的结果不免令两人有些泄气，但晨安并没有就此放弃的打算，他继续在楼梯下查看，许是周围光线昏暗，在经过探照灯的探照时，光洁的墙壁上能清晰地看到五条划痕，其中四条略粗，最下方的一条划痕最细。

衣繁夏好奇地凑上前，不解地看着晨安："莫不是这面墙有蹊跷？"

晨安用探照灯将墙的上下左右察看一番后，手指着墙上的痕迹，同样疑惑地问："新粉刷的墙壁，怎会多出五条划痕，你不觉得很奇怪吗？"

"划痕？"衣繁夏接过探照灯细细察看，她顺着五条划痕一直向源头寻去，划痕的长度有半米，一直延续到楼梯与墙壁相接的三角地带，而在划痕消失的尽头处，还能看出残留在墙上的一点殷红。

"晨安，你看这是血吗？"

晨安挤到角落中，察看半天，许是殷红凝固太久，血腥味已闻不出，他摇摇头："这个我也不敢确定。"话没说完，他便将自己的右手横向放在划痕处。

看着晨安的举动，衣繁夏心中一惊，脱口道："指甲！这是指甲的划痕！"

说着，衣繁夏将自己的手指也放到墙上，五指自然地贴合在划痕上，居然刚好匹配。

两个人面面相觑，彼此的心中似乎都有了答案，但又不敢妄下定论。

衣繁夏有些按捺不住，小心翼翼地吐露出自己的想法："会不会是琉璃留下的？"

晨安点头表示认同，又突然想起来什么似的把手机递给衣繁夏，提醒道："现场如果再被清理，我们就更难发现蛛丝马迹了，所以先把这个划痕拍下来，回去我们也好再研究下。"

这种混乱的情况下，幸好有沉稳的晨安，两个人分工协作，一个人打着探照灯，一个人调整手机角度拍照。

"怎么样？能拍清楚吗？"

"没问题，很清楚。"衣繁夏回答完，刚想上前还手机，脚下却好像踩到一个圆柱状的东西，使她整个人失去平衡并摔向晨安。

周围视线昏暗，晨安听到衣繁夏的尖叫声，本能地伸出双手去接住她的身体，许是衣繁夏的冲击力太大，毫不设防的晨安直接被压倒在地，并且死死护住怀中人。

探照灯已经摔坏，摔在地上的两人彻底陷入黑暗，他们似乎还没从突发事件中回过神，衣繁夏的脸颊紧紧贴在晨安的胸膛上，听着他粗重的喘息声，心底竟荡漾出一丝涟漪，连那脸颊都自觉滚烫。

"你没事吧？"毫发未伤的衣繁夏关切地询问，却换来晨安略微颤抖的声音。

"有事……"晨安声音微弱，说话的间隙用一只手轻轻拍了拍衣繁夏的后背，提醒道，"我后背好疼，你……快点儿从我身上起来。"

听到晨安受伤了，衣繁夏匆忙扶起他，手掌抚过他后背的时候，摸到一股黏稠微湿的液体："血！你流血了！"

那地上散落的是一堆玻璃碎片，零乱的石堆刚好将一块三角形的玻璃夹在正中间，锋利而尖锐的一角正冲上方，而晨安就这样硬生生地摔在玻璃尖儿上。

玻璃刺入皮肉，那是何等疼痛，晨安咬咬牙，齿缝间吸了口凉气，说："今天先到这里，我们快出去吧。"

晨安本就是衣繁夏心里最珍贵的人，如今又因自己的请求在查案的过程中受了伤，她别提多内疚、自责与懊恼了，一颗心也犹如被投进火炉般焦躁不安。

"你别再说话了，我扶你出去。"没有了探照灯，两个人只好借着手机微弱的光亮往前走，衣繁夏架着晨安，踩着脚下狼藉不堪的杂物，又穿过狭小的出口，那不足十米的案发现场，却让她觉得犹如走过几个十年般漫长。

走出图书馆时，已是傍晚时分，绵绵细雨依旧落个不停，使整个校园沉浸在烟雨朦胧中，两个人沉默着并肩而行，只听得到脚踩水洼时发出的声音。

"这样探寻案发现场的场景，有没有觉得很熟悉？"衣繁夏试探性地问道。

晨安闷"嗯"一声："似曾相识……"

"晨安！"

晨安本想再问衣繁夏几个问题，却被这忽然的唤声打住了。

两个人同时驻足，循声望去，戚婷正眼含笑意地朝晨安走来。

眼见衣繁夏扶着晨安，戚婷直接走到两个人中间，看着晨安力不能支的样子，很是关切地问道："你这是怎么了？"

晨安摆摆手："没事，一点儿皮肉伤而已。"

听到晨安受伤，戚婷瞬间紧张起来，犀利的眼神扫向衣繁夏，语气嚣张："我就说你是扫把星，谁要靠近你准没好事！"

只这一句话，便噎得衣繁夏无语反驳，晨安受伤也没力气多说话，她只能眼睁睁地看着戚婷将他强行带走。看着两人渐行渐远的身影，衣繁夏的心似刀割。

摆在衣繁夏面前的事情，如今一件都没有解决，再加上戚婷与晨安的交好，她整个人心烦意乱，只好逼着自己不去想那些伤神的事情，毕竟也快到父亲的忌日了，她决定先去看看父亲。

适逢周末，衣繁夏起个大早，她拿着自己准备好的东西，打车前往远海市的公共墓园。

那日碧空万里，明晃晃的阳光落在墓园内的绿色植被上，宁静而致远，墓园内祭祀的人并不多，衣繁夏走到园区的深处，停在一块写有"衣宁崎之墓"的墓碑前，她依次将自己做的酒心巧克力、红玫瑰、桃花酒放在墓碑前，那火红色的玫瑰花的确不适合出现在这样的场合，可在衣繁夏看来，父亲衣宁崎一生的幸福时光并不多，他都不曾过多地感受过亲情和爱情的温馨，所以衣繁夏想用这火红色的玫瑰花点缀下父亲的人生，生前过得冷冰冰，如今只剩一块灰色墓碑，她实在觉得有些凄凉。

衣繁夏将一块巧克力放在祭台的正中央，又倒了一杯桃花酒洒在墓碑前，虽然这是个充满悲伤的地方，她看上去却很平静，自言自语的样子仿佛父亲就坐在她的面前："爸爸,这是我亲手做的巧克力,虽然还比不上您的手艺,却依旧有很多人喜欢它的味道……还有,往后的日子我不敢说能过得很好,但我努力让自己过得问心无愧……"

那天,衣繁夏在墓碑前待了一个小时才依依不舍地离开,她顺着只容得下一个人通行的小道悠悠地走着,在一排排比邻的墓碑中,一个身材瘦削的女人挡住了去路。

衣繁夏抬头看了眼,那个女人四十多岁的样子,身着一件黑色呢子大衣,戴着一副黑色墨镜,虽然看不见她悲伤的神色,但从那细微的哽咽声中,还是能听出逝去之人带给她的巨大伤痛。

衣繁夏不忍打扰这个伤心的女人,正准备侧身而过时,视线刚好落在墓碑上,"晨笙"二字就像一道绳索,牵制住衣繁夏的脚步,她屏住呼吸,再次确认墓碑上的字,上面的的确确写着"晨笙之墓"。

那一瞬间,衣繁夏犹如被闪电当头劈来,这一切来得太突然,好好的一个人怎么就死了呢?那过去的一年里,晨笙到底发生了什么?

而此时女人的哭泣声越发悲切,听得衣繁夏也更加伤感,她不禁抽出一张纸巾递上前,语气轻柔,生怕吓到沉浸在悲伤中的女人:"你珍惜的人,一定不想看到你伤心的样子。"

女人闻言一怔,扭头打量衣繁夏片刻,礼貌性地接过纸巾:"谢谢你。"

"苏青阿姨?"看见女人的正脸后,衣繁夏依旧怕自己认错人,于是试探性地叫出一个名字。

女人身子一僵,随即摘下墨镜,一双哭红的眼睛看得人很是心疼。

这女人的确是晨安和晨笙的母亲苏青,看着眼前轻易叫出自己名字的女孩,苏青疑惑地问:"你是谁?怎么会知道我的名字?"

衣繁夏吞了口口水,回答道:"您曾去远海学院看过他。"说话的间隙,她将视线落在墓碑上,继续说道,"所以我有幸见过阿姨一面。"衣繁夏一直在寻找着合适的措辞,试图避开"晨笙"二字。

苏青听后并未多加细问,而是神色忧伤地点点头,递上一张自己的名片,然后错身从小道走过。然而衣繁夏的心里升起无数个疑问,她不知如何开口向苏青询问,于是只好硬着头皮再看一眼墓碑,碑上的死亡日期正是波西塔诺小镇发生爆炸案的那一天!

为了弄清楚事情的缘由,衣繁夏的好奇心战胜了理智,她几步跑上前叫住苏青:

"阿姨,我有几个问题想请教您,不知您有空吗?"

苏青迟疑片刻,并没有直接拒绝衣繁夏的请求:"你说。"

毕竟刚看到苏青因为儿子晨笙的死亡而悲伤,衣繁夏也不知道如何开口询问,于是支吾半天,挤出几个字:"他……发生了什么事?"

只见苏青嘴唇轻微地颤抖着,泪水也开始在眼眶中打转,见到此情此景,衣繁夏突然觉得自己有些残忍,于是改口道:"阿姨,你就当我没问过吧。"

"爆炸!"那些多余的词似乎会变成利刃,不停地刮伤苏青的内心,所以她酝酿许久,最后只说出了这两个字。

而这两个字刚好印证了衣繁夏的猜想,她小心翼翼地问道:"是不是在波西塔诺小镇上发生的爆炸?"

听衣繁夏说的全都没错,苏青很是惊讶:"你怎么知道得这样清楚?"

"晨笙怎么会去那里?"衣繁夏急切地反问。

"你先回答我!"苏青着急地吼着,发红的眼圈看上去充满戾气。

"当年我为了寻找晨安去过波西塔诺,而爆炸发生时,我也在现场,那时还看到了晨安,但为何……"后面的话衣繁夏没有说出来,因为她突然意识到,苏青从未见过晨安,她只好匆匆将视线落在墓碑上。

"你认识晨安?"

衣繁夏忙摆手,解释说:"不不不,我只是听晨笙说过有个哥哥叫晨安。"她并不是有意隐瞒的,只是现在的晨安已经失忆,忘记了当年在敖家并不幸福的种种,她实在不知该不该替晨安做决定。

"你看到的并不是晨安!"苏青说完,长长地舒了一口气。

当年,晨笙在学校与衣繁夏的最后一次对话,让他突然明白,在衣繁夏的心中,永远只有晨安的位置,所以不管他有多么恨晨安,可终究还是不忍心看衣繁夏伤心难过,所以第二天他便决定前往意大利波西塔诺寻找晨安的踪迹。

那天的波西塔诺小镇上人潮涌动,晨笙漫无目的地寻找,突然身后响起震耳欲聋的爆炸声,甚至没有反应的时间,晨笙便眼前一黑失去了意识。

衣繁夏的几个问题令苏青再次被触动泪腺,泪水顺着脸颊落下,极其痛苦地说着:"听说晨笙被救起时还有意识,但因为伤势过重,最终还是没能醒过来。晨笙去之前说过,他要为一个人去寻找幸福。"苏青说完,意味深长地拍了下衣繁夏的肩膀便径自离开了。

衣繁夏痴痴地望着晨笙的墓碑，她这才想明白，当初自己在波西塔诺小镇见到的人不是晨安，而是晨笙，所以晨安的身上才会没有任何伤疤，而她清楚地记得，与晨笙的最后一次见面所说的话是多么绝情，她说："我以后都不想再见到你！"何曾想到，那竟成了两人的最后一面。

衣繁夏摸了下脸颊，泪水还是不争气地滑落而下，她对着冰冷的墓碑呢喃自语："你为什么这样傻？就这样丢了性命值不值得？"

这个问题注定没有回答，但对于有些人来说，为爱付出生命也无怨无悔。也许在晨笙决定去意大利寻找晨安的那刻起，他便知道，自己已经无可救药地爱上了衣繁夏。

然而往事已去，如今再说什么都已无用。衣繁夏整整衣襟，郑重其事地在晨笙墓碑前鞠了一躬，说道："我欠你的，大概这辈子都还不清了。"

衣繁夏不敢回头地朝前走，泪水模糊了视线，可没走出多远，她便听见一阵争吵声。

争吵的两人，一个是苏青，一个是个身材魁梧的外国男人，这个男人金发留到耳边，与络腮胡交融在一起，说起话时，一只脚向外撇着，并不停地用戴着黄金戒指的左手食指摩挲着下嘴唇，流里流气的样子与黑帮无异。

"诺基，你别痴心妄想了！"苏青愤怒地大吼着。

诺基冷笑一声："反正你两个儿子都死了，如今连比安奇也重病不醒，没老公没儿子，你就乖乖地把钱给我，让我来帮你做投资也好啊。"

衣繁夏曾听晨笙提起过"诺基"这个名字，诺基是苏青的老公比安奇的亲弟弟，嗜赌如命，自然也见钱眼开。

两个人的争吵还在继续，衣繁夏自觉身为局外人，并不适宜参与别人的家务事，于是怀揣着担心离开了墓园。

回去的路上，衣繁夏一直在纠结要不要将晨安的存在告诉苏青，毕竟那是她寻找已久的亲生儿子。

无法下定决心的衣繁夏不由自主地又去了水晶花圃，她心情乱糟糟的，之前她以为自己对晨笙全是厌恶，可如今知道晨笙间接因自己而死的消息，顿时整颗心都被内疚吞噬，她好想找晨安说说心中的苦闷。

这个时节的花圃已是满院飘香，含苞待放的百合花正是采摘的好时候，晨安站在花圃的空地前，认真核对着采摘下来的百合花与客户订单上的数量。

衣繁夏拼尽全力地朝晨安跑去，他惊觉有人过来，竟吓得后退两步，许久面色才缓和下来，他抓抓后脑勺，盯着衣繁夏红红的眼眶不解地问："发生什么事了？"

她并没回答，而是伸手想要抓住晨安的手臂，他却不自在地躲开了。

"你就那么讨厌我吗？"衣繁夏委屈地说着，泪珠如脱线的珠子流过脸颊，而晨安在面对她时所表现出来的陌生感，就像一剂慢性毒药，虽然伤不到肌理，却有着蚀骨入髓的痛。

可晨安并不理解她此刻的心情，正准备拿出纸巾为她擦眼泪时，她却猛地上前抱住晨安，撕心裂肺地号哭起来："你说过不管发生什么事，都会站在我身后，所以求求你不要再对我这样冷淡了，求求你快记起我好不好？"

晨安被衣繁夏从正前方抱住，那样彼此紧贴的距离令他有些不自在，双手也不知该放在何处，只好高举在空中，任由怀中的人抱得死死的。

"你还好吧？"晨安轻轻拍了下衣繁夏的后背，木讷地问道。

"不好！"衣繁夏委屈得像个孩子，吼完这两个字后，她把晨安抱得更紧，生怕一松手，他便像气泡一样消失不见。

晚霞橙红，微风徐徐，衣繁夏哭得梨花带雨，晨安也由不知所措变得越发心软，双臂不由自主地抱住她。

良久，见怀中的人不再哭泣，晨安试探着问："如果平静下来了，能先松开我吗？我有东西要给你。"

听说晨安要送自己东西，衣繁夏挂满泪痕的脸上忽然露出一抹少女般的喜悦，眼神中也充满期待。

看着衣繁夏忽好忽坏的情绪，晨安从心底心疼这个一直想要依靠自己的女孩，他宠溺地揉揉她脑袋，从旁边的凳子上拿过一个纸袋递给她。

"是什么？"衣繁夏抹掉眼泪，迫不及待地拆开纸袋，拿在手里的那一刻，她欢喜道，"哇，是丝巾，是我喜欢的绿色。"

衣繁夏爱不释手的模样，着实让晨安有些心动，他拿过那条绿丝巾，在手中折了一折，说："站好别动，我帮你戴上。"

这突如其来的惊喜令衣繁夏受宠若惊，她紧咬下唇，抬眉瞄了一眼晨安，又惊慌地将视线移到别处，虽然没敢正视晨安，但她能在他系丝巾的动作中，感知到他的温柔。

晨安哪里会系丝巾，笨手笨脚地摆弄半天，只系了一个歪歪扭扭的蝴蝶结。

衣繁夏倒是欢喜不已，她笑吟吟地望向晨安，四目相接间，他那双蓝色的眼眸仿若夜空中最亮的星星。

3

那天，衣繁夏离开水晶花圃不久，刚参加完选修课的戚婷也忙不迭地赶了过来，一见到晨安，就伸着两手要礼物。

"你不是答应送我礼物的吗？准备好了吗？"

连续两个问题问得晨安有些心虚，其实当天是戚婷的生日，他此前并不知晓，哪想到前几日戚婷来花圃帮忙收花，无意间提起了，他便随口问了句戚婷想要什么生日礼物，她脱口而出："我想要绿色的东西，只要是你送的，我都喜欢。"

晨安对戚婷本就只是单纯的友情，虽然答应送她礼物，却对她的娇嗲颇为排斥，而眼下他又没有准备礼物，这要如何解决当前的困境呢？

晨安眉头微皱，四下探寻一番后，视线锁在花田旁的一堆多肉植物上，他随手挑了一盆绿色多肉植物递给戚婷，解释道："绿丝巾我没买到，这个叫绿玉树，希望你喜欢。"

那盆绿色植物花盆不大，长长的植物上光秃秃的，看上去就像几根染了色的铅笔一样，笔直地立在花盆里，看上去并不怎么好看。

戚婷嫌弃地撇撇嘴："这是你送我的礼物？"

晨安颇为心虚，可还是假装镇定，反问道："你不喜欢吗？"

毕竟是女孩子，该有的矜持不能少，更何况她还希望得到晨安的喜欢，所以即便对这份礼物不满意，戚婷还是假装欢喜地收下了。

"你送了我礼物，那我帮你收花吧。"戚婷说着，伸手要去拿工具，却被晨安及时阻止了。

"花田刚浇了水，这会儿不适合收花，更何况你穿了靴子，若是弄脏不好清理，不如今天你先回去吧。"晨安规劝着，心底其实并不想戚婷留下来，不知为何，每次与戚婷的见面，都会令他不自在，却又说不出缘由。

晨安帮戚婷装好多肉植物，在送她出花圃时，隐约觉得花圃门外有人一闪而过，他以为是过路的路人并未多加留意，可他一定想不到，在那面墙的后面，躲着的其实是衣繁夏。

其实衣繁夏本已离开花圃了,只是这一天发生了太多的事情,害得她忘了询问晨安后背的伤势如何,于是这才返回花圃,不想却看见晨安与戚婷的一幕,心中很不是滋味,于是第一反应竟是躲了起来。

然而待晨安走出大门去看时,衣繁夏早就没了踪影。他一个人情绪低落地走回园内,盯着那一片绿色多肉植物,自叹道:"其实绿玉树还有个别名叫光棍树……"晨安说完,兀自笑着,心底有些庆幸那条绿色丝巾没有送给戚婷。

那是周二的清晨,卫佳慧去过洗漱间后,转身便看见半躺在床上的衣繁夏拨弄着手里的绿丝巾,眉头虽然微皱,嘴角却有一抹不易觉察的笑意。

"喂,想哪个男生呢?"卫佳慧八卦地将头探到衣繁夏面前,眼珠子骨碌碌一转,脱口道,"难道是晨安送的?"

衣繁夏被调侃得面红耳赤,匆忙将丝巾塞进被子下面,慌乱地催促着:"快去忙你的,别这么八卦了。"

卫佳慧"扑哧"笑出声,调皮地揽着衣繁夏:"还害羞了呢,好好好,不闹你了。"

衣繁夏推开卫佳慧佯装生气地警告她:"下次你再这样,我就再也不跟你说心里话了。"说着,她把丝巾拿出来又重新叠好。

虽说晨安与戚婷在一起的画面让衣繁夏的心里有些难过,但每每看到那条绿丝巾,她心底还是荡漾着一丝甜蜜的感觉。

两个人闹了一会儿,衣繁夏看了眼时间,已经是上午7:30分了,她抓起外套,随便洗漱一遍后就忙着往门外冲,卫佳慧按捺不住好奇心,两步跑上前拦住衣繁夏问:"你慌慌张张的要去哪里啊?"

关于查案的事,衣繁夏并不想让卫佳慧参与进来,毕竟这是很危险的事情,而且谭苏阳的警告也令她有些担忧。

见衣繁夏沉默不语,卫佳慧有些担心地推了推她:"你发什么呆呀?反正今天我没事,我陪你去你想去的地方吧。"

听说卫佳慧要陪自己去,衣繁夏连忙摆摆手,推托道:"不用不用,我就想去操场上跑两圈。"说完,衣繁夏拎着双肩包就跑出了宿舍,因为跑得太急,都没注意到包里掉出的螺丝刀。

卫佳慧捡起螺丝刀,回忆着衣繁夏方才脸上奇怪的表情,不禁心存疑惑:"她向来不爱体育运动，怎么会去跑步？"再看看手里的螺丝刀，卫佳慧总觉得衣繁夏没跟自己说实话，于是出于关心，卫佳慧穿上外套也跟了过去。

清晨的校园里人少而清静，卫佳慧四处一望便看见衣繁夏朝图书馆方向走去。

卫佳慧一路不紧不慢地跟着，眼看着衣繁夏独自钻进图书馆的废墟中，心中泛起嘀咕："出过事故的地方，她去那里干吗？"卫佳慧不放心衣繁夏一个人，也出于自己的好奇心，没多想便也钻进了废墟里。

凌乱不堪的废墟现场，对于第一次进来，还没带任何防护器具的卫佳慧来说简直举步维艰，脚下尽是断壁残垣，一个不小心便在一片漆黑中跌倒，卫佳慧揉着摔麻的屁股不住地哀号着，声音惊扰了不远处的衣繁夏。

"是谁？"

"繁夏，是我！"一道光打在卫佳慧的脸上，强烈的光刺痛双眼，令她忍不住用手遮挡。

衣繁夏折回身，看见果真是卫佳慧，不禁埋怨道："你怎么跑这儿来了？"

卫佳慧不以为意地回答："你能来，为什么我不能来？更何况这里出过事故，难道眼见你自己进来，我还要假装看不见吗？还是说说你到底来干吗吧。"

面对卫佳慧的追问，衣繁夏为难地选择了沉默。

见衣繁夏不语，卫佳慧只能干着急，打量着衣繁夏手里的探照灯和铁铲，突然神秘地问："难道这里有宝藏？"

衣繁夏无奈地摇摇头，与其让卫佳慧胡乱猜测，还不如说出实情，她环顾一下四周，开口说道："听说学校要重修图书馆，而这是琉璃发生事故的现场，我想赶在现场被清理前，再来找找有没有遗漏下来的线索。"

"琉璃事件难道另有隐情？"卫佳慧目瞪口呆地看着衣繁夏，随即整个人兴奋起来，抓住衣繁夏的手，不满道，"我们俩是好朋友，你来查案怎么能不带上我呢？"

调查琉璃事件，越少人知道越安全，所以面对卫佳慧的请求，衣繁夏坚决拒绝："我这不是来玩的，我与琉璃有过一面之缘，我不想她死得不明不白，更不想把你牵扯进来。"

见衣繁夏不让自己参与，卫佳慧突然严肃起来，问道："你知道我为什么练体育吗？"

衣繁夏想不明白练体育和查案有什么关联，于是摇摇头，等待着卫佳慧的解释。

借着明亮的探照灯光，只见卫佳慧解开衬衣的上纽扣，轻轻一拉，右肩锁骨的地

方有块指甲大小的伤疤。

卫佳慧拉好衣服，边扣纽扣边解释道："以前我的性格内向，人又瘦小，很多同学都欺负我，刚上高一那年，有天上体育课，我因为穿着裙子而请假坐在篮球架下，两个女同学故意来刁难我，推搡中，我们三个人都倒在球架下，而我的右肩刚好扎进了球架上的钢钉……"

卫佳慧说到此处忽然停顿下来，那曾经的回忆似乎让她有些难过。

"后来呢？"衣繁夏上前扶住卫佳慧，轻拍她的肩膀，给她安慰。

"后来这件事惊动了学校，那两名欺负我的同学一口咬定是我出手打了她们，我因此被学校记了大过。"卫佳慧深吸一口气，重新看向衣繁夏，"从那时起，我就告诉自己，我不能再如此软弱受人欺负，我要让所见的冤屈都有真相可言，所以那时我选择了体育，努力练好身体，努力让自己看上去活泼开朗。"

不知这算不算是一种同病相怜，在衣繁夏听完卫佳慧的遭遇后，内心五味杂陈。原来，每一个人的人生都背负着一段别人无法体会的痛。

"让我加入吧，人命关天，我并不是抱着玩玩的心态。"卫佳慧认真的眼神中透着坚定，让衣繁夏不忍拒绝。

衣繁夏点点头："好吧，我们一起。"

卫佳慧黯淡的脸上终于露出了笑容，忙不迭地问："我们现在要查看现场吗？"

"对，上次我来找到一些线索，明天学校就要重新整理这里，只怕今天是我们最后一次进入倒塌现场了。"衣繁夏转身朝现场深处走去。

"繁夏……"卫佳慧忽然警惕地唤着她的名字，小心翼翼地提醒道，"你听到什么声音了吗？"

两个人同时屏住呼吸，安静的四周隐约传来"轰隆隆"的声音，那声音清脆而急促，像是铁柱滑动的声音。

借着衣繁夏手里探照灯的光，卫佳慧看到二楼楼梯的上方有东西朝她们的方向滑落下来。

"繁夏小心！"卫佳慧推着衣繁夏朝右边摔去，探照灯掉在地上，瞬间没了灯光，而两人则重重地撞击在墙壁上，虽然手臂被撞得麻木，但幸好躲过了铁柱，然而危险并没有因此结束。

本就破败不堪的现场，因为铁柱的滑落，使这片断壁残垣变得摇摇欲坠，半倾斜的天花板搭在承重墙上，不断有石灰洒落而下，并且伴随着墙体裂开的声音。

第四章

你如繁星，亦远亦近

"繁夏，我有种不好的预感，我们要不先出去吧。"卫佳慧在黑暗中环顾一圈，担忧地提醒道。

黑暗总是让人感到恐惧，而带着这份恐惧，衣繁夏知道这个地方马上就要彻底倒塌了，她抓起卫佳慧的手腕，说："你说得对，这里太危险了，我们赶紧出去！"

话音刚落，天花板便轰然落下，巨大的冲力使整个残楼都在摇晃，两人转身就朝出口跑去，由于光线昏暗，好几次险些绊倒。好在衣繁夏多次进出图书馆，对出口的方向多少有些熟悉。而此时，身后是不断倒塌的石块，前方是一片漆黑，她们不停地边跑边摸索，终于在心脏快要跳出喉咙的前一刻，冲出了图书馆的出口，而身后随着"轰隆"一声，再回头看去时，整栋楼已夷为平地。

衣繁夏和卫佳慧面面相觑，两眼迷茫，气喘吁吁，可见她们还未从惊吓中回过神儿，裸露在外的手腕和脸颊也都有不同程度的擦伤。

"幸好我们跑得快，不然埋在废墟之下的就是我们了。"卫佳慧有气无力地抱着衣繁夏，劫后余生令她生出不少感慨。

衣繁夏本想扭头安慰，可映入眼帘的是六七名壮汉朝她们走来。

真是一波未平一波又起，卫佳慧碰了下衣繁夏，抱怨道："这又是什么情况？"

还没等衣繁夏回答，为首的一名壮汉便开了口："让你们别多管闲事，却偏偏闯进这是非之地，既然你们没被这废墟掩埋，那就跟我们走一趟吧。"

"我们又不认识你们，凭什么跟你们走？"衣繁夏暗暗叫苦，难道这就是谭苏阳的警告？

站在一旁的卫佳慧凑向衣繁夏，小声问道："什么情况？"

"我说不让你参与进来，你看，麻烦这就来了。"衣繁夏用余光看了下四周，前面被七名壮汉团团围住，并不断将两人逼退到废墟前，前后都无路可逃，衣繁夏一时也慌了神。

见两人默不作声，又故作沉思的样子，为首的壮汉威胁道："快跟我们走一趟，别耍花招，虽然这里是学校，但我也不会对你们客气的。"

衣繁夏正在心中盘算着如何与壮汉周旋时，卫佳慧突然抓住她的手腕，二话不说冲着壮汉们之间的缝隙硬冲了出去。

两个人顺着校园小道一路狂奔而去，从后门跑出了学校，然而那七名壮汉紧追不舍。

衣繁夏体力没有卫佳慧好，此时只觉得胸腔里像被塞进一个鼓风机，她大口喘息

着:"我真的跑不动了……"

"我也跑不动了。"卫佳慧边说边扭头看,壮汉们速度不减,距离越来越近。

拼速度,两个人必输无疑!衣繁夏迅速用余光将前方的路瞄了一眼,提醒道:"佳慧佳慧,走这边!"说着,她扯着卫佳慧的手臂钻进了右边的小巷里。

小巷狭窄又幽长,刚好容得下两人并肩跑。毕竟是危险时刻,衣繁夏和卫佳慧逃命般地飞奔在小巷里,突然间有个人影闪现在眼前,拦住了两人的去路,她们定睛看去,异口同声地喊道:"谭苏阳!"

"别废话,快跟我走!"不给两人反应的机会,谭苏阳推着她们钻进小巷一边的木门里。

狭小的空间里漆黑无比,卫佳慧抱怨道:"这是什么鬼地方?"

两个人毕竟是女孩子,虽然对谭苏阳是敌是友还不清楚,但跟那些五大三粗的壮汉相比,谭苏阳并未给她们构成威胁。

三个人屏住呼吸,竖起耳朵听着从一门相隔外传来的脚步声和对话:"快去把那俩女的找出来,不然大哥不会饶过我们的。"

"这里有扇木门!"

"快打开看看她们在不在里面?"

七名壮汉一拥而上,为首的男人两脚便踹开了木门,并小心翼翼地朝里走,直对木门的地方有扇半打开的窗户,明亮的光线从那里照射进小屋,使整间木屋亮堂许多。

"这里没人啊。"

为首的壮汉盯着窗户半天开口道:"她们一定是从这里逃走了。"

"那怎么办?"

"能怎么办?继续找啊。"七人跳出窗户,顺着另一条小道继续寻找两人。

而此时,在谭苏阳的帮助下,衣繁夏和卫佳慧终于脱离了危险。

平日里不怎么运动的衣繁夏,这会儿正脸色苍白地坐在路沿的石级上大口呼吸着,额头渗满了汗珠,嘴唇发紫并且微微颤抖着。

"早让你不要查什么真相,现在舒服了?"谭苏阳没好气地斥责着衣繁夏,刚想要继续说下去时,他却被卫佳慧用力地扯住手臂。

卫佳慧也气喘吁吁,说话的声音都有些颤抖:"你别再说了,看不见衣繁夏现在正难受吗？真不懂得怜香惜玉。"

"你……"谭苏阳被卫佳慧一句话噎住了喉咙，转头再看向衣繁夏时，她毫无血色的面容着实令他内心一阵疼痛，他放缓语调，语气轻柔，"好了，这次你总该信我的警告并不是随便说说的，如果你还咬住不放，我真不知道他们还会做出什么事。"

"那些人是谁？"沉静中的衣繁夏突然抬头看向谭苏阳，眼神中透着坚定。

谭苏阳叹口气，反问道："你还是不打算放弃是吗？"

"危险并不能构成我放弃查明真相的理由，也许你觉得我太执拗，但流淌在骨子里的信念很难改变。"身材瘦削的衣繁夏在说这些话时，仿佛一位伤痕累累，却又视死如归的战士。

然而这样成熟的话并不该出自一个风华正茂的女孩之口，谭苏阳不禁有些诧异，换上打量的眼神，似乎想要将衣繁夏这团迷雾看得更清楚，他带着自己的疑惑，问："真相？信念？你这是想当英雄吗？你是大学生，并不是刑警，更不是超人，你应该做你该做的！"

"不不不。"衣繁夏否认谭苏阳的看法，解释道，"我所说的信念并不是多么宏大的说辞，而是我自己认为对的事情，就像你认为我不做这件事是对的，每个人的想法不同，我从来没有逼迫过你参与我们调查真相的队伍，所以你也不必说服我放弃。"衣繁夏放缓强硬的态度，彬彬有礼地说道，"不过，你今天救了我们，还是应该跟你说声谢谢。"

谭苏阳本想再吓唬下衣繁夏，让她知难而退，可现在看来，什么样的说辞都无法说服她了。

"真是个一根筋的倔丫头！"谭苏阳无奈地笑笑，转头看向卫佳慧，"你也和她一个想法吗？"

卫佳慧打个响指，满脸洋溢着朝气："我可没有繁夏这么高深的觉悟，但繁夏要做的事，我一定会支持到底的。"

"真不知是该夸你们充满正义感，还是死脑筋。"谭苏阳气结不语，扭头就要离开，末了还是禁不住提醒了一句，"就算要查真相，也多等几天吧，这几天不安全，我先帮你们探探路。"

谭苏阳说罢潇洒离开，只留下瞠目结舌的衣繁夏和卫佳慧。

"他这是在帮我们吗？"衣繁夏一脸迷茫地看着谭苏阳离去的背影，她实在想不明白，一直阻挠她查找真相的人，一直与她站在对立面的人，今天不仅救她们出困

境，还似乎跟她们站到了同一阵营中。

衣繁夏扭头看向卫佳慧，这姑娘正一脸仰慕地看着谭苏阳离去的方向，嘴里嘀咕着：“也许人家一颗真心深藏不露呢。”

"我看你想多了吧，别犯痴了。"衣繁夏难得心情愉悦，边调侃着卫佳慧，边查看着手机里的一条未读短信。

短信是晨安发来的，手机上写着：最近有查到什么线索吗？

这条短信令衣繁夏有些惊喜，毕竟晨安主动联系她的时候屈指可数，她盯着手机屏幕，小心翼翼地修改着措辞，生怕哪一个词语不够温柔：什么都没有，还在努力中，你一切要小心。

对于遭遇陌生人追赶的事情，衣繁夏只字未提，她害怕自己的主动像是一种示弱，会让晨安觉得是负担，所以这一切她都宁可自己承受。

 第五章

Weitian Shaonü Chu Xin Ji

有些深情，总是后知后觉

1

虽然衣繁夏与卫佳慧暂时脱离了危险，但等待谭苏阳的却是一场狂风暴雨。

台球厅的一角，谭苏阳身体靠着墙坐在地上，嘴角已是瘀青一片，他抬头看向荀斐，问道："大哥，那些人是你派去的对吗？"

"没错，是我派去的。"荀斐望向谭苏阳的眼神中满是关切，但又不得不给他忠告，"这件事你也要置身事外，今天这一拳算是给你的忠告，如果劝不了那个女生，你就离得远远的，你就像我弟弟一样，我不想看你受伤。"

"大哥，这背后的人到底是谁，真就那么可怕吗？"谭苏阳不顾荀斐的警告，倔强地一问到底。

本想转身离开的荀斐突然停住脚步，意味深长地问道："难道你也被那个叫衣繁夏的女孩拉拢了吗？收起你的执念才会安全。"

荀斐说完转身离去，靠在墙角的谭苏阳这才全身放松下来，他叹口气，绞尽脑汁也想不出这幕后之人是谁，竟然让荀斐大哥都如此忌惮。

不过人与人，总会在相处中被潜移默化。在衣繁夏一次次的坚持下，谭苏阳也对琉璃事件的真相产生巨大的好奇心，只是这点变化，谭苏阳自己都没有发觉，不过他能肯定的是，这背后的神秘人，一定是个厉害人物，他实在担心倔脾气的衣繁夏会不听自己的告诫，于是爬起来拍了拍衣服上的泥土，朝学校跑去。

正是上课时间，谭苏阳跟着一群学生冲进中文系大楼，他本想在上课之前找到衣繁夏，可铃声响起的刹那，有人突然拽住他的手臂，力道之大，险些将他拽倒。

谭苏阳回过神去看，诧异地叫出那人的名字："晨安？"

"追衣繁夏和卫佳慧的人，到底是谁？"晨安焦急万分地抓着谭苏阳。

那些人毕竟是荀斐派去的，谭苏阳自然不能如实相告，于是搪塞道："我也只是半路救了她们，那些人是谁我也不知道。"他并不喜欢与人这样亲密，尤其是同性，于是匆忙抽回被抓的手臂，一脸拒人于千里之外的模样，问，"这消息是谁告诉你的？"

"卫佳慧。"

谭苏阳漠然地点点头，突然叫住刚要转身离开的晨安："哥们，你是在担心衣繁夏吗？你喜欢衣繁夏？"

这个问题过于突然，听得晨安怔怔地愣在原地，沉默片刻后，晨安吞吞吐吐地反问道："喜欢……的定义是什么呢？"

第五章

有些深情，总是后知后觉

晨安慢悠悠地离开，脑海中不停闪过谭苏阳的问题，难道自己真是担心衣繁夏？而这种担心真是源于喜欢吗？晨安并不懂得喜欢的感觉，只是当卫佳慧跑来告诉自己她们被陌生人追赶时，他只想确定衣繁夏的安危。

只想确定衣繁夏的安危！

愣在原处的晨安被自己的这个想法吓坏了，他努力回忆着自己对衣繁夏的感觉，从第一次在花圃相遇到现在，她奇怪的举动和话语都令他有些反感，这反感的确是由心而发。所以，他实在想不明白，此时的自己又为何会因顾虑她的安危而身处在远海学院。

爱情抑或人的情感，总是难以捉摸的。越是想要去弄得清清楚楚，内心越是凌乱不堪，这是为何呢？也许正是因为爱了，才会患得患失，倘若不爱，上天入地，又有谁能乱你的心神！

谭苏阳看着晨安的背影，心中也有着说不出的混乱感，他从晨安紧张的神色中便能看出晨安是多么关心衣繁夏，但晨安的关心，却让谭苏阳心头有些不是滋味。

没错，谭苏阳也对衣繁夏产生了特殊的情谊，所以那天，当谭苏阳并没能在中文系教学楼中找到衣繁夏，打电话也没人接时，他心急如焚，生怕衣繁夏再倔脾气上来，又不知跑去哪里查询真相了，于是赶紧发了条短信：不论如何，三天内你不要轻举妄动，除了教室和宿舍哪里都不要去。

短信依旧没有任何回复，谭苏阳询问卫佳慧，两人并不是同一专业，所以卫佳慧也不清楚衣繁夏的去向。

谭苏阳心中一沉，一边朝校外跑去，一边翻找着手机，冷不丁地撞了一个人，他刚要道歉，耳边响起晨安的声音："你没事吧？"

看见是晨安，谭苏阳慌乱的情绪安定许多，他扶住晨安的肩膀，语气很是焦急："联系不上衣繁夏了，我现在去找荀斐人哥，你快去她常去的地方找找看！"

晨安没有回花圃，一直守在女生宿舍楼前的原因就是想见到衣繁夏，确认她的安全，然而在听到衣繁夏可能失踪的消息后，晨安甚至放弃了对谭苏阳的成见，听从了他的建议。

在晨安与谭苏阳竭尽全力寻找衣繁夏的时候，衣繁夏却独自游走在校园里，她手中紧紧攥着一张照片，泪眼婆娑。

而这张照片的由来，还要从这天清晨说起。

早上，洗漱完毕的衣繁夏正准备去上课，刚走出宿舍楼就与戚婷不期而遇。

不知是不是两个人每次的相遇都不甚愉快，所以衣繁夏在看见戚婷的瞬间，就感觉会发生什么事情，于是整个人都像投入战斗的刺猬，竖起了满身的刺。但让衣繁夏意外的是，戚婷这次并未多言，只是在两人错身而过的瞬间，一张照片从她的衣兜里滑落。

衣繁夏上前捡起照片，只看了一眼，她便觉得自己的内心犹如被雷击中一般，疼痛与麻木并存。因为照片中的人物不是别人，正是戚婷与晨安！

虽然只是一张照片，但它传达出的内容对衣繁夏来说却是致命的。因为照片中的戚婷手挽晨安，头微微地靠在他的肩旁，双手环抱住他的右手臂，两个人看上去很是般配，连嘴角的微笑弧度都那样一致，仿佛他们才是天造地设的一对。

手握这样的照片，衣繁夏并没有要还给戚婷的打算，她凝视着戚婷渐渐远去的身影，气愤、嫉妒，所有能与理智抗衡的负面情绪一股脑全都冲了出来，那种由心而发的刺痛感，让她再次确定，她对晨安的心意是那样强烈。

女生总是如猫般敏感，面对爱时的无限宽容和面对敌人时的心胸狭隘，总是两个极限，而那份走不出的狭隘，则是令女生们往更坏的方向幻想的导火线。

衣繁夏的脑海中不停想象着晨安与戚婷相处的画面，心中五味杂陈。她想，曾经站在晨安身边的人是自己，曾经接受那种温暖的人也是自己，而如今这一切都不再与她有关，那种"被剥夺"的感觉真是糟透了，她甚至觉得失去理智的自己没法做任何事，干脆跟老师请了半天假。

就这样，衣繁夏在校园里漫无目的地走着，此时已经是午休时间，毫无胃口的她随意坐在校园的休息凳上发呆，恍然间，戚婷与晨安硬生生地闯进她的视线，两个人一前一后朝餐厅走去，不知是不是察觉到一道异样的眼神，晨安先行一步，戚婷却在一番环顾后，径直朝衣繁夏走去。

早已被无数种负面情绪缠绕的衣繁夏，眼神中透着说不出的愤怒，手里的照片也被攥成了一团废纸。

两者交战，就看谁更沉得住气，先动怒者必输！

而怒火中烧的衣繁夏，似乎正合戚婷之意，她连说话的语气都那般嘲弄："你是不是有东西要还给我？"戚婷故作冥想片刻，接着坏笑道，"不过我并不需要了，因为那是我专门留给你的！"

衣繁夏这才恍然大悟，那张照片是戚婷故意丢在自己面前的，这是戚婷的宣战，而她却毫无招架之力。

衣繁夏气不过，将攥成一团的照片扔在地上，箭步上前一把揪住戚婷的衣领，可还没等她做些什么，戚婷就顺势瘫坐在地上，这个举动让衣繁夏有些摸不着头脑，而更让衣繁夏手足无措的是戚婷接下来的话。

"我只是想与你打招呼，你为什么要出手推我？"戚婷一脸委屈的模样，着实让看见的人心疼不已，然而在戚婷唤了一声"晨安"后，衣繁夏算是彻底心凉了。

衣繁夏扭头看着站在不远处的晨安，他眼神中透露出的不可置信，深深刺痛了她的神经，她莫名觉得自己像个做错事的孩子，站在原处一动不敢动。

"我还以为你失踪了，正好遇到戚婷，想一起去餐厅找你，可你……"晨安没有把后面的话说下去，停顿片刻，继续质问道，"你们两人到底有什么深仇大恨，你要这样咄咄逼人？"晨安并不知晓其中缘由，他所看到的便是眼前戚婷被衣繁夏推倒的画面，再加上之前衣繁夏说过的奇怪的话，都让晨安多少对戚婷有些内疚之情，在他看来，衣繁夏之所以这样针对戚婷，完全就是因为他的缘故。

本就因照片而生气的衣繁夏，此时被晨安这般误会后，万般委屈涌上心头。

衣繁夏想要解释，却发现已经无从开口。

只见戚婷揉着自己的脚踝，求助般地望向晨安，声音娇柔地说道："好疼，你可以扶我走吗？"

晨安没有半分犹豫，俯身抱起戚婷，并从衣繁夏身边掠过。

那一瞬间，衣繁夏看到了晨安眼底的冷漠，看到了戚婷面若桃花的笑容。她浑浑噩噩地站在原地，耳边忽然响起谭苏阳关切的声音："你那么喜欢晨安，不用把他追回来吗？"

衣繁夏苦笑一声，不知是回答还是在自语："我已经追不到晨安了，在他的记忆里，衣繁夏只是现在的衣繁夏而已。"

2

一个人在感觉被抛弃的情况下，心灵最是脆弱。而这个时候，但凡有人给予一丝温暖，都会像夏风暖冰般，让彼此慢慢靠近，就像此时的谭苏阳。

谭苏阳本来去了台球厅找苟斐，得知不是苟斐派人抓走了衣繁夏，他觉得事情并不是自己想的那样，这才着急返回学校，继而看到了这一幕。

"喂，快别哭了，婆婆妈妈的像个老太太。"谭苏阳说着，将一块纸巾递到衣繁夏面前。

衣繁夏是个自尊心极强的女孩,从不在外人面前表露自己的情绪,而在谭苏阳关切的话语中,她才惊觉自己竟然落泪了。见衣繁夏无动于衷,谭苏阳再次抖动了下手中的纸巾,不想却被她一巴掌打落在地。

从来没有人敢对谭苏阳如此无礼,衣繁夏这个举动令他多少有些失了面子,于是故作生气地警告道:"从来没有人敢如此对我,趁我还没发火,赶紧乖乖把纸巾捡起来。"

"哼。"衣繁夏用那一双哭红的眼睛瞪了下谭苏阳,帅气地转身离开。

被无视的感觉让谭苏阳整个人变得躁动起来,他猛地抓住衣繁夏的手臂,冷嘲热讽道:"被戚婷欺负的时候,被晨安误会的时候,你怎么只知道傻站在原地,我好心给你纸巾,你跟我较什么劲?"

是啊!衣繁夏也在自问,谭苏阳不仅救了自己,还一再关心自己,那为何她要把对晨安和戚婷的不满施加到他身上呢?可面子挂不住的时候,人总喜欢硬撑,即便错了,衣繁夏也不想低头,她甩开谭苏阳的束缚,嫌弃地盯着他,说:"你明知道琉璃事件的背后隐藏着秘密,可你还是选择了隐瞒,你站在凶手那边,而我是你的对立面,所以道不同不相为谋。这就是我的理由。"

谭苏阳不动声色地吐口闷气,他不愿多谈此事,于是岔开话题,问:"你到底跟戚婷有什么过节?她干吗隔三岔五地找你麻烦?"

"我们既然不是一队的,你就不要过度关心我了,因为你的关心会让我觉得不自在!"衣繁夏一字一顿地说着,丝毫没有顾虑到谭苏阳的感受。

"你凭什么说我们不是一队的?"被彻底点燃怒火的谭苏阳擒住衣繁夏的双肩,毫不顾忌周围围观人的目光,大声吼着,"如果不是一队我为什么要提醒你,为什么要救你,为什么要给你递纸巾,我是疯了吗?我关心你怎么了,我就想关心你!你管得着吗?"

这段愤怒中类似表白的话,惊得衣繁夏脑中一片空白,怔愣半天也没明白他话中的含义,只好痴痴地问了句:"所以……你要和我们一起查明真相吗?"

"你个笨丫头,我说得还不够清楚吗?"谭苏阳这一声吼,也把正跑向两人的卫佳慧吓得不轻。

"哪个臭小子敢欺负我家衣繁夏,我绝不饶你,快把手给我放开!"卫佳慧不明状况,看着衣繁夏被人抓着肩膀的画面,还以为好朋友有危险,于是脚底生风般朝背对着她的男生跑去。

谭苏阳听见喊声,条件反射地转头看去,还未反应过来,迎面便飞来一个不明物体,谭苏阳躲避不及时,整整一盒黏糊糊的东西拍在了他脸上。

第五章

"这什么味儿啊,好臭!"谭苏阳边抱怨边用手抹去脸上的黏稠物,指着站在一旁窃喜的卫佳慧,质问道:"你疯了!这是什么东西?"

"敢欺负我的朋友,就让你尝尝榴莲的美味吧!"看着谭苏阳的窘迫样子,卫佳慧笑得直不起腰。

对喜欢榴莲的人来说,这种水果的确是美味的,但对于讨厌榴莲的人来说,那股直冲大脑的味道简直能用"臭气熏天"来形容。而刚好,谭苏阳属于后者。

黏糊糊的果肉残渣弄得谭苏阳满手满脸都是,尤其深吸一口气,那股说不出来的腐臭味儿瞬间冲击了嗅觉,众目睽睽之下,谭苏阳被人丢了一脸的臭榴莲,这口恶气怎么也咽不下去。

谭苏阳作势要去抓卫佳慧,却被卫佳慧一个躲闪逃脱掉了。两人都是体育专业的学生,一个进攻一个躲闪,倒也算是势均力敌。

"你这臭丫头,看我不把你碎尸万段!"说着,谭苏阳就上前要抓卫佳慧。

眼看着谭苏阳愤怒地扑向卫佳慧,衣繁夏匆忙上前挡在两人中间,劝解道:"我朋友不是故意的,她是怕我被欺负……"

"那我欺负你了吗?"谭苏阳忽然板起脸,义正词严地抱怨道,"第一次见你就被扎满脸刺,你觉得我欺负得了你吗?"

衣繁夏想想,事实的确如此,也无法应答。

"既然如此,你能把那两块榴莲赔给我吗?真的好贵!"卫佳慧幽幽地将脑袋从衣繁夏肩旁探出,笑得贼兮兮的。

谭苏阳闻着这股类似腐烂的味道只想作呕,竟然还要他赔,于是又是一阵怒火憋在胸口,吼声震天响:"卫佳慧,我今天一定要将你大卸八块!"

眼见衣繁夏也挡不住谭苏阳,卫佳慧撒腿就朝女生宿舍楼跑去,谭苏阳紧追不舍,整个校园都充斥着卫佳慧鬼哭狼嚎的叫声。

有的人,一见钟情,便两不相忘;而有的人,互看不顺眼,同样缘分亦深。而谭苏阳和卫佳慧,这对欢喜冤家,彼此的缘分似乎也在此刻被烙上了烙印。

衣繁夏看着两人追逐的身影在校园小道上渐渐远去,一缕缕明晃晃的阳光洒在他们走过的路面上,不知道,这个象牙塔般纯净的大学,真有它外表看上去的这般静谧美好吗?

校园的路很长,好似看不见尽头,衣繁夏独自漫步而去,心情复杂而平静,复杂的是眼前的迷雾越来越浓重,平静的是还有这些好友陪在左右。

衣繁夏一直走着,穿过人流较多的学校超市时,在一堆嘈杂的喧闹声中她突然驻

足,就在方才她听到一个熟悉的沙哑的声音,像极了当初在办公楼的走廊尽头听到的声音。衣繁夏觉得自己的直觉是对的,所以她在人群中不停地寻找……

"借过借过,搬卸货物,小心砸伤!"

熟悉的叫唤声又在衣繁夏的耳边响起,这一次她听得清清楚楚,转身看去,一个身穿灰色冲锋衣的中年男子,正站在一辆小型货车旁整理着货物。这男子看上去很是热心,因为货箱大而重,又堆得很高,男子生怕来来往往的学生被伤到,每每有学生经过,都会提醒:"搬卸货物,小心砸伤。"

这个中年男人,身高中等,皮肤黝黑,从面相看上去并不像十恶不赦的坏人,但衣繁夏当即确认,当初在走廊尽头说着"事情的真相一定不能告诉学校,虽然死去的孩子并不是学生,可毕竟是在学校出事的,家长和学校都不会放过我们的"这句话的男人就是眼前这个人,男人沙哑的声音,她记得清清楚楚。

衣繁夏想要与这个中年男人靠得更近些,本想要开口询问,却被突然出现的谭苏阳拦住去路。

"你看什么呢?还不走,天天就知道发呆。"说着,谭苏阳扯着衣繁夏的衣袖就往宿舍楼走,口中抱怨道,"你赶紧回宿舍把卫佳慧给我抓出来。"

谭苏阳力气过大,扯得衣繁夏挣脱不得,只能低声制止道:"你快别闹了,我发现了一个重要线索。"

听闻找到了线索,谭苏阳也莫名激动,他匆忙松开衣繁夏,迫不及待地问:"什么线索?快说来听听。"

衣繁夏伸出手指在唇边做出一个嘘声的手势,小心翼翼地提醒道:"你小点儿声!"说罢,她靠向谭苏阳,手指着前方,"站在货车旁边的那个中年男人看到了吗?"

"是他!"谭苏阳顺着衣繁夏手指的方向看去,一眼认出那个中年男人。

"你认识他?"衣繁夏不解地问。

谭苏阳纠结片刻,有些为难地回答道:"说不上认识,只是有次在校门口,差点儿被他撞到。"

"说了等于没说。"见谭苏阳也没说出有价值的信息,衣繁夏决定自己行动,只是脚步还没迈出去,就再次被谭苏阳拦住。

"你又要干吗去?"谭苏阳用力地抓住衣繁夏的肩膀,生怕她又轻举妄动。

衣繁夏挣扎一番,口中念叨着:"别拦着我,我要去问清楚!"

谭苏阳就知道她沉不住气,连拖带拽地将她带离学校超市。

第五章

有些深情，总是后知后觉

操场一角，谭苏阳急躁地指责衣繁夏："你这样没头没脑地冲上去，会打草惊蛇的！"

"问他的方法那么多，我又不会傻到直接问他谁是杀人犯！"衣繁夏没好气地边说边揉着被谭苏阳抓疼的手腕。

"男人名叫李昀达，工作是给学校超市送货，每周一、周五上午都会来，家境不太好，还在工地兼职杂活。"谭苏阳将自己调查到的信息全都讲给衣繁夏，末了再次提醒她，"以后不许轻举妄动，你是个女孩子，不要闷头往前冲，很危险的。"

谭苏阳此番话倒让衣繁夏心中一暖，严肃的表情瞬间得到缓解，脸上露出不可多得的笑容，整个人都凑上前，问："你这是要帮我一起找寻真相吗？"

"没没没！才没有，你别多想！"大男孩的自尊心总是高于一切的，谭苏阳怎能坦露自己的真实情感呢？所以用这一连串的否定句回答了衣繁夏，说罢，他竟然脸一红，逃跑了。

站在原地的衣繁夏还有些迷糊，谭苏阳如果不是站在自己这一边，那他又为何要说那些关心的话语？衣繁夏虽然对情感后知后觉，但她并不傻，她分得清关心与敌对的区别，也从谭苏阳的话语间觉察到他情感的异样。

3

那天过后，谭苏阳似乎从衣繁夏的视线中消失了一般，即便两人在校园中偶尔遇见，他也于人群中匆匆逃掉，这举动令衣繁夏心中很是憋屈，所以当这种情况再次出现时，她决定要当面问个清楚。

那是入夏以来最大的一场暴雨，许多学生都被困在学校餐厅里。

学校餐厅的门口被学生挤得水泄不通，衣繁夏站在人群的中间，挤得站不稳脚，突然背后一股推力，她硬生生地摔在前面的人墙上，透过人群的间隙她看见一个高大的身影一晃而过。

"谭苏阳！"衣繁夏脱口而出后与谭苏阳四目相接，然而不出所料的是，他再次逃跑了，他毫不犹豫地跑进滂沱大雨中，急骤的大雨形成一个巨大的雨帘，顷刻间便笼罩了谭苏阳。

衣繁夏决心去问个清楚，拼了命地要往人群外挤，面对大雨，她想也没想就冲了进去，雨水冰凉，打在脸上什么都看不清楚，她一路追，直到抓住谭苏阳的衣服后，

她才稍微喘口气，想不到换来的却是谭苏阳嫌弃的话语。

"你干吗？"谭苏阳站在原地，也不挣脱，只是态度极为冷淡。

衣繁夏可不管这些，待一口气将顺后，她指着谭苏阳质问道："你在躲我？"

"你想多了，躲你干吗？"谭苏阳说话的时候，眼神飘忽不定，更加不敢看衣繁夏，只是褪去身上的外套，在衣繁夏的头顶支起一个小空间，为其挡雨。

全身淋得湿答答的衣繁夏被保护在谭苏阳的双臂间，她痴愣愣地望着他，语气平缓："谭苏阳，你这是在干吗？"

"照顾女生，这是任何男生都应该有的绅士之举，如果你不喜欢，就快点儿回餐厅里去！"谭苏阳帅气地仰起脸，任由雨水砸得睁不开双眼，他往日梳得整齐的发型，此刻也狼狈地趴在前额上。

看着平日里趾高气扬、外表冷酷的谭苏阳，现在竟然为自己做着这样的事情，衣繁夏扯掉他的手臂，紧紧抓住他的手，雨声让环境变得很嘈杂，她只好大声地吼道："从你第一次提醒我的时候起，我就知道你是个好人，我不逼你一定站在我这边，但请你像往常一样对我好吗？"

谭苏阳并没有回答，而是将外套丢给衣繁夏，转身离去。衣繁夏想要破除两人间的尴尬气氛，可事与愿违，她抱着谭苏阳的外套站在大雨中，身后尽是同学们的起哄声，恍然间，周身一暖，再抬头看去，一把黄色的雨伞为她遮去冰冷的雨水。

"晨安……"衣繁夏的唤声中夹杂着委屈、无奈，眼神也变得极其落寞。

"你喜欢人的方式还真是够卑微的。"晨安说这句话时神色看上去很不屑，不屑到谁也看不出来他心底泛起的阵阵酸意。

就像此时的衣繁夏，她感受到的就是来自晨安的嫌弃，于是迫不及待地解释着："我没有喜欢谁，不是你想的那样。"

"好了，我们去前面的休闲餐厅，我有事情要和你商量。"说着，晨安径直朝前走，再一回头，衣繁夏竟还站在原地，半边身子淋在雨中，他只好折回身，重新替她支起伞，疑问道，"发什么呆呀？"

"晨安，如果有一天我被人欺负了，你也会像帮戚婷那样帮我吗？"衣繁夏执拗地问，坚定的眼神似乎非要晨安给出一个答案。

晨安沉静地凝视着衣繁夏，半响脱口而出："会！"

衣繁夏似乎没想到晨安会这样回答，一时间反倒被吓到了，直到晨安不耐烦地提醒道："我都回答完了，你怎么还不走？我不喜欢淋雨，快跟我走！"

第五章

有些深情，总是后知后觉

这世间所有的喜欢，不管过程有多么曲折，但那令人心动的情愫始终都在。衣繁夏默默地跟在晨安身后去了休闲餐厅，似乎他给她的那些伤痛，在这一刻全都不复存在了。

因为下雨，休闲餐厅里人少而清净，两人选择了角落里的一张桌子，晨安表情有些凝重，一直摩挲着手里的一把钥匙。

衣繁夏将晨安的状态看在眼底，摸不着头脑地问："你想说什么？"

晨安将钥匙推到她面前，示意她仔细看看钥匙上贴着的标签。

那是一把上锈的钥匙，钥匙上拴了一个红色的中国结，衣繁夏仔细拿在手中观察着，背面的标签上有两个模糊的字迹"琉璃"。

"这是琉璃的？你在哪里找到的？快告诉我！"衣繁夏发现珍宝般地询问道，生怕错过了什么。

"我去了一趟琉璃工作的学校超市，这钥匙我是无意间在货架下找到的，所以先来找你商量。"晨安将事情的经过告诉衣繁夏，继续说道，"你有什么想法可以直接告诉我，我来帮你做，危险的事情还是留给男生做吧。"

衣繁夏默默点着头，语气坚定地说："一起吧，我喜欢并肩作战！"

有些时候，一句简短的话却有着触动人心的力量。

没有什么花言巧语能比陪伴更长久，两人都不再言语，似乎那柔软的眼神有着千言万语，而彼此也都读懂了那言语后的意义。

晨安收回那把钥匙，不容置疑地说："我闲暇的时间比较多，我负责寻找和这把钥匙匹配的锁，你就等我消息吧。"

"那你小心点儿。"衣繁夏关心地提醒着。

"那我先回花圃了。"晨安说罢起身就要走，却被衣繁夏唤住。

"晨安……"衣繁夏欲言又止地叫着他的名字，右手始终放在衣兜里，见晨安停在原地看着自己，她声音柔弱地请求道，"你能再坐一会儿吗？我还有话对你说。"

晨安重新坐回座位上，看着衣繁夏迟疑的表情，似乎有什么难为情的事情，以至于连嘴角都快咬破了。

"你还记得这个吗？"衣繁夏从衣兜里拿出两枚戒指，那是两枚镶嵌着黄色石头的戒指，黄色的石头被打磨成宝石的形状，却又比宝石特别。

晨安好奇地仔细看了看，不禁疑惑地问道："这是什么？难道也和琉璃事件有关？"

看他丝毫记不起这石头的来历，衣繁夏匆忙摇着头，急得有些结巴："不是的。这是云崖石，你一点儿都不记得了吗？"

"云崖石……"晨安在口中念着这三个字,许久投来一个抱歉的眼神,说:"对不起,我真的一点儿记忆都没有了,这戒指和我有关?"

晨安的问题令衣繁夏一时间不知如何回答了,她失望地点点头:"和你有关,和我们的过去都有关,我会等着你记起的那一天。"

对于一个失忆的人来说,再珍贵的记忆都是空白,所以当面对沉浸在过去珍贵记忆中的衣繁夏时,晨安除了有些手足无措外,更多的则是由心底产生的内疚感。

晨安伸手揉了揉衣繁夏的脑袋,是一种无奈,更是一种安慰。

在晨安走后,衣繁夏陷入了深深的沉思中,她捧着那两枚戒指,记忆一下又涌现于脑海——当年在波西塔诺的爆炸案中,衣繁夏被爆炸的冲击力波及,被人救起苏醒后,她才发现脖子上的云崖石吊坠已经破裂成两半。那时,衣繁夏以为与晨安已生死相隔,而云崖石吊坠又是晨安送给她的最珍贵的礼物,这破碎的石头,仿佛暗示着两人再无相见的可能。

但衣繁夏执拗得怎么也不愿放弃,回国后,她寻找了许多家珠宝专卖店,几经询问,没有一家能保证黏合这块破碎的石头,最后无奈之下,衣繁夏只好听从了专卖店人员的建议,将破碎的云崖石打磨成特殊的形状,最终做成了两枚戒指。

长久以来,衣繁夏都没有将这云崖石拿出来,也是因为晨安对她忽远忽近的态度,毕竟在情感中,没有人是喜欢被伤害的,尤其是其中一个记住了两人过往的种种,而另一个人却在记忆中变成了陌生人。

如今,衣繁夏鼓起勇气将云崖石拿到晨安的面前,是因为她迫不及待地希望他在看到云崖石后,能唤起曾经的点滴记忆。只是现在看来,唤起晨安的记忆还需要很长的时间,或许他一直都会保持这种失忆的状态。

衣繁夏独自坐在休闲餐厅内,听着室外淅淅沥沥的雨声,心中也跟着下起了雨,她拿出晨安送她的那条绿色丝巾,小心翼翼地将两枚云崖石戒指包在其中,她再次看向餐厅的出口,在心底告诉自己:"晨安终有一天会记起我的!"

Weitian Shaonü Chu Xin Ji

第六章

一颗坠入深渊的心

1

人不怕想念,只怕相见。

自从雨天与晨安在休闲餐厅见面后,衣繁夏对查找琉璃事件的线索更加用心了,因为只有这样,她才能够名正言顺地去找晨安。

既然知道了琉璃丢失的那把钥匙,衣繁夏也开始暗中调查。

那日是周一,放学后的学校超市里满是采购的学生,衣繁夏挤在其中左顾右盼,顺着人潮,她被挤到了超市的最里面,刚好看到没有上锁的房间,她猜测着应该是超市员工的更衣室。

琉璃用过的更衣橱会不会和晨安找到的钥匙相匹配呢?

带着这样的猜测,衣繁夏径直朝那扇门走去,眼看就差半米的距离,突然一个人挡住了她的去路。

衣繁夏定睛看去,眼前是个身材臃肿、贼眉鼠眼的中年男人,身高也不过一米六五,胸前挂着一个工作牌,上面写着"超市负责人:王旭"几个字。

"你是干什么的?这里是员工休息的地方,要推销东西去外面!"王旭语气严厉,眼神却不停地在衣繁夏身上来回打量。

这令衣繁夏很不自在,但为了不引起王旭的怀疑,她灵光一闪想到了一个好办法,随即努力挤出一个微笑,一脸天真地问道:"王哥,我不是来卖东西的,我想勤工俭学,不知您这儿还需要人吗?"

自从琉璃出事后,学校超市一直没有招到合适的人来工作,一是工资低,二是出过命案的地方,大家多少都会有所忌讳。但这是学校里唯一的超市,不管是正常上课还是双休,超市里总是忙得不可开交,而王旭说得好听点儿是超市负责人,其实也就是个打杂的,没有了琉璃的帮助,王旭这段时间可是丝毫不得清闲,所以面对主动来应聘的衣繁夏,王旭打心眼里没想拒绝。

"你真想来这里?工资可不高。"精明的王旭半眯着眼睛,心里打着算盘,还没等衣繁夏回答,他紧接着补充道,"每月工资500元,爱干不干。"

衣繁夏早就打听过,在学校超市打工的工资基本都在1800元,而王旭现在报出的价格,显然是想从中克扣,虽然看出了他的意图,但衣繁夏的目的并不是打工赚钱,索性也就随他去了。

"愿意愿意。"衣繁夏表现出对这份工作的积极和迫切,"我平时课余时间比较

第六章
一颗坠入深渊的心

多,本来就只想赚些生活费,顺便还能有个实践的机会,工资多少并不重要。"

这句话从一位女大学生口中说出,听上去很是质朴,王旭得了好处又招到人工作,自然没有异议,只见他方才满是算计的脸瞬间舒展开来,并且满意地笑道:"好好好,那你明天就来上班吧,只要没课就给我过来干活!"

衣繁夏心中一阵窃喜,匆忙指着员工休息室,问:"那我明天可以把自己的物品放进休息室吗?"

王旭着急离开,大手一挥道:"储物柜你随便用。"

琉璃事件总算有了进展,衣繁夏觉得自己好像抓到一根线头,只要继续跟进,真相似乎快要浮出水面了。

想到这儿,衣繁夏转身跑出校园,她要去找晨安,顺便拿那把钥匙去试一试更衣室的储物柜。

正是下午三点,气温不冷不热,晨安正挽着袖子在花田里除草,不时抬头跟正在挑花的客人交流着。

气喘吁吁的衣繁夏扶着花田铁门调整着呼吸,刚抬脚走了两步,右手腕就被一个人狠狠地抓住,那人应该是个女生,因为长长的指甲掐得她手腕上的皮肤钻心地疼。

"戚婷!"衣繁夏都没有扭头去确认,便知道拦住她去路的人必定是戚婷!

果然,在唤出这个名字后,衣繁夏与那双犀利的眼睛四目对视。

"你还真是阴魂不散!"戚婷开口就很不客气。

"阴魂不散?"衣繁夏眉头一挑,毫不客气地予以反驳,"我与晨安一周只见一到两次,而你是天天都在这儿,不知道的还以为花圃是你家开的呢。"

在不服软的衣繁夏这里,戚婷越来越占据下风,而且能够威胁到衣繁夏的招数也所剩无几,对于现在的戚婷来说,她唯一能做的就是控诉!

"衣繁夏,你永远不可能得到晨安的!"戚婷的声音很小,却有种咬碎牙齿的感觉。

衣繁夏觉得戚婷的话太过霸道,不禁反驳:"晨安是人,不是物品,没有谁是能得到他的。你这种霸占,真的是喜欢吗?"

戚婷有着自己的想法,并非真心喜欢晨安,所以这样的问题自是答不上来,于是恼羞成怒,扯住衣繁夏的衣服低吼道:"你凭什么说我?你才是害人精,是你害死了他!"

情绪失控的戚婷说出如此惊人的话,令衣繁夏很是震动,她眉头紧皱,目光逼视

着戚婷："你什么意思？你说的那个他，指的是谁？"

戚婷意识到自己的情绪有些激动，说了不该说的话，这会儿被逼问得只想赶快离开，奈何衣繁夏却不依不饶地抓住戚婷的手臂："你把话说清楚，这么久以来你一直针对我，也是因为你口中的那个人对吧？那个人，绝不是晨安！"

衣繁夏的话像一把匕首，一点点削开了戚婷包裹在心中的秘密。

面对衣繁夏的执着，戚婷奋力挣扎反击，两人在撕扯中，只听"当"一声，什么东西掉落了，衣繁夏下意识地去衣兜里摩挲，果然包裹在绿色丝巾中的两枚云崖石戒指，现在只剩下一枚了。

而丢失的戒指顺着路牙石滚进了花田中，茂密的花茎遮挡住视线，很难在其中发现戒指。

云崖石戒指对衣繁夏来说无比重要，她无暇再追问戚婷，只是狠狠地威胁道："倘若找不到那枚戒指，我一定不会放过你！"

衣繁夏说这句话时，牙齿恨不得要咬碎了，眼神中的绝望和语气中的决绝，甚至让戚婷不寒而栗。

不知是不是衣繁夏巨大的反差吓到了戚婷，只见一个踉跄，身穿米色休闲装的戚婷一声尖叫后便跌进了花田里，幸好百合花生长茂盛，后仰摔下去的戚婷压倒了大片花，但人并未受伤。

也正是这声尖叫吸引了远处晨安的注意。

听到尖叫声，晨安抬头查看，远远地只看见衣繁夏愣愣地站在原地，他顺着花田间的小路跑来，待看清戚婷泪眼婆娑地躺在花堆里时，他悬着的心竟然悄然落下。

晨安看了一眼现场，又看了看衣繁夏手中的戒指，似乎明白了什么，他上前先将戚婷扶起，又走到衣繁夏面前，盯着她手里的东西，呢喃道："云崖石？"

听晨安说出"云崖石"三个字时，衣繁夏觉得自己的心脏都要提到嗓子眼了，她眼睛一亮，迫不及待地问："你是不是想起来了？"

衣繁夏并没有看出晨安在说出"云崖石"三个字时眼底的无奈。

"人不能只靠记忆活着，不是吗？"晨安指了指她手里的戒指，试图开导她，"也许曾经的我与云崖石有着莫大的关系，但受伤失忆也是我人生的一部分，能否恢复并不是我能主导的事情，所以不要一见到我就逼着我记起以前的事，我已经失去了记忆，面对如此焦灼的你，你知道我的内心对那段记忆有多迷茫、多恐惧吗？"

晨安的这段话像一盆冷水，瞬间浇灭了衣繁夏所有的热情，她黯然失色地低下

第六章
一颗坠入深渊的心

头,像是一个一无所有的乞求者,为自己做着最后的辩解:"其实我只是想把其中一枚戒指送你而已。"

晨安叹口气:"没有那个记忆,云崖石对我来说不过就是块普通石头,更何况我为什么要接受你送给我的戒指呢,你不觉得这很奇怪吗?"说完,他似乎又想起了什么,补充道,"我真的希望我们俩的事情,不要再波及其他人,如果你不这样咄咄逼人,我们的关系或许会比现在更好一些。"

其他人、咄咄逼人,这样的字眼一下刺痛衣繁夏那颗脆弱而敏感的心,咄咄逼人的明明是戚婷,对她置若罔闻的明明是晨安,可眼下全都变成了她衣繁夏的错,那些埋藏在思绪里瞻前顾后的隐忍,那些因为真挚情感而害怕伤害晨安的小心,在此刻全都化为愤怒涌出心头。

一面是晨安对过往的漠然,一面是戚婷的阴谋靠近,情急之下的衣繁夏抓着晨安的肩膀,声嘶力竭地吼道:"即便你失去了记忆,可脑筋应该是清楚的,你到底被戚婷怎样迷惑了?"

被惹恼的晨安依旧保持着冷静,只是小心翼翼地挣脱衣繁夏的束缚,他怕弄伤她,只好不停地躲闪,这两人双手碰触的间隙,那仅剩的一枚戒指,也不慎掉落进花丛。

衣繁夏恨恨地看着晨安,失望地将他推开:"以后除了查案,我不会再和你多说任何事情。"说罢,衣繁夏便跪在土堆里寻找丢失的戒指。

这样的氛围尴尬得令人窒息,沉默许久的戚婷开口劝道:"我们先回去吧,让她一个人静静。"

但晨安心中内疚,他忽略戚婷,也走进花田去寻找,却被衣繁夏用力推开,言语中透着恨意与决绝:"不用!云崖石跟你没关系,我自己的事自己做!"

感觉自己像做了错事的晨安,后来是被戚婷强行拽走的。

而邻近傍晚,远海市气温急降,暴雨倾盆,花田里不多时就变得泥泞不堪,给寻找戒指更增加了难度。至于衣繁夏,全身上下脏污一片,淋雨后整个人更加精疲力竭。

天色将晚,自己又如此狼狈,衣繁夏只好失魂落魄地离开水晶花圃。她突然觉得,被自己死守的云崖石原来并没有那么重要,一直以来都是自己活在过去里,晨安说得没错,丢失的东西,恐怕想找也找不回来了。

而一个人的改变,要么来自情感的温暖,要么来自情感的冷漠。

衣繁夏无疑是后者！她步伐缓慢地朝学校走去，冰凉的大雨让她的思绪更加清晰，她告诉自己，一定要切断自己对晨安所有的念想，让一切都重新开始，也要把晨安重新摆回合适的位置上，绝对不会再让自己的情感困扰住晨安。

但那时的衣繁夏怎么也想不到，在那场令她痛彻心扉的大雨里，晨安一直跟在她身后不远处，好几次想上前为她撑起雨伞，却又退缩回去。

晨安看着衣繁夏的背影，觉得两人的距离，好似被这大雨阻隔了千山万水般遥远。

回到学校时，已是晚上七点半。

衣繁夏推开宿舍大厅的玻璃门，刚要朝楼梯口走去，身后便传来宿管阿姨的声音。

"喂，衣繁夏，先别走。"

衣繁夏回身看去，恭敬地问候道："阿姨您好。"

"怎么淋成这样？赶紧回去换身衣服，免得着凉。"宿管阿姨热心肠地关心道。

衣繁夏点点头，清浅一笑，问："阿姨叫我有什么事吗？"

这么一提醒，宿管阿姨才想起手里拿的东西："差点儿把重要的事忘了，这个信封放我这里应该有段时间了，换班的时候不知被谁弄乱了，我刚从桌下找到的。"

衣繁夏接过那个牛皮纸信封，上面满是褶皱和灰尘，上面并没有写寄件和收件地址，只写着"衣繁夏收"四个字，字体娟秀，应该出自女生之手。

衣繁夏道过谢后，边朝宿舍走去，边撕开手里的信封，信封里面没有信，却放了一把钥匙，而钥匙上依旧贴了一张写有琉璃名字的标签。

又出现了一把琉璃的钥匙！

衣繁夏在走廊前停住脚步，她总觉得事有蹊跷，给信封的人是谁？为何这把钥匙偏偏就给了自己？那晨安找到的钥匙又是开哪把锁的呢？

衣繁夏觉得事情越来越复杂，一定要尽快查出真相才行。

这会儿冷静下来的衣繁夏，才想起来自己本是去花圃找晨安拿琉璃的钥匙，结果被一场闹剧弄得忘了正事。虽然再与晨安交流会很尴尬，但琉璃的事似乎更为重要，衣繁夏纠结许久，还是拨通了晨安的手机。

第六章
一颗坠入深渊的心

手机的两端都是长久的沉默，衣繁夏不知如何开口，倒是晨安支吾半天，幽幽地吐出一句："对不起。"

衣繁夏的大脑高速运转，想了无数种接下去的话，到嘴边却变成一句生硬而毫不相关的问题："你那把琉璃的钥匙，能给我用下吗？"

"你要干吗？我说过，需要行动的事情由我来做。"晨安猜到衣繁夏拿钥匙必定是有想法，所以打从心底不愿让她冒任何风险，于是未经思虑便说出了这句类似关心的话。

"晨安……"衣繁夏的声音听上去低沉而认真，"你表现得那么讨厌我，而你说出的话却让我觉得是在关心我，你可不可以不要让人这样捉摸不定，因为你这样我都不知道该如何跟你相处了。"

"我……"晨安欲言又止，其实更多的是他不知如何表达自己纠结的内心。

而衣繁夏也不愿听到令自己难过的结果，趁晨安还没开口，她将话锋一转，解释道："我应聘到学校超市的工作，所以更容易去寻找那把钥匙的归处。"

"你疯了？竟然应聘到学校超市，里面是什么情况我们都没弄清楚，你这样很危险！"

衣繁夏这样的做法让晨安很生气，由手机另一端传来的嘶吼声，听得她心头一颤，相识那么久，在她记忆中，晨安还从未如此情绪失控过，但此时的衣繁夏却有种遍体鳞伤的感觉，也许靠得太近就会彼此伤害，反倒不如保持距离，让彼此都冷静些。

衣繁夏依旧克制着自己的情绪，语气冰冷："把钥匙给我吧。"

"不用试了，那钥匙是超市大门的防盗锁。"晨安如实解释道。

可衣繁夏并不相信，质问道："别用这种借口不给钥匙，你怎么知道是超市大门？"

"我昨天刚去过！"

事实上，晨安确实没有说谎。他连续一周踩点，终于弄清楚了超市送货时间是在清晨六点，这个时间只有货车司机李昀达和超市负责人王旭整理货物，晨安躲在墙角处，发现超市大门的防盗锁被丢在地上，而且锁口刚好也是半月形状，于是他趁两人清点货物时，偷偷捡起锁体将钥匙插入锁孔内，没想到竟然刚好匹配。

晨安将经过告诉了衣繁夏，她听后有些失落地问："真的确定只是大门的钥匙吗？"

"确定!"

虽然大门锁的钥匙并没有特别之处,不过好在衣繁夏手里还有一把神秘的钥匙,她说道:"我收到一个信封,里面也是把琉璃的钥匙,寄信人不知道是谁,你先等我消息。"

"你不要轻举妄动!"

面对晨安的关心,衣繁夏霸气回应:"我会保护好自己的,放心吧。

晨安见拗不过她,末了只得嘱托一句:"有事记得找我。"

挂了电话后,衣繁夏的内心是前所未有的平静,她紧握手里的钥匙,在心底告诉自己:"一定要帮琉璃找到真相,这是现在最重要的事情。"

衣繁夏扭头看着宿舍楼外,漆黑的夜色笼罩着整个校园,这看似平静的背后,竟让她有些心生恐惧。

"衣繁夏,你怎么在这儿傻站着?"

随着这道唤声,衣繁夏恍然回过神儿,看着目瞪口呆的卫佳慧,她呵呵一笑,扯了扯湿答答的外套,解释道:"忘了带伞。"

"算了吧,你是去见晨安了,对吗?看你那双通红的眼睛,还想骗我。"卫佳慧边说边拉着衣繁夏朝宿舍走去,眼角余光刚好看到她手里的信封,整个人都来了精神,凑着脑袋八卦道,"不会是晨安给你写的情书吧?"

看卫佳慧一双贼兮兮的眼睛,衣繁夏无奈地将钥匙递上前,看见"琉璃"二字后,卫佳慧瞪着浑圆的眼睛,问:"你在哪儿找到的?"

衣繁夏将今天发生的事情和自己的打算悉数告诉了卫佳慧,得知她要独自去学校超市查找线索,卫佳慧说什么也要跟着保护她。

"我好不容易才应聘进去,再带着你,很容易被怀疑的。"衣繁夏不同意卫佳慧的建议,希望能够说服她。

可卫佳慧哪能轻易被说服,只见她眼珠子一转,从她古灵精怪的表情就知道又想到了一个鬼主意:"你忙你的,我在超市买东西,谁也不会注意我的,更何况上次我们还被一群人穷追不舍,我跟着来又能保护你,也能有个照应。"说着,卫佳慧抱住衣繁夏的胳膊,整张脸放在她的肩膀上蹭来蹭去撒起娇来。

这是卫佳慧的撒手锏,出手必成功,看着衣繁夏有些迟疑,卫佳慧赶紧确认道:"就这么说定了,你赶紧去换衣服,明天就是正义的开始!"说着,还做起各种夸张的姿势。

第六章
一颗坠入深渊的心

被卫佳慧这么一闹，衣繁夏烦恼尽消，听着宿舍里洋溢着动人的欢笑声，她忽然意识到，不管生活如何沉重，笑着前行总好过忧愁停滞。那一晚，长夜漫漫，衣繁夏靠在窗边听雨声，卫佳慧则抱着笔记本电脑研究着福尔摩斯探案全集。

翌日，雨后放晴的天空阳光甚好，一道道光束穿过云层，映照得整个世界清澈明朗。

衣繁夏和卫佳慧刚好上午没课，两人一前一后像是陌生人一样走进学校超市，因为是清晨，超市里除了一名勤工俭学的男生在擦拭货物外，再无他人。

"同学你好，我是来这儿工作的新人，我叫衣繁夏，不知道王旭负责人在吗？"衣繁夏打量一番，这个男生看上去很是憨厚。

男生抬起头，推了下挂在鼻梁上的眼镜框，弱弱地回道："我叫高原修。负责人没那么早来，你可以先帮忙上货。"

负责人不在！这着实是个好消息，衣繁夏紧握手里的钥匙，努力保持镇定，问："我想先去换下工作的衣服，请问更衣间在哪儿？"故意装作不知情的衣繁夏生怕自己哪里露出马脚，整颗心快要跳出嗓子眼。

高原修随手指着超市尽头的房间，回答道："在那儿。"

衣繁夏道谢后，便迫不及待地冲向了更衣室。

更衣室的房门依旧没有上锁，衣繁夏推门而入，一股发霉的气味扑鼻而来，室内光线极暗，电灯的开关也是坏的，借着从小窗折射出的光线能看到室内除了一个六扇门的铁柜外，就只有两把木椅。

衣繁夏走近铁柜，发现六扇门全都紧锁着，她拿出琉璃的钥匙一扇扇试去，在心底祈祷着希望钥匙能和其中一把锁相匹配。

第一扇打不开、第二扇打不开……打到第五扇时，衣繁夏心中有些泄气，果然还是打不开。

"衣繁夏，快来帮我整理货物！"门外高原修的喊声将衣繁夏从失落的情绪中拉回现实，她心底一慌，身子顿时失去平衡，幸好右手按住身旁的铁柜才没有跌倒。

"来了。"衣繁夏刚回答完，敏锐的触觉让她在铁柜上感知到深浅不一的痕迹，再定睛察看，锁孔的周围尽是被利器打磨的坑洼，锁体也严重变形，看来第六个铁柜早有人撬砸过，只不过并没有成功打开。

另一边高原修依旧催促着她："快帮忙上货，一会儿人多了，我们两人就忙不过来了。"

"来了来了,等我换上工作服马上就出去!"衣繁夏趁着说话的空隙,将钥匙插进锁孔,轻轻一旋转,随着"啪"的一声响,第六个铁柜竟然应声打开。

衣繁夏迅速扫了一眼铁柜内,铁柜的门上贴了一张琉璃的生活照,里面物品码放整齐,除了一些零食和一件衣服外再没有其他异常的东西。但在衣繁夏的余光里,总觉得哪里有些别扭。

"衣繁夏……"高原修再次喊道,声音却忽然消失了,转而响起了卫佳慧的声音。

为了不遗漏任何细节,衣繁夏伸手在铁柜里再次探寻一遍,依旧毫无所获,直到视线再次落在铁柜门上的那张照片时,她才注意到照片竟然凸起一块,伸手一摸,照片后似乎藏有硬物,她赶紧将照片撕下,后面果然粘了一部微型录音笔。

直觉告诉衣繁夏,这部微型录音笔中一定有与案件相关的蛛丝马迹,但为了不引起高原修的怀疑,她匆忙将录音笔塞进自己的衣兜里,刚走出更衣室,便看见货架前的卫佳慧缠着高原修问东问西。

"大姐,你想买什么就买,你缠着我干吗?"高原修指着身旁半米高的食品箱,不耐烦地朝更衣室方向吼,"衣繁夏,你到底出不出来?"

衣繁夏来不及回答,就被卫佳慧接过话茬,她一副难缠的姑奶奶气势,指着高原修:"你嚷嚷啥?你是卖东西的,哪个东西好我不得问你吗?"

这话说得挺在理,高原修也无力反驳,只好深吸一口气忍住了胸中涌起的怒火:"好好好,想问什么问吧,我一定知无不言,言无不尽。"

卫佳慧的脸上露出无辜的表情,将双手举到高原修的面前,问:"这两个牌子哪个好用?"

高原修埋头一看,气得血液差点儿倒流回大脑里,难以启齿地抱怨道:"我……我怎么知道哪款卫生巾好用!"高原修气得连货物都不整理了,转身朝收银台走去。

卫佳慧给衣繁夏使个眼色,衣繁夏还她个OK(好的)的手势,两个人相视一笑,卫佳慧便明白了,一切顺利。

"两款我都要了,小伙结账!"卫佳慧冲到收银台,催着高原修,"快点儿,我有急事!"

遇到卫佳慧这样难缠的姑娘,高原修再大的火气也发作不起来,他手脚利索地收钱、装物品,只想快点儿送走这个瘟神。

另一边的衣繁夏已经着手整理货物了,虽然自己来这儿的真正目的是查找钥匙的

第六章
一颗坠入深渊的心

出处，可明面上要做的事还是不能少。

超市里人流开始变多，衣繁夏上完货主动跑去收银台帮忙，清闲下来的间隙，她故作不经意地问："你在这儿工作多久了？"

"一年半了。"高原修埋头做事，轻描淡写地回道。

衣繁夏在心中盘算下，这个时间段琉璃应该也在这里工作，于是继续追问："那除了你，还有别人在这儿工作过吗？"

高原修忽然停住手里的动作，抬头盯着衣繁夏看，半晌警惕地提醒道："做好自己的事，不该管的别管。"

此时高原修的冷漠和初次见面时的憨厚形成了鲜明的对比，也让衣繁夏对他重新变得小心翼翼，她抓过抹布，边擦拭边说："我有时要上课，可能会来得不那么及时。"

"没关系，主要是早上六点过来帮忙搬货，其他时间我自己也能应付过来，你没课过来就行。"高原修的语气变得亲和，这却让衣繁夏不禁在心里嘀咕起来："忽冷忽热，真是好奇怪的人。"

"你天天在超市，不用上课吗？"衣繁夏说着，抬眼看见玻璃窗外直挺挺地站着一个人，再仔细看，竟然是晨安，她匆忙收回视线，心也在那一瞬间怦怦直跳。

忙完事的高原修靠着墙，视线也移向窗外，淡淡地回答道："我大四，正在实习期，所以有大把的时间。"

衣繁夏虽然上大一，但她知道大四学生实习都应该是去校外找工作，高原修却守着这间学校的超市工作了整整一年半，这其中的缘由实在令人好奇。

见衣繁夏正发着呆，高原修看看时间，提醒道："八点半一过，超市人流量就少了，负责人只有每周一和周五才来，没什么事你先走吧，毕竟学业为重。"

衣繁夏欣然接受了高原修的建议，然后在一张纸上写好自己的手机号码，放到桌上："忙不过来时给我打电话。"

说完，衣繁夏裹紧了外套朝超市外走去，而晨安早已不知去了哪里。

衣繁夏四下寻找，偌大的校园里，想要找到晨安谈何容易，她叹口气，失落地朝操场走去。

3

　　上午的阳光虽然不炽热,但入夏后的黏湿空气却让人颇感焦灼,偌大的操场上,连绿油油的青草上都挂满水珠,一脚踩上去,帆布鞋便湿了一半。衣繁夏讨厌这种湿答答的感觉,于是绕过操场,直奔看台走去。

　　那看台的台阶又高又陡,衣繁夏一脚一个台阶,走得很是吃力,正在她腿软想要停下时,后背忽然有一只手将她稳稳托住,侧目看去,她竟按捺不住地叫出他的名字:"晨安。"

　　两人在看台的中间位置相对而站,或许是因为云崖石戒指的原因,空气间变得异常尴尬,但好在这样青葱的年纪,总是无法长久隐忍真实情感的。

　　晨安将手伸到衣繁夏面前,声音轻柔得如同湖水:"这个还给你。"

　　"云崖石!"衣繁夏欢喜地接过两枚戒指,眼睛中闪着感激的光芒,"你找到了它们,谢谢,真的谢谢。"

　　虽然衣繁夏告诉自己,丢失的东西,有时想找也找不回来,可她必须承认,再看见云崖石心底那股疼惜感油然而生。毕竟,曾经一起经历过的岁月没有那么容易被磨灭,曾经付出的感情也有增无减。

　　衣繁夏小心翼翼地收起两枚戒指,心中虽然欢喜中透着一股温暖,可表面上还是看不出一丝波动。她是那种不喜欢分享自己情感的人,习惯把伤痛或开心隐藏起来。她抬起眉梢,眉头微皱,傻兮兮地问:"你来就是为了送云崖石戒指?"

　　晨安点点头又摇摇头,最后吞吞吐吐地回道:"我是怕……"

　　这样一个大男孩,突然变得畏畏缩缩的倒让衣繁夏有些不自在:"怕?你在怕什么?"她探着头,好奇地盯着晨安,看得晨安脸颊绯红,最后竟恼羞成怒:"还不是怕你再有危险。"

　　突如其来的关心弄得衣繁夏手足无措,她像个小女孩一样噘起小嘴,在口中小声地嘟囔道:"干吗这么关心我?"

　　口是心非有时并非女生的专利,男生有时也会为了面子而说出违心的话,就像此刻的晨安一样。

　　他挠了下后脑勺,矢口否认道:"才没有!毕竟我们是破案搭档嘛。"

　　衣繁夏抿嘴一笑,点着头:"你说是,就是吧。"她从衣兜里拿出录音笔,在手中晃了晃,说,"搭档,有新发现哦,找个地方我们探究一下内容吧。"

第六章
一颗坠入深渊的心

晨安大惊，想不到衣繁夏第一天去学校超市就找到了新线索，他思索片刻，建议道："还是去花圃吧，那里没有闲杂的人。"

"那要是碰见戚婷呢？"衣繁夏忽而委屈地嘟囔着，"我才不去，被针刺过的人，哪还敢再伸手？"

听她这么一说，晨安心急如焚，又不知如何解释这其中的关系，说话的音量都提高一倍："我就把戚婷当朋友，但我得承认，有时我的确不知道如何拒绝她。"

衣繁夏耸耸肩，装作事不关己地说道："我又没让你解释那么多，查案要紧，快走吧！"

人都会对未知事物充满好奇心的，更何况是那藏于暗处的录音笔呢！回水晶花圃的一路上，两个人都走得飞快，迫不及待地想要听听录音笔里到底藏了什么？

晨安腿长个子高，再加上步速本来就快，这可苦了衣繁夏，身材娇小的她埋头跟在他身后一路小跑，也不知是不是晨安想到了什么，忽然转过身，来不及反应的衣繁夏一脑袋撞进他的怀里。

衣繁夏揉着脑袋，疑惑地看着他，问："为什么突然停下？"

只见晨安晃着从衣兜里拿出来的耳机，迫不及待地说道："我实在太好奇录音笔里的内容，先听听好不好？"

其实衣繁夏也早就按捺不住好奇心了，只是在晨安面前一直隐忍罢了，此刻听到他的建议，也欣然应允。

从学校超市出来后，衣繁夏一直用右手紧紧地握住录音笔，生怕一个不小心将它弄丢了，她一脸郑重地将沾有汗水的录音笔递给晨安，满眼期待地等待他打开开关按钮。

录音笔的构造并不复杂，对于喜欢电子产品的男孩子来说几下便能轻松搞定。晨安将其中一只耳机递给衣繁夏，另一只塞进自己的耳朵里，音量渐渐升起，两人屏住呼吸，害怕错过一丝一毫，然而空白后，忽然传来琉璃轻柔而真挚的声音："对不起，又惹你生气了，但我很喜欢你，不想看你不开心，明天开始不许再跟我冷战哦。"

两个人面面相觑，眼神中都透出一丝诧异，但谁都没有按下停止键，两人边听边走，耳机里的音乐声，在落下最后一个音符后陷入了长久的宁静中。

"你不听我的，小心我让你好看！"

"我之前都听你的，帮你联系了那些食品加工厂的过期产品，这是你给我的钱，

分文未动,求你放过我,这种昧着良心的事儿我真的做不下去了。"

衣繁夏与晨安驻足,两个人眼神空洞地盯着前方,屏住呼吸继续听下去。

"老李呀,你听我的,食品过期吃不死人,而且你现在家里需要用钱,你得到你想要的,超市也能赚取更多的钱,你就继续送你的货。"声音停顿片刻,再次响起,"这钱是老板给你的,你快拿着钱回家吧,记住这件事不能让别人知道。"

听完这段对话,衣繁夏拿下耳机,她语气肯定地说道:"这两段对话应该是分开的,前面是琉璃录给别人的,而最后那段对话的人应该是王旭和李昀达!"

"你说琉璃喜欢的人会是谁呢?还有你这么确定是王旭和李昀达吗?"晨安提出疑问。

衣繁夏点点头,说:"琉璃喜欢谁我们就先放放吧,不过王旭和李昀达他们两人我都接触过,从音色就能听出来,更何况对话中又提到了超市、送货这样的字眼。"她抬头看向晨安,"我觉得我们按照这个线索找下去,肯定没错!"

听了衣繁夏的话,晨安的眼神变得暗淡许多,闷不作声地站在远处发呆。

"晨安你怎么了?"衣繁夏拽拽他衣角,看他有些恍惚的样子,不禁关心道,"是不是哪里不舒服?"

晨安摇摇头:"我在想,如果这段录音是琉璃录下的,又如你所说,对话的二人都是超市人员,而琉璃又意外死亡,那他们很有可能就是杀人凶手,现在你为了查案而去超市工作,那你岂不是置身危险当中?"

"你害怕了?"衣繁夏并没有听明白晨安话里的意思,但她明白,查找真相并不是晨安的义务,她不能霸道地逼着他做下去,于是她语气尽量放平和道,"如果你想放弃,我会尊重你的选择。"

晨安一愣,不解地质问道:"你从哪里听出来我要放弃了?又从哪里听出来我害怕了?衣繁夏你未免太小看我了吧。"

"那你说那些话是什么意思?"

"你真蠢!我是在担心你呀!"晨安说着,伸手用力弹了下衣繁夏的额头,又补充道,"这个录音笔你保存好,以后或许会用到它。"

眼下看来,这个录音笔的确很重要,如果一切如两人猜测,这段录音也能成为一个证据。但是藏哪儿最安全呢?

衣繁夏想了片刻,建议道:"我这人丢三落四,而且已经有人开始注意我在查案了,所以录音笔放在我这儿并不安全,不如你带回水晶花圃吧。"

第六章
一颗坠入深渊的心

这的确是个好办法,可晨安还有自己的疑惑,他不可置信地问:"我每次都惹你那么不开心,你为什么还会把如此重要的东西交给我?"

"因为信任。从始至终我都相信你,虽然有时我也会伤心,可只要你看着我的时候,我就又会心软了。"衣繁夏大大方方地说出自己的感受,并且有种如释重负的感觉,她轻松一笑,说,"既然已经听完内容,那我就再去趟超市。"

一听衣繁夏又要去那个危险的地方,晨安慌忙制止:"等我们商量好对策再回去吧。"

衣繁夏不以为然地摆摆手:"放心吧,我就是回去整理下货物、收款找钱,顺便再打探一下小道消息。既然已经确定了是李昀达和王旭,我没理由坐以待毙的。"

有自己想法的衣繁夏任谁都无法说服,晨安也只好点头应允,正要再嘱咐她一番话时,一个人影从衣繁夏身边掠过,并险些将她撞倒,幸好被眼疾手快的晨安一把揽在怀中。

"你没事吧?"晨安关心地问道。

衣繁夏毫不在意地摇摇头,眼神却一直追随着撞她的那个男人。

那人穿着一件绿色调的花衬衣,剪了一个板寸头,目测这个男人的身高在一米八五左右,看穿衣打扮和微驼的样子,怎么都不像是正派学生。

衣繁夏盯着前方,一味地出神发愣,像是神游到另外一个世界,晨安不放心地拍了拍她的肩膀。

"那人身上的味道……"

"啊?"衣繁夏突如其来的一句话,让晨安有些莫名其妙。

"血的味道!那人的身上弥散着血腥的味道。"衣繁夏说话的间隙,那名穿着花衬衣的男子已经跑进了远海学院。

天天沉浸在查案的氛围里,看来衣繁夏是给自己太大压力了,以至于一个陌生人都会让她产生诸多怀疑。但是晨安并没有质疑她,只是抱住她的双肩,提醒道:"好了,我们就把注意力集中在一处,就按你说的,先从学校超市查起,但是一定要注意安全。"

衣繁夏莞尔一笑:"大概是我想多了,你也回去吧,录音笔记得保存好哦。"

两个人在街边相互道别,衣繁夏就像个准备奔赴战场的战士一样,器宇轩昂地朝校园走去,晨安看着她的背影,一种错综复杂的情愫在他心底悄然滋生。这样一个充满正义感积极向上的女孩,每每都能莫名牵动着他的情绪,即便有时真的对她很恼

火,可事后还是会莫名心疼。

"如果这就是爱情的话,那我在失忆前应该就对你动心了吧?衣繁夏。"晨安自嘲一笑,朝着与衣繁夏相反的方向走去,只是这一次,他觉得与她的距离又近了一些。

这世间任何事都有其两面性,有人前进,就必定有人后退;有人伸张正义,就会有人愿被黑暗腐蚀!但在一个人做出正义或堕落的选择前,谁又能去批判那个人是好是坏呢?就像此时站在学校操场上的谭苏阳一样,他也正在经历着一件难以抉择的事情。

学校操场的一小片树林里,谭苏阳与身着花衬衣的男人相对而立,气氛压抑得让人喘不过气。

眼前的男人,谭苏阳虽然不知其名字,却并不陌生,他是荀斐手下的一名打手,三年前因为致人重伤被判了有期徒刑三年,出狱后便一直跟着荀斐做事,他不善交谈,也不喜欢去人多的地方,即便与他说话也总是得不到回应。

谭苏阳也不自讨没趣,只等他亲自开口。

只见花衬衣男人从兜里拿出一张照片,递到谭苏阳面前,声音阴森地下着命令:"大哥说,让你一周内解决照片上的人!"男人说完话时,谭苏阳还没有接过照片,显然男人有些不耐烦,随手将照片摔到他脸上后,步履匆匆地走了。

谭苏阳吞了一口口水,缓缓捡起地上的照片,待看清照片中的人时,他不禁倒吸口凉气,失魂落魄地将照片塞回裤兜里。

大哥所谓的"解决",看来势必要对方付出惨重代价!谭苏阳是与人打过架,不过那都是些欺人太甚的社会青年,他自己心中也有自己的底线,坏人能反击,但决不能欺负好人或无辜的人。而荀斐这次竟然交给自己这样一项任务,谭苏阳心底有些不安。

谭苏阳边想边游荡在校园里,意外听到有人叫着自己的名字。

"谭苏阳!"

他抬头看去,迎面而来的是衣繁夏,她脸上绽放着恬静的笑容,抬手朝他打着招呼时的可爱模样,甚至比当空的暖阳还要璀璨。那一瞬间,谭苏阳觉得这样的画面真是美极了。

谭苏阳神情僵硬地笑了笑,问:"你这是去哪儿了?"

第六章
一颗坠入深渊的心

"去找晨安了,我们发现了一个……"话说一半,衣繁夏突然闭上嘴巴。

一看这模样,谭苏阳就明白了,肯定是找到了新线索,但衣繁夏又不够信任自己,他盯着她好看的脸出了半天神。

衣繁夏以为是自己脸上有脏东西,擦了半天也没发现异常,却觉得他的眼神复杂中夹杂着柔情,于是脸一沉,径直问道:"谭苏阳,你是不是喜欢我?"

面对这样的问题,谭苏阳竟然一点儿都不慌张,嘴角依旧挂着笑,只是这笑由刚才的僵硬变得柔和许多。

"不管是不是喜欢,我们只可以做朋友哦,因为……"

"因为你喜欢晨安对不对,我已经知道了。"

衣繁夏一愣,竟然被谭苏阳说中了心事,于是一撇嘴:"就你会读心术!"说罢,一溜烟跑开了。

可谭苏阳脸上的忧愁却愈加凝重,他重新拿出照片,看着照片中衣繁夏静美的样子,谭苏阳无力地垂下头,他在心中问了自己无数遍"怎么办",却找不到任何一种肯定答复,那种纠结的心情,在看到照片的那一刻起,心底便像生出爬山虎,一点点爬满他整个思绪。

是站在有恩于自己的荀斐大哥一边,还是站在无辜又正义的衣繁夏一边,谭苏阳陷入了两难境地。

Weitian Shaonü
Chu Xin Ji

第七章

世界冷漠，有你温暖便好

1

自从衣繁夏将录音笔的内容告诉卫佳慧后，两人简直开启了福尔摩斯探案模式，从录音的对话内容看，她们认为李昀达是被胁迫的，也是有苦衷的，所以她们决定先从李昀达那里展开调查。

卫佳慧是体育系学生，有许多课外课程，流动性较大的她自告奋勇要去查询李昀达的家庭情况，而衣繁夏则继续留守学校超市，一边有机会接触送货的李昀达和超市负责人王旭，一边还能在超市里寻找是否有漏掉的线索。

两个人一拍即合，分头行事。

卫佳慧按照衣繁夏告诉她的信息，周四一大早她便出了校门，挤上81路公交车，直奔城南机床厂宿舍。

远海虽然不是一线大城市，可城南城北之间相隔46公里的距离，卫佳慧整整坐了一个小时的车才到达目的地。

卫佳慧一下公交车，便看见不远处的大铁门前挂着一个木牌，木牌上写着"机床厂宿舍"五个大字。

城南属于远海市的老城区，建筑物都显得极为破旧。虽然卫佳慧早有耳闻，可第一次来到城南的她，还是被眼前的景象震惊到了。

卫佳慧走进宿舍铁门，宿舍大院有一个篮球场大小的场地，坑坑洼洼的地面上混杂着不知名的液体，使得整个场地显得泥泞不堪，而最里面则是一栋两层高的小黄楼，小楼的墙体脱落严重，走廊上的铁栏杆也是锈迹斑驳，每一间房门前都横着一条铁丝，但上面除了挂着几个被遗忘的衣撑外再无他物。

这里看上去就像是一处待拆除的棚户区，这样艰苦的生活环境，怎么会有人在此居住呢？卫佳慧在心里琢磨着，会不会是自己走错了地方？

正当卫佳慧准备转身离开时，不知从哪儿响起一个女人的声音："小姑娘你找谁呀？"

卫佳慧将视线投向小黄楼，最后才在一楼的楼梯口看见一名扎着长发的中年女子。

眼前的女人面色蜡黄，穿着随意，瘦削的身体看上去有些虚弱，并不像是30多岁女人应有的状态。

"阿姨您好，我是大学生志愿者，负责清理这一块儿的垃圾。"在来的路上，卫

第七章
世界冷漠，有你温暖便好

佳慧就琢磨，自己又不是警察，为了调查李昀达的家庭情况而四处询问总会引起别人的注意，所以她绞尽脑汁地想了这么一个说辞，没想到还真派上了用场。

而显然这套说辞，并没有引起眼前女人的怀疑，这女人扶着墙，微微点着头，虚弱地从唇间吐出几个字："那你忙吧。"

看女人似乎不舒服，卫佳慧赶紧上前扶住，问："要不要送您去医院？"

女人摇摇头："谢谢你，不过不用了，我这病是治不好了。"

看到不幸的人，任谁都会心生难过。而一直过着富裕生活的卫佳慧，在看到这样的画面，听到这样的话后，内心不禁紧紧揪作一团，说："您住哪里？我先扶你回去吧。"

女人用尽全身的力气抬手指向前方两米处的一间房门半掩的屋子，一句话也说不出来。

见状，卫佳慧小心翼翼地将女人扶向屋内，她扫视一圈，屋内除了一些简易的家具外，常见的家用电器似乎一件都没有，而摆满药品的桌面上，放着一个相框，看着照片中两人手挽手的模样，应该是女人与她老公的合影。

见卫佳慧一直盯着相片看，坐在沙发上的女人这才开口道："这是我老公，人好又有责任心的一个男人，能够嫁给他，是我这辈子最大的幸福。"

卫佳慧不知该如何回应，只好默默地点着头。

但女人好像提到自己的老公，就有了说不完的话题，她喝口水，继续沉浸在自己的故事里："我患有先天性心脏病，他不仅不嫌弃我还愿意娶我，为了给我治病买药，不仅花光了家里的所有积蓄，每天还要兼职三份工作赚钱，又是开车，又是干工地，有时还要去酒店做钟点工，我真的好心疼他。"话音刚落，眼泪便像断了线的珍珠簌簌落下，忽然她嘴角又扬起笑容，"对了，他叫李昀达，他说他的名字有好运和发达的意思，只要我们认真生活下去，眼前的困境就会过去。"

听了女人的话，卫佳慧的心头更是一紧，她是没见过李昀达的模样，可这个名字已经在衣繁夏那里听过无数遍，而她每次听到的都是关于琉璃死亡的事情，所以在她的印象中，李昀达是个十恶不赦的坏人。可没想到的是，当她了解李昀达的家庭时，好像又看见了一个人的另一面。

卫佳慧准备从李昀达家里离开时，心里很不是滋味儿，于是偷偷在相框下放了两百元钱。回去的路上，卫佳慧情绪有些失落，她原本还庆幸如此轻而易举便找到李昀达的家，可现在看来，这份轻而易举却让人有些难受。

然而卫佳慧那边进行顺利,衣繁夏却遇到了大麻烦!

周四的上午,衣繁夏三、四节有课,她帮高原修整理完货物后,就抱着课本匆匆地朝教学楼走去。

那时正值一、二节下课,三、四节上课的时间点,教学楼的出口尽是进进出出的学生,衣繁夏好不容易挤过人群,刚要朝教室走去时,忽然一名中年妇女冲上前,一句话未说,抬手一巴掌打在衣繁夏的脸颊上,那沉闷的巴掌声中,夹杂着妇女撕心裂肺的哭声。

而这一巴掌是如此有力道,麻木到衣繁夏居然感知不到疼痛,她捂着脸颊,被眼前的一幕弄得手足无措,而身边的同学也越聚越多,这更让她闷得心里发慌。

"你到底是谁?凭什么打我?"衣繁夏质问着,眼神刚好与中年妇女对视上,却又在那一刹那,被那双充满怨恨的眼神吓到了。

中年妇女忽然上前抓住衣繁夏的衣服撕扯,带着哭腔嘶吼道:"是你害死了我女儿!是你!"

这没头没尾的一句话,令衣繁夏心中一抖,慌忙追问:"你确定是我吗?你女儿是谁?我又何时害过她?"

"就是你衣繁夏!我女儿死前见过的最后一个人就是你!"妇女恨得咬牙切齿,撕扯中,衣繁夏的衬衣纽扣也被扯掉一粒。

衣繁夏眉头深深地皱起,不可置信地反问道:"难道你女儿是琉璃?"

这样的回答,让中年妇女更加确定衣繁夏是认识琉璃的,话语间也认定了衣繁夏与女儿琉璃的死亡有关:"果然跟你有关!走,跟我去公安局把事情说清楚!"

琉璃的母亲来势汹汹,衣繁夏根本就抵抗不来,但她还是本能地解释道:"我那天的确是在花田里见过琉璃,可她只不过是送了我一枝花,说了句安慰我的话。在此之前我并不认识她,此后我也没有与她再见过面。您是如何断定我与琉璃的死有关系的呢?"

作为失去女儿的母亲,悲痛早已盖过理智,任何一种关于女儿死亡的信息,都能将母亲的情绪推到极点。所以琉璃的母亲并没有听进衣繁夏的话,依旧坚持着要将衣繁夏抓去公安局。

衣繁夏力气本来就小,这会儿被撕扯得整个身体已经是摇摇欲坠。

因为琉璃的母亲在上课时间大闹一场,所以衣繁夏是杀人凶手的说法在校园内迅速流传。

第七章
世界冷漠，有你温暖便好

"听说了吗？中文系一个叫衣繁夏的，据说跟琉璃的死有关，琉璃的妈妈都找上门来了。"

"琉璃的事儿不是已经定义为意外了吗？怎么又牵扯出一个人？"

"谁知道是不是意外，反正这会儿两人还在教学楼里撕扯呢。"

正在食堂吃早饭的谭苏阳听了两个人的对话后，丢下碗筷就朝中文系的教学楼跑去。

果然，在人最多的地方，传来哭泣和谩骂声。谭苏阳挤进人群，一眼便看见衣繁夏的衣服被撕扯得凌乱不堪，左脸颊也红通通一片，她脸上露出惊慌与窘迫之色，无奈得不知如何为自己辩解了。

看到这样的场景，谭苏阳心中蹿起一股怒火，他冲上前，用力掰开琉璃母亲的手，整个人挡在两个女人之间，并掷地有声地说道："你说衣繁夏与你女儿的死有关，请你直接拿出证据，否则就别这样在大庭广众下粗鲁对待一个女生，虽然我也很理解你，可她只比你女儿小几岁，如果是你女儿遭遇这样的事，你难道不心疼吗？"

提到"女儿"这个词，琉璃母亲的情绪一下从悲愤转为忧伤，她无力地坐在地上不再言语，只是不停地抽泣着。

"沈念凤，你怎么跑到这里发疯了？快跟我回去！"一位与琉璃有几分神似的中年男人挤过人群，拖着琉璃母亲就要离开，他们身后还跟着教导主任。

那天的闹剧，最后是由校方出面解决的。衣繁夏披着谭苏阳的外套走出教导处时，她忽然蹲在走廊上号啕大哭，这可把闻讯赶来的卫佳慧吓死了，正要上前安慰，却被谭苏阳拦下："让她哭一会儿吧，发泄出来或许就好了。"

是啊！衣繁夏的确想要发泄，被人在众目睽睽下指责、打骂，对她来说是一种难以承受的侮辱，更何况她一心想要帮琉璃找出凶手，可没想到，自己竟被人认定是凶手，那种委屈瞬间蚕食了敏感的心。

衣繁夏哭得伤心欲绝，卫佳慧和谭苏阳则在一旁默默相陪……直到她哭声渐弱，逐渐平复好情绪，卫佳慧才悄然递上一张纸巾，一旁的谭苏阳则略带关心地建议道："不如就趁此机会放弃查寻真相吧。"

衣繁夏和卫佳慧同时看向谭苏阳！

"都什么时候了，你还试图说服我们放弃。你知道我们为了查找真相付出了多少努力吗？"沉默许久的卫佳慧终于等到了开口的机会，一股脑把憋闷许久的情绪全部发泄出来。

可谭苏阳并没有正眼看卫佳慧,而是死死盯着衣繁夏,似乎在等着她做决定,毕竟查找真相是她衣繁夏带头做的。

衣繁夏清了清哽咽的嗓子,抹去眼角最后一滴眼泪,郑重地说:"不放弃!之前没放弃,走到现在这一步就更没理由放弃了,我都被认定是杀人凶手了,倘若我不去找出真相,那我可能一辈子都会背着这个黑锅!"

从衣繁夏的眼中,谭苏阳看到一种坚定,那时他便明白了,在这件事上,他是绝对说服不了她的。而他又要如何执行荀斐交给他的任务呢?

带着心里的包袱,谭苏阳也需要找个地方让自己静一静,他回身与卫佳慧使了个眼色,小声道:"你送她回去,要寸步不离地照顾好她。"

谭苏阳自知衣繁夏现在处于危险中,可卫佳慧并不知情,在谭苏阳走后不久,琉璃的父母也从教导处走出来,卫佳慧灵机一动,对衣繁夏说出自己的想法:"你本来就与琉璃事件无关,她父母是如何轻易将目标锁定到你身上的?这其中一定有人搞鬼!我一会儿跟去看看。"

恢复情绪的衣繁夏也觉得卫佳慧说得有理:"不过又要麻烦你了。"

"我们俩就无须这样客气了,只是你一个人能行吗?"

衣繁夏坚定地点点头,示意她放心,提醒道:"你小心些。"

"放心吧,作为体育系的女生,我身手矫健着呢,等我的好消息!"卫佳慧说完,转身就朝着琉璃父母离开的方向追去。

正是上课时间,校门口大门紧闭,空无一人的广场上连个遮挡物都没有,卫佳慧怕被发现,只好远远地跟着。眼看着琉璃父母二人走出校园大门,卫佳慧还是不死心地趴在大门上,在铁门空隙间一直张望着,正当她心灰意冷以为毫无收获时,视线中的琉璃父母的对面出现了一个女生的身影。

卫佳慧揉揉眼睛,还是看不太清楚,慌乱中她赶紧掏出隐形眼镜盒,也不顾自己脏兮兮的手,捏起隐形眼镜就往眼睛里塞,为了争取时间,她只戴着一只眼镜就往外张望,不过还真让她看清了那人:"戚婷!"

卫佳慧一手抓着大门栏杆,一手捂着眼睛,以一种奇怪的姿势趴在大门上,随即引起了保安大叔的注意。

"这位同学,你干吗呢?"

卫佳慧转头一看,拿着警棍的保安大叔凶神恶煞般地盯着自己,她赶紧老实地跳下来,装出可怜兮兮的样子:"我是体育系的学生,马上要跳高考试了,我成绩太

第七章

世界冷漠，有你温暖便好

差，所以找地儿练练。"

一听这话，保安大叔挥着警棍教训道："我说你这孩子疯了吧！有拿学校大门练习跳高的吗？你赶紧给我回去，再在这儿晃悠，小心我告诉你老师！"

卫佳慧赔着笑，连忙摆摆手："别别，我这就走，这就走。"

逃离了保安大叔的视线，卫佳慧拼命地朝宿舍跑去，可她闯进门后，却发现宿舍空无一人，为了让衣繁夏尽快知道，她拨通了衣繁夏的电话。

不给衣繁夏说话的机会，卫佳慧直奔重点："戚婷在校外见了琉璃的父母，我亲眼看见的，这件事和她一定脱不了干系！"

听到戚婷的名字，衣繁夏平静的内心再次被点燃，挂了电话，她就去了戚婷的宿舍。然而戚婷并不在，倔强劲上来的衣繁夏沉着脸在宿舍楼门口等着。

大概二十分钟后，戚婷出现在宿舍楼下，衣繁夏几步上前挡住她的去路。

对于衣繁夏的突然出现，戚婷并不觉意外："比我想象的早来了。"

"果然，这件事是你做的！连失去女儿的人你都不放过。"衣繁夏努力抑制住自己的怒火。

面对衣繁夏，戚婷丝毫不加掩饰："是我故意找到琉璃的父母，也是我告诉他们你和琉璃在花圃见过一面。"

"你是不是脑子不正常？你到底为什么要这样？"看着戚婷怡然自得的嘴脸，衣繁夏再也容忍不了，破口大骂。

"报仇，因为我要报仇！"戚婷好看的眉眼轻轻一挑，似乎看到衣繁夏痛苦，她就能得到无限的快乐。

"报什么仇？为谁报仇？"

戚婷不说话，只是笑。衣繁夏只觉胸前一阵怒火袭来，抬手就要袭向戚婷，却被戚婷用手臂挡住，转而声音柔弱地向不远处的晨安哭诉着："晨安你来得正好，衣繁夏又欺负我呢。"

晨安也是听闻那场闹剧后赶来的，他瞥了眼戚婷，又看向强忍着眼泪的衣繁夏，这才开口说："一个人的灵魂若是被玷污了，眼泪就不会流得那样悲伤。所以衣繁夏，我相信你！"

"可人家都说衣繁夏是凶手！"戚婷还不忘再一次将衣繁夏的名字与凶手联系在一起。

"是你说的吧！"晨安冷言相对，继续说道，"戚婷，你刚才说的话我听得一清

二楚，能做出这样的事，可见你的灵魂已经被玷污了！"

晨安拉起衣繁夏的手朝校外走去，尽管她的手那么冰凉，他却觉得自己整个人都热出了一身汗。

2

两个人沿街而走，手与手的碰触令衣繁夏有些不自在，她无所适从地从晨安的手心里抽出手，抬着一双红肿的眼睛看着他，千言万语最终汇成了一句："谢谢你相信我。"

有时看似有距离的关系，其实是有着无声胜有声的默契。就像不管别人如何诋毁衣繁夏，在晨安的心里、眼中，他都相信衣繁夏是个善良的姑娘，别人那些极具煽动性的话语，根本无法动摇他。

那一瞬间，衣繁夏想到晨安当初和她说过的那句话："就算所有人都与你敌对，也请你记住，我会一直站在你身后。"

尽管眼前的晨安已经失忆了，有几次的确伤透了她的心，可她也必须承认，每每晨安深情地望着她时，她都觉得曾经的晨安又回来了。

那时已经临近傍晚，衣繁夏并不想回宿舍，看到晨安也不愿离开，她开口催着："因为我，你花圃的工作都耽误了吧？你快回去吧，我自己去散散心。"

衣繁夏都这样说了，晨安也找不到留下的理由，他本想挥手离开，可刚转身要走却又折回身，一个箭步上前，将衣繁夏紧紧抱在怀中。

那个拥抱温暖而又充满依靠感，原本被这举动吓到的衣繁夏，只错愕了几秒钟便沉静下来，她将面颊轻靠在晨安的胸前，听着他有力的心跳声，似乎听到了他那些未说出口的安慰之语。

衣繁夏轻轻拍着他的后背，晨安则将那个拥抱收得更紧。

"你想说的话我都明白。我会很谨慎、很小心，也会好好保护自己的。"衣繁夏轻微挣扎着从他怀中撤回身子，语气温润得如一杯醇厚的咖啡，"世界冷漠，有你温暖便好。"

这一句简短的话，胜似暖风无限，轻抚过晨安那颗早就不再平静的心。

"夜里天冷，你穿我外套回去吧。"晨安正要褪去自己的外套，却被衣繁夏伸手制止。

第七章
世界冷漠，有你温暖便好

只见她从衣兜里拿出那条绿色丝巾，并递到晨安面前，羞答答地问："你能帮我戴上吗？"

晨安接过丝巾，笨手笨脚地替衣繁夏围在脖颈上，不禁自嘲道："我是不是挺笨的，连丝巾都系不好。"

"挺好的。"对着歪七扭八的丝巾，衣繁夏倒是出奇地满意，大概主要是晨安做的，不管多么糟糕，她都会满意吧。

天色将黑的时候，两个人像一对小情侣挥手道别。晨安回了水晶花圃，而衣繁夏则顺着熙熙攘攘的夜市独自散步而去。

那个夜市并不长，却挤着近百个小摊位，一到夜幕降临时，这里便成了大学生们的购物天堂，好不热闹。但此时的衣繁夏并没有心情融入这纷繁的环境中，她自顾自地埋头往前走，一个人越走越远，走到路灯变暗、人烟稀少⋯⋯

突然，黑暗中的衣繁夏身子被一股力向后一拉，整个人朝后仰去，同一时间，脖子上有一股大力快速收紧，只有短短几秒钟她就觉得自己快要无法呼吸了，她本能地伸手去摸索、去抵抗，勒住自己的正是那条绿色丝巾，而从身后传来的粗重的喘息声，也让衣繁夏察觉到自己此刻遭遇的危险。

她拼命挣扎，用手抓住丝巾，希望能留出些空隙来让自己呼吸，也正是那一瞬间新鲜空气的吸入，夹杂着一股形容不出的奇怪味道，那味道衣繁夏似乎在哪里闻到过。

但衣繁夏已经没有多余的力气去思考这些，眼下能活着比什么都重要！

但这个男人的力气实在太大了，衣繁夏又是从身后被擒住，挣扎和反击都不太可能，而她挥动双手的力度渐渐变小，意识也在慢慢减弱，就在衣繁夏感觉自己即将窒息时，前方忽然掠过一个人影，随着一拳，衣繁夏终于从死亡线上被拉了回来。

衣繁夏跌坐在地上，抬头再去看时，那名试图伤害她的男人已经迅速逃跑。

而救他的人还站在不远处，惊魂未定的衣繁夏努力站起身，艰难地走到那人面前，因为迫切想要知道是谁救了自己，她抓住那人的手，问道："你是谁？"

那人将头微微转向衣繁夏，可因为戴着连衣帽和黑色口罩，她根本看不出那人的长相。

而救人的人似乎也不想被人知道身份，用力甩开衣繁夏后，便朝另一个方向跑掉了。

不过好在刚才抓住那人手的时候，衣繁夏触摸到他手指关节上的坚硬老茧，所以

从皮肤苍老程度和茧子的坚硬度来看，救她的人应该不是青年人，而那人老茧的生长位置是在手指内关节，应该是做类似搬运等粗重的活造成的。

衣繁夏正抽丝剥茧地分析着，手机铃声适时响起，她刚按下接听键，手机听筒那端便传来了卫佳慧鬼哭狼嚎的声音："你去哪儿了？怎么还不回来？我查到了李昀达的事，一天都没时间告诉你呢。"

"我……这就回去……"

听着衣繁夏说话的声音有气无力，还略微带有颤抖，可又不是哭泣的声音，卫佳慧好像意识到发生了什么事，忙收起自己的小性子，追问道："发生什么事了？"

"我刚刚差点儿被人勒死。"衣繁夏心有余悸，双腿也颤抖着走不成路。

出了这样大的事，卫佳慧简直觉得不可思议，毕竟在她看来，类似追杀、勒人这样的事情只有在影视剧里才会出现，试问一个普通女大学生又怎会卷入这样复杂的旋涡中呢？卫佳慧不由得担心起来："你在哪里？我去找你，留你一个人太不安全了。"

"嗯，我在夜市旁的林荫小路上。"

卫佳慧挂了电话就朝衣繁夏说的地方走去。女生宿舍距离远海学院的西门只相隔着一个小花园，再加上走了近道，卫佳慧没几分钟就到达了小路口，远远地便看见衣繁夏坐在马路牙上发呆，与周围热闹纷繁的景象格格不入。

"你干吗去人少的地方啊？再这么下去，我的心脏都要被你吓停了。"卫佳慧的抱怨不无道理，自从她们着手调查琉璃死亡的事件，就好像被人暗中盯上了一般，总会发生威胁到她们生命安全的事情。

衣繁夏抬起头，脸色苍白，她嘴唇微动，吐出一句话："如果我说我是故意的呢？"

卫佳慧瞪大了眼睛，反问："你说你故意去没人的地方？还明知那里有危险？"

"是！"衣繁夏点点头，她已经恢复了往日的镇定，"不知道为什么，这些日子我总觉得有一双眼睛在我身后如影随形，偷偷摸摸地观察着我，想要伺机置我于死地。"

说到这里，卫佳慧想到一个人，于是脱口而出："肯定是戚婷！"

衣繁夏摇头："虽然戚婷也步步进逼，但那双如影随形的眼睛肯定另有他人！"

"是谁啊？"卫佳慧好奇地伸着脑袋，等着她给出答案。

"我若知道就不用以身犯险了。"

第七章

世界冷漠，有你温暖便好

"我看你是真疯了。"卫佳慧说着坐到衣繁夏身边，埋头在塑料袋中翻找着药品，"还好你这次没事，也没受伤，不行，我以后要好好学习下急救常识，说不定哪天就用上了。"

衣繁夏的情绪本来就低落，被卫佳慧这么唠叨一番后，着实有些受不了，赶紧打断她："你不是要告诉我李昀达的事吗？快说来听听！"

提到李昀达，卫佳慧闷声惊呼道："哎呀，把这么重要的事情忘了！"转念间，卫佳慧眉头一皱，说出了自己了解到的情况，"繁夏，我觉得李昀达不像是坏人。他为了给患心脏病的老婆治病买药，一个人每天要做三份工作，还有他家的生活环境，真是让我想象不到地艰难。"

衣繁夏也没想到李昀达会是这样的家庭情况，一时间也不知如何评价："好人和坏人的定义太宽泛，现在一切还都在迷雾中，我也无从判断好与坏，但听你这么说，至少李昀达是个对家庭负责的男人。"

对于衣繁夏的观点，卫佳慧表示赞同。

"那我们接下来怎么做？还有今晚的事不用报警吗？下次说不好还会发生什么可怕的事情。"卫佳慧说着，不禁又提醒道，"谭苏阳每次都劝你放弃查找真相，我觉得他好像隐瞒了什么？"

衣繁夏还没来得及开口，谭苏阳和晨安就分别从两个方向飞奔而来。

"衣繁夏！"两个人异口同声地喊道。

她诧异地看着两人，又转向卫佳慧："是你告诉他们的？"

卫佳慧撇着嘴，假装不知情。而另一边，两个男生已经开始吵起嘴。

"你不是在学校叱咤风云吗？怎么连个人都保护不好？"晨安是从水晶花圃跑回来的，额头和发鬓间还留有汗水的痕迹。

"我……"谭苏阳一时语塞，无从发火的他将矛头转向卫佳慧，"从教导处出来的时候，我不是让你照顾好衣繁夏吗？"

卫佳慧也深感委屈，嘟囔着："我哪知道影视剧里的情节会出现在我们身上。"

"好了，别吵了！这次是我自己太鲁莽了，下次我会老老实实地和你待在一起！"衣繁夏平静地说完，伸手指着谭苏阳，警告道，"虽然我知道你是为我好，但我必须说明只能和你做同学。还有，不许冲卫佳慧大呼小叫！"

谭苏阳被教训得闷不作声，只眼巴巴地看着衣繁夏对自己那么凶，看向晨安的眼神

却温柔似水,吃味道:"知道了,看你们这眉来眼去的,难道我还能棒打鸳鸯不成?"

"只怕你连那棒子都当不成。"卫佳慧不合时宜地抬杠,彻底激怒了谭苏阳。

"姓卫的,你别让我逮到你!"

话没说完,卫佳慧已经跑出很远了,衣繁夏叫住谭苏阳:"我能问你个问题吗?"

谭苏阳爽快地点点头。

"你是不是知道,要置我于死地的人是谁?"衣繁夏直截了当地问道。

但谭苏阳刻意躲闪:"不……不知道。"

"你确定这就是你的回答?"

面对追问,谭苏阳将眼神移向别处,依旧不松口地说道:"我只能告诉你,再追究下去你会有危险的,包括卫佳慧和晨安。"

跑远的卫佳慧折回身,听了他们的对话,也表达出自己的观点:"我们都已经选择站在正义的一方。"

"正义?"谭苏阳嘲笑道,"真是一群没有走出象牙塔的幼稚学生,等你们真的接触到社会,才会明白正义可没你们想象的那么简单。"

面对谭苏阳的反驳,卫佳慧找不到更好的理由,憋了半天也说不出话来。

"谭苏阳,在这里的每一个人,或多或少都经历了不平凡的事情,照你这么说,踏出学校,就必须做一个十恶不赦的坏人才得以生存吗?"衣繁夏用坚定的目光看着谭苏阳,"我们的坚持就是缘于善良,我不敢说我们做出了正确的选择,因为我们不过是坚持初心罢了,一颗未被世俗蒙蔽的初心。"

衣繁夏说完,卫佳慧骄傲地鼓起掌:"说得好,这就是我要说的。"

而一旁的晨安也露出欣赏之色,开口道:"我没意见,只要是衣繁夏做的事,我晨安也会坚持到底。"

"一群疯子!"谭苏阳虽然依旧嘴硬,但心里已经开始佩服这群人,"总之你们小心点儿,尽量别单独行动。"说罢谭苏阳头也不回地离开了。

现场只剩下他们三个人,卫佳慧比较识趣,见衣繁夏和晨安两人沉默不语,她借口说道:"突然好饿,我去食堂找点儿吃的。"

直到卫佳慧走远,衣繁夏才内疚地开口:"这一天麻烦你跑了好几趟,我都有些过意不去了。"

"那不然我在学校租间房子经营花店,你有事找我的时候,我就能尽快赶到了。"晨安说得真诚,好像马上就要这么做似的。

虽然刚刚历经生死,晨安的这句话却让衣繁夏觉得心中甜甜的,她抿嘴轻笑:"最近的距离不是面对面,而是两颗心紧紧相依,所以有你这句话就够了。"

天知道,爱情降临的时候竟会这般顺利,在不知不觉间就将两人的心慢慢拉近。

3

周五的早上,天空飘起小雨,衣繁夏很早就起来洗漱准备出门。

躺在床上的卫佳慧睡眼惺忪地看着她,不解地问:"才五点半,你起这么早干吗?"

衣繁夏边整理着长发,边回答:"今天是周五,王旭会来超市的,我多接触下或许会有新的发现。"

有了上次的经历,卫佳慧"噌"地从床上坐起来,手忙脚乱地穿着衣服,嘴里还念念有词道:"你等等我,我和你一起去。"

"别别别。"衣繁夏匆忙制止卫佳慧,"你就安心睡觉吧,今天有人陪我去。"

卫佳慧先是一愣,随即恍然大悟地笑着打趣:"我知道了,是晨安这个护花使者吧,那我就不做电灯泡了。"话音刚落,卫佳慧倒头继续进入了梦乡。

而此时的晨安,正撑着一把黄色的雨伞等在女生宿舍门前,见衣繁夏走出来,他迫不及待地将雨伞塞进她手中,自己正忙着打开手里的一个小礼盒。

"这是送谁的礼物?"

晨安神秘一笑,从礼盒里拿出一条崭新的淡粉色丝巾,暖心地解释道:"昨天那条绿丝巾差点儿害得我失去你,我希望你能够忘记不开心的事情,重新开始。"

昨晚回到宿舍,衣繁夏还为那条有些损坏的绿色丝巾心疼不已,眼下看着晨安手里的新丝巾,她整颗心像被阳光紧紧包围着,竟然也像小女孩一样撒起娇:"这次要系得漂亮一点儿哦。"

奈何晨安依旧笨手笨脚,但与上次相比,他竟然知道如何打蝴蝶结了。

被小雨打湿的校园小道上,两个人同撑一把伞,漫步在无人的校园里。

"繁夏,以后每天我都这样送你好不好?"晨安自己也不知为何会冒出这样的想法,但他打心底害怕无法再见到她。

衣繁夏放慢步速，思索片刻，轻悠悠地回答他："我很希望你陪在我身边，但如果你真那样做，我会心生内疚的。"她看向他，深情地唤着他的名字，"晨安，我希望当你记起一切的时候，你依然愿意陪在我身边。"

"你就是你，曾经或者过去有什么区别吗？"晨安不解。

"现在失去记忆的你，看到的只是现在的我，我的过去，包括与你一起的经历，那才是完整的我。"衣繁夏潇洒一笑，"快到超市了，你也先回去吧。"

此时，衣繁夏远远看见超市门前停着一辆小货车，她知道是李昀达来了！不给晨安说话的机会，她就直奔超市而去。

刚到超市门口，高原修就吆喝道："衣繁夏，帮我把货车上的那两箱泡面搬过来。"

衣繁夏应允一声，刚跑到货车门前时，她便闻到一股奇怪的味道，昨晚被人勒住脖子时闻到的也是这味，她站在车前仔细地嗅着，那应该是纸箱的霉腐味。

没错，昨晚衣繁夏闻到的就是纸箱的霉腐味！她大胆地猜测，难道昨晚想勒死自己的人是李昀达？

就在衣繁夏在心中敲定答案时，货车门后面传来说话的声音，她小心翼翼地探头看去，是李昀达和王旭，而且李昀达手中还拿着一个厚厚的信封。

"看什么？"忽然发现个人影，王旭恶狠狠地低吼一声，吓得衣繁夏心头一颤。

"王大哥，我是衣繁夏，来这儿工作快一周了，今天才见到您，想跟您打个招呼。"衣繁夏笑脸相迎，庆幸自己并没有露出马脚，为了不引起怀疑，她转念礼貌地问道，"李叔，我没找到那两箱泡面，您能告诉我放在哪个位置了吗？"

李昀达面色和蔼地走到车前，怕衣繁夏拿不动，还亲自帮她把货物搬到超市内。

为了更好地确定自己的想法，衣繁夏买了一瓶矿泉水递给李昀达："李叔，喝水。"

李昀达毫不客气地接过水瓶，在交接水瓶的瞬间，衣繁夏感觉到他手指关节内侧的老茧。

怎么会这样？衣繁夏心中疑云丛生，如果对她下手的人是李昀达，那为何李昀达手上的老茧会和救自己的人那么相像呢？

衣繁夏也不知自己分析的方向是否有误，但有好多交叉点都讲不通。

"衣繁夏，车上那么多货还没卸下来，你在那发什么呆啊？"高原修不友好的吼声从货架后传来。

第七章

世界冷漠，有你温暖便好

前几天的高原修对衣繁夏还是蛮照顾的，可自从今早到超市后，她明显感觉到高原修对自己的冷漠，连打招呼都假装看不见。

"你别在意，他可能心情不好。之前搬运货物的活，本来就不是女员工做的。"李昀达安慰道。

"那高原修以前的脾气也是这样忽冷忽热吗？他为什么心情不好？"衣繁夏一连问了两个问题，猛然间又想起一个许久前就产生的疑问，一股脑地问了出来，"他都大四了，为什么不出去实习，却要待在这里呢？"

李昀达兀自喝着矿泉水，并不作声。

"算了，就当我没问好了。"

"是因为他女友死了。"李昀达的话牵绊住衣繁夏要走的脚步。

凭着直觉，衣繁夏似乎猜到高原修的女友是谁了，但为了确认自己的想法，她还是不禁问出口："高原修的女友是谁？"

"那人你应该听说过，叫琉璃，之前就在这里工作。"李昀达讲故事般娓娓道来，"我三年前开始给学校超市送货时，琉璃就已经在这里工作了，她是专科毕业，家里又没关系，找不到工作就应聘到了学校超市当收银员，应该就是那时认识的高原修……"

随着李昀达的讲述，琉璃和高原修的故事场景就像老电影一样，一帧一帧地出现在衣繁夏的脑海中。

三年前，琉璃专科毕业，由于学历不算高，家境又普通，一连面试十几家公司，琉璃都被刷了下来，为了尽早赚钱贴补家用，她在网上看到了远海学校超市招聘收银员的信息，抱着试试看的心态，琉璃还真的顺利通过了面试。刚毕业的学生，对工作总是充满热情，更何况琉璃属于那类文静善良的女生，及肩长发配上姣好的面容，吸引了不少来此买东西的男学生，而高原修就是其中一个。

说到琉璃与高原修的第一次交集，应该追溯到高原修期末考试的那天。那天清晨，高原修跑去超市买考试用的中性笔，可到了收银台前，把所有衣兜翻了个底朝天也没找到一分钱，他难为情地说："算了，我先不买了。"

琉璃优雅地笑了笑，将中性笔又重新递给高原修，说："考试怎么能没有笔，这支中性笔就当我送你了吧。"

高原修怔怔地接过那支笔，一直出神地盯着琉璃。

"考试快迟到了，你在这儿发什么呆呀？"琉璃的提醒让高原修回过神来，拔腿

就冲出超市,边跑边神采奕奕地回头喊道:"我叫高原修,我一定会回来找你的!"

果不其然,那天考试结束后,高原修就拎着烤肉拌饭、羊肉泡馍跑到超市,说是要请琉璃吃饭。一开始琉璃是拒绝的,可执着的高原修一日三趟地往超市跑,打饭、打水、送伞,甚至为了帮助琉璃分担工作,他还以勤工俭学的名义应聘到学校超市做搬运工……总之大学男生为女友能做的事情,高原修全都为琉璃做了一遍。

高原修做到这份儿上,琉璃怎么会不明白他的想法,可任由她如何高冷地拒绝和躲避,高原修就是不放手。即便琉璃直言两人之间相差三岁,可高原修还是倔强地认为,真正的爱情没有年龄之差。

在这一次次攻守的较量中,高冷的琉璃终于被高原修打动了。确定关系后的两人,的确像每一对幸福的小情侣一样,把原本平凡的日子过得有滋有味。

"直到前些日子,琉璃的死对高原修打击太大了,从那之后,他便跟变了个人似的。"李昀达的话将衣繁夏拉回现实,紧接着又提醒道,"好了,我得去干活了。小姑娘,还是好好做自己的事吧。"

李昀达的提醒似乎还有弦外之音,但衣繁夏一时捉摸不透其用意,只是在李昀达走后,那股纸箱霉腐的味道她又在高原修身上闻到了。

如果,高原修真如李昀达所说如此爱琉璃,那么当他听到琉璃之死与衣繁夏有关时,将衣繁夏视作仇人也是说得通的。

"你干吗这么看着我?"高原修侧目质问着发呆的衣繁夏。

"没事。"衣繁夏欲言又止,她很想告诉高原修,道听途说的内容往往是掩藏真相的另一种手段,可是她不敢说,现在也不能说。

衣繁夏靠近高原修,他身上纸箱霉腐的味道比李昀达的浅些,而这深浅度与昨晚绑架自己的人刚好相符。她埋头盯着一处,细细地思索,高原修是想要勒死自己的人,而李昀达应该就是救她的人!

Weitian Shaonü
Chu Xin Ji

第八章

戴着云崖石吊坠的少女

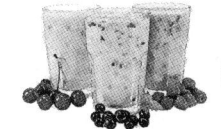

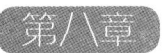

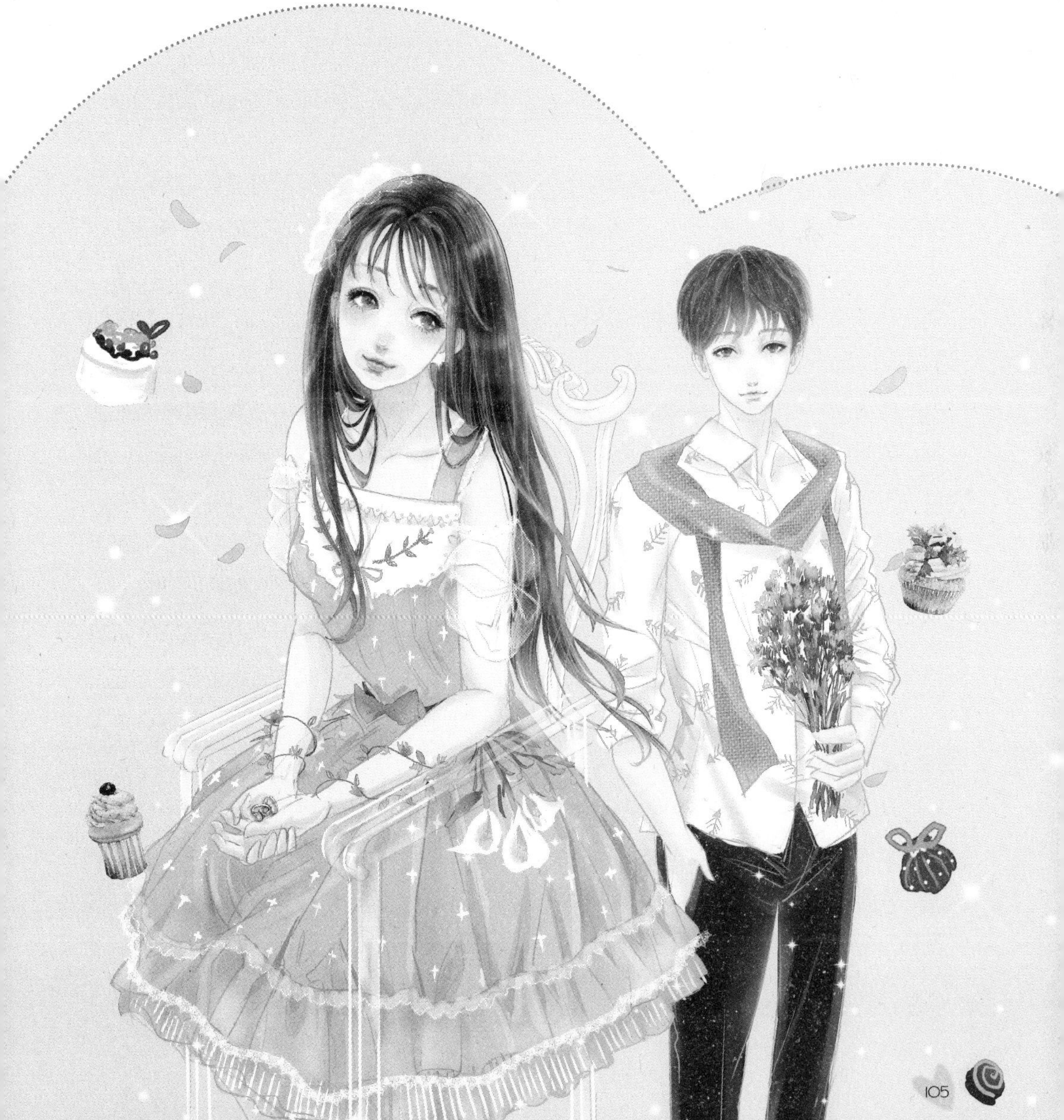

所谓爱情,应该是执着而宽容的,而绝不是偏执又狭隘的。

一连工作了一周,衣繁夏趁着难得的周六,跑到水晶花圃找晨安。

衣繁夏到达花圃时,晨安已经推着脚踏车等候多时了,看见她来,大手一挥,笑着说:"上车,我带你去个好地方。"

衣繁夏横坐在脚踏车的后座上,还没等坐稳,晨安便蹬着脚踏车出发了,害得她只能紧紧环住他的腰身,整张脸也靠在他宽厚的后背上。

这样近的距离让衣繁夏面红耳赤,不住地抱怨道:"你慢点儿,我差点儿摔下去。"

这会儿的晨安没了往日的拘谨,像个撒欢的孩子般,一手握着车把,一手挥在半空中:"繁夏,就今天一天,把那些烦恼、愁绪通通抛掉,我不想让你在那样压抑的环境中待得太久。"

听了晨安的话,衣繁夏将手臂环得更紧,满脸幸福地响应他:"好,都听你的。"

这幸福的对话犹如明媚的阳光,从一处照来,却普照大地。而那辆崭新的脚踏车,承载着两人穿越城区的大街小巷,街道两旁的老杨树生长得枝繁叶茂,替他们遮去了阳光的闷热,而一道道金黄的光束穿越树叶的间隙,落在地上映射成一幅浓墨重彩的油画。

晨安将脚踏车骑到了郊外的一处林地,一下车衣繁夏就闻到一丝清雅的花香。

"是桂花的香味!"衣繁夏惊喜地看着晨安,不住地追问,"这到底是什么地方?"

晨安宠溺地揉着衣繁夏的脑袋:"这是我一位同行大哥经营的观赏桂花林,本来是以卖桂树为主,但生意难做,干脆改成了观赏区。"

其实对于桂花,衣繁夏并没有特别喜欢,大概是因为从没有注意过它,可这次不知是不是因为晨安的缘故,她一下就喜欢上了桂花独特而又内敛的香味。

从观赏区的正门进去,最先映入眼帘的是"四季桂花林"几个字,正对大门的地方有一座古风古韵的重檐亭,再往里便是望不见尽头的桂花林。

放眼望去,一簇簇金黄色的桂花争艳枝头,花色暖人,花香袭人,令观赏之人内心格外舒畅。

"晨安,这个地方真不错。不过……"衣繁夏脑袋一歪,思索起来。

晨安也跟着她的方向歪着脑袋,问:"不过什么?"

"桂花不是秋季才开花吗?怎么夏天也生长得这么茂盛?"衣繁夏颇为不解。

"小傻瓜!这是四季桂花。"经常与花打交道的晨安开始了他的科普时间,"四季桂花是一种优良品种,四季开花,四季飘香。夏秋两季芳香浓郁,春冬两季则微有香气……"

看着晨安说得有模有样,衣繁夏一脸崇拜,她努力踮着脚尖,想要距离桂花更近些,奈何身高不够,只好向晨安求助。

晨安走近桂花树,手指在枝梢前一碰,一簇桂花便尽数落于掌心中,他将花捧到衣繁夏面前,说道:"不知为什么,我脑海中时常出现薄荷田,薄荷明明是清新盎然的样子,可每次看到它,都觉得莫名伤感。直到我来过这片桂花林,它清雅芬芳的味道总能抚慰我郁结的内心。所以,我也想把这个地方分享给你。"

衣繁夏心头一暖,勇敢地、主动地抱住晨安,她激动地呢喃道:"晨安,我的晨安,你一直都在我的身边,从未消失过。"

两个历尽人生险阻的人,此刻怀着彼此的希望在温暖着对方,一袭夏风掠过,吹落万千桂花,星星点点地落于两人肩旁,成了两人生命中的一道风景。

然而衣繁夏好不容易重获的幸福,真能这样一帆风顺吗?就像晨安说的那样:"就今天一天,把那些烦恼、惊扰通通抛掉。"

是的,幸福只有这一天!因为谭苏阳接到的任务是在这周内"解决"掉衣繁夏。

一周的最后一天,是很普通的一个周末,但对于谭苏阳来说,却是忐忑不安的一天,他不敢去找荀斐大哥,更加知道自己无法伤害衣繁夏,所以他只能选择在女生宿舍楼下守着。

整整三个小时,谭苏阳没有等来衣繁夏,却等来了行色匆匆的戚婷。

戚婷是朝学校后门走去的,谭苏阳总觉得她看上去有些奇怪,于是便一路跟踪而去。

果然是有蹊跷,戚婷走进荀斐经营的那间台球厅,而给戚婷开门的人竟然是身穿花衬衫的男人。

自从花衬衣男人将衣繁夏的照片交给谭苏阳后,他已经一周没敢进出台球厅了,

生怕遇见荀斐逼他做自己不喜欢的事情,所以台球厅里有什么新情况,他也无从知晓。不过威婷来见花衬衣男人,倒是让谭苏阳心里莫名地不安起来,总觉得衣繁夏又成了他们的目标。

谭苏阳赶紧拨打衣繁夏的手机,可是一直都无人接听,他又赶去学校超市,也没有她的踪影,后又打给卫佳慧,得到的答复是,衣繁夏说要去见个人,一大早就出门了。

谭苏阳越想越不对,荀斐大哥绝不是善于妥协的人,之所以让衬衣男来转交衣繁夏的照片,其实早已猜到他不会动手,所以"解决"衣繁夏的任务一定是交给了衬衣男!

这一上午的来回奔波,谭苏阳着实消耗了不少体力,为了尽快找到衣繁夏,他只好联系晨安:"有人要伤害衣繁夏,我现在联系不上她,超市、宿舍、教学楼都不在,你快去校外找找看!"

偌大的校园,卫佳慧和谭苏阳把能找的地方全都翻了个遍,再拨打衣繁夏的手机,已经从无人接听变成了关机。

"难道真的出事了?"卫佳慧心急如焚,建议道,"不如我们去校外找吧。"

谭苏阳点点头,两个人顺着校外的大路沿途寻去。

另一边,晨安从花圃往学校的方向找去,他骑车到一个丁字路口时,侧眼望了下远处新建的远海第一橡胶坝花园,衣繁夏会不会在里面呢?

可看着还未建设完成的绿化带和泥泞的路面,晨安又打消了自己的想法。正当他要骑车离开,隐约间听到一个细微的呼救声。

"救我……"

"没错,是衣繁夏的声音!"晨安丢下脚踏车直奔远海第一橡胶坝,边跑边给谭苏阳打电话:"找到了,在校外一千米处的远海第一橡胶坝!"

未建好的远海第一橡胶坝里到处摆放着没栽种的绿色植物,因为没有遮挡物,所以一眼望去并没有发现一个人影。

"衣繁夏,你在这儿吗?"晨安呼唤着,"如果能听到,请发出一些声音给我好吗?"

回应晨安的却是久久的沉默,他朝远海第一橡胶坝的石拱桥走去,继续唤着衣繁夏的名字。

"啊……"

一个极其痛苦的声音似乎从石拱桥周围发出,得到了回应就说明有希望,晨安着急地在桥上四处寻找:"繁夏,你到底在哪儿?"

晨安急得像热锅上的蚂蚁,正不知如何是好时,他听见远处的谭苏阳和卫佳慧在喊自己:"晨安!"

晨安望去,他们一边高声喊着什么,一边手指着桥体下方,他不解地站在桥边往下看,竟然看见衣繁夏正悬挂在桥上,她用双手紧紧抓住拱桥的边缘,许是因为悬空太久,一张小脸憋得通红,嘴角也咬出了血印。

晨安试图伸手去抓衣繁夏,可桥体有一米高,根本就够不着,而桥身全是巴掌大小的镂空,手臂也根本伸不出去,毫无办法的晨安急得直冒汗水:"繁夏,还能坚持一下吗?我马上脱掉外套做成绳子救你上来!"

可衣繁夏痛苦地摇摇头,她在这里已经坚持了一个小时,几乎耗尽所有力气,从手指到手臂早就没了直觉,她绝望地闭上双眼,一瞬间双手脱离桥体,随着"扑通"一声,衣繁夏落入了桥下的水中。

晨安毫不迟疑,一个纵身也跳进水中。

与此同时,谭苏阳也拼命朝落水的方向跑去,就在他也即将纵身一跃时,突然有人抓住他的肩膀。

"大哥?"看着眼前的苟斐,谭苏阳仍是执意要去救人。

"你要知道,有些事一旦插手,就摆脱不了困境了!"苟斐恨铁不成钢地提醒着谭苏阳。

谭苏阳低头沉默片刻,像是做出某种决定忽然抬头凝视着苟斐,说:"人有所为,有所不为,他们做的事情是对的,我为有他们这样的朋友而骄傲!"

谭苏阳说完跑到橡胶坝边上查看,可湖面上除了微微的涟漪外,并没有看见晨安和衣繁夏,他是真着急了,生猛地跳进湖水中。

虽说是夏季,可湖水还是有些冰凉,谭苏阳水性不错,他朝两人的落水点游去。他的一举一动都牵动着岸边卫佳慧的心,她双手抱拳,既庆幸有谭苏阳在,又害怕他这一跳有什么危险。

最后悔的，就是低估了戚婷的怨恨和胆量。

在落入水中的那一刻起，衣繁夏就用仅有的意识告诉自己："只要我能活着回去，就绝不放过戚婷！"

因为双臂早已麻木，入水后的衣繁夏双臂根本使不上力气，再加上呛了几口水，她只能任由自己的身体渐渐向湖底沉去。

面对死亡，人真的很渺小，当周围的水将自己包围的时候，那好看的墨绿色液体，却变作死亡的黑色。衣繁夏置身在漆黑的水底，整个人疲惫得不想再做挣扎，随后在这份恐怖的宁静中，她看见一个人从明亮的水面向她游来，那人拽住她手臂，努力想要将她往安全的地方拽去。

这是生的希望，也唤醒了衣繁夏沉睡的思绪，她努力挥舞了下还有些酸痛的手臂，奋力响应着来救自己的人。

她被那人拉着手腕，这才看清是晨安，可没游几米，晨安突然松开手，胡乱地在原地打转、挣扎。

晨安的水性并不太好，加上他们落水的地方位于橡胶坝上游，河堤呈45度斜坡状，上面布满湿滑的青苔，虽然浅水区只有2到3米深，但往西10米左右就是深水区，水深达到十几米，水下不仅有很大的漩涡，而且生长着错综复杂的水草，人一旦入水，很容易因为不熟悉水性而被水草缠住。

而晨安就是因为右腿被水草缠住而无法动弹，越挣扎越耗费体力，他一面着急营救衣繁夏，一面又要挣脱水草，体力不支的晨安接连呛了好几口水。

就在晨安也觉得无能为力的时候，衣繁夏突然抓住他的手，奋力朝水面游去，幸好此时谭苏阳也已经游过来，他从身后抓住晨安的身子，在衣繁夏的协助下，一起将晨安救回了岸边。

此时的晨安早已失去意识，而惊魂未定的衣繁夏虽然意识清醒，但也已是疲惫不堪。

为了尽快救醒晨安，谭苏阳迅速解开晨安的衣服，又察看了鼻腔和口腔中是否有异物，好使他呼吸保持顺畅，此后谭苏阳单膝跪地，又将晨安的腹部放在屈膝的腿上，一手扶住他的头部使口部朝下，一手轻压他的后背，使存在呼吸道和腹中的水排出。

谭苏阳按照学过的急救方法，对晨安一步步实施急救，虽然一直都很顺畅，可到了人工呼吸这一步，谭苏阳却有些犹豫了。

第八章
戴着云崖石吊坠的少女

一旁的卫佳慧不明白他为何突然停下动作，问道："你怎么了？"

而衣繁夏则明白谭苏阳的犹豫，毕竟是男孩子，总觉得有些下不了口，于是弱弱地说道："实在不行，我来吧。"

谭苏阳眉头一挑，大义凛然地回答一句"得了，还是我来吧"后，就一手捏住晨安的鼻子，一手托住他的下巴，只见谭苏阳深呼一口气，两眼紧闭，便开始给晨安做起了人工呼吸，此后又帮他按压胸部，如此周而复始地做了三个回合，晨安便吐了口水，恢复了意识。

众人长长舒了一口气，纷纷坐在地上恢复体力。

几个人中，当属晨安最不淡定，因为在残存的记忆里，他好像看到了衣繁夏在水中救了自己，而唇与唇碰触的感觉也是那样真实。

晨安将脑袋扭向衣繁夏，傻兮兮地问："人工呼吸是你给我做的？"

衣繁夏如鲠在喉，忙不迭地摇头摆手，表示不是自己，又指了指对面的谭苏阳。

谭苏阳无奈地咧着嘴，笑容比哭还难看："抱歉了，晨安，让你失望了。"

"你……你……"

谭苏阳淡定地点点头："没错，就是我给你做的人工呼吸，不用怀疑。"看着晨安失望的模样，他继续补充道，"虽然我知道你们彼此喜欢，可让我看着繁夏给你做人工呼吸，我可做不到，总归是我救了你的命，你就忍忍吧。"

是啊，这条命都是谭苏阳救回来的，晨安还有什么资格再去追问呢？于是将重点返回衣繁夏身上。

"繁夏，你怎么会在桥梁上，是谁要害你？"晨安的这个问题，也让谭苏阳和卫佳慧纷纷紧张起来。

衣繁夏深吸口气，语气不容置疑地吐出一个人的名字："戚婷。"

而当衣繁夏刚说出戚婷的名字后，四人的身后突然传来急促的脚步声，他们回头看去，来人正是戚婷。

戚婷看见衣繁夏安然无恙地坐在岸边，先是一愣，继而转身就跑。谭苏阳和晨安反应最快，两个人从地上跳起来，飞奔着去追戚婷。

"我就知道戚婷没安好心，繁夏，难道是她把你推下桥的？"卫佳慧推测道。

"是。"回想起戚婷对自己做的事情，衣繁夏心悸不已，实在无法原谅戚婷。

其实，上午戚婷曾给衣繁夏发了一条信息，大概意思是相约在学校不远处的第一橡胶坝上，届时会告诉衣繁夏长久以来想要知道的秘密。

虽然衣繁夏从始至终都知道戚婷对自己充满敌意，可她万万没想到，戚婷心中的敌意，已经积聚到要置她于死地的地步。

衣繁夏没有高估自己的应对能力，却低估了戚婷恨透她的决心。

衣繁夏如约而至，戚婷却闭口不谈所谓的秘密，而面对戚婷的咄咄逼人和耀武扬威，水火不容的两个女生就此争吵起来，戚婷趁衣繁夏不注意，一把将她推下拱桥。

眼看衣繁夏在桥体上消失，戚婷慌了神，她生怕被第三个人看到，本能地选择逃离现场。

然而戚婷千算万算，却没有料到衣繁夏在落下桥身的千钧一发之际，抓住了桥身的边缘。

"繁夏，这一次你一定不要再对戚婷手软了。"卫佳慧狠狠地说着，"难道就因为晨安喜欢你吗？可也不至于恨你恨到这种地步啊。"

"也许没有我们想的那么简单。"

最初，衣繁夏也认为是因为晨安的缘故，戚婷才这样针对自己，可在后来的几次交集中，她发现戚婷每次说出的话中，似乎都在暗示着另一个人的存在。

看着眉头紧皱的衣繁夏，卫佳慧心疼地抱了抱她，发生了这些事，又经历了这些磨难，卫佳慧觉得自己能想到的安慰之词，在衣繁夏面前总是略显单薄，而这个时候也只能轻轻拍拍她的后背，给予她走下去的力量："好了，我们快去看看晨安和谭苏阳有没有追到戚婷。"

两个女孩相互搀扶着走出橡胶水坝出口时，戚婷也在通往学校的大街上，被谭苏阳和晨安各自抓住一条胳膊。

衣繁夏在原地定了定神，拖着疲惫的身体，快步走向戚婷。

"你们放开她。"衣繁夏说完，谭苏阳和晨安便松开了手，然而不等众人反应过来，衣繁夏上前抓住了戚婷的衣领。

面对戚婷血红的眼睛，衣繁夏丝毫没有胆怯，一字一句恨恨地说道："我对你已经毫无耐心了。"她怒视着戚婷，"你把我逼到生死的悬崖边上，哪怕是毁了自己的前程也要为他报仇的人到底是谁？你现在还打算绝口不提吗？"

此时的晨安看清了戚婷的真面目，而戚婷也深知自己此时犹如过街老鼠，所以不仅不再辩解，还准备说出埋藏心底多时的秘密。

戚婷面无表情地望了一眼衣繁夏，冷哼道："看来你得罪了不少人，竟然还有校外的社会青年来找我一起对你下手，所以只要是关于你，我想都不想地就答应与对方联手了。他出方案，我负责约你！"

"那人是谁？"衣繁夏追问。

别人不知晓花衬衣男人的身份，谭苏阳却清楚他的来历，这次亲眼看到了他们的所作所为，谭苏阳也深感震惊，并且也不打算再助纣为虐了，他接过话题："那人是苟斐的手下，我只知道是为了阻止你调查琉璃之死的。"

众人纷纷将目光锁定到谭苏阳身上，诧异于他对要加害衣繁夏的人如此了解。

"这些稍晚我再告诉你们，现在的重点是她！"谭苏阳指着戚婷提醒着众人。

戚婷心灰意冷地盯着一处发呆，兀自问道："衣繁夏，你还记得晨笙吗？"

在衣繁夏的心里，晨笙这个名字将会是她一生都无法抹去的伤痛，而此时这名字竟然由戚婷口中说出，她震惊之余也疑惑万分。

"你认识晨笙？"衣繁夏抓住戚婷的胳膊，强硬地追问道，"你说清楚些。"

提到晨笙，戚婷的眼睛中蔓延出恋爱中的女孩所具有的温柔，语气骄傲："我比你更早认识晨笙。"然而这也正是戚婷痛恨衣繁夏的原因，因为戚婷并不明白，喜欢从来没有先来后到。

时间倒回两年前的端午节。那时，戚婷还是一名高二的学生，正值假期，她独自赶去机场接出国工作归来的爸爸，拥挤的接机口外，戚婷被人挤得东倒西歪，身边的陌生人非但不道歉，还一脸嫌弃地骂道："哪来的野孩子！"

在人的性格中，总有一种对凶悍事物的恐惧感，这种恐惧会让人收敛起往日的嚣张跋扈，继而选择躲避。

戚婷瑟缩着混迹在人群中，不敢言语，人潮涌动的纷乱中，幸好有一双手将她扶稳。

"要么站在最前面，要么站在最后方，站在中间是最危险的。"

戚婷扭头看着身后的男生，刹那间就被那双蓝色的眼睛吸引住了。

那样一位帅气的男生突然出现在自己的面前，情窦初开的戚婷不禁羞红了脸问："你是外国人吗？"

"我是混血儿。"

"你叫什么名字？"

他不语凝视着戚婷，似乎在思索女孩一再追问的目的，沉默片刻后，他缓缓吐出自己的名字："晨笙。"

喜欢从来都是一种感觉，令人滋生出一种使人疯狂而又不计后果的冲动。而刚好

戚婷是那类清楚知道自己想要什么的人,那天戚婷不仅知道了晨笙的名字,连同他的联系方式都一并得到了。

所以当晨笙决定考取远海学院的时候,戚婷也不顾家人的阻挡,毅然决然地与晨笙考取了同一所大学……

戚婷依旧沉浸在自己的回忆中,恍然抬起双眼,眼神犀利地盯着衣繁夏:"可自从晨笙在远海学院里遇见你之后,他就像变了一个人似的,我从没见过他那样温柔地看着一个女生,他是那样骄傲,却在面对你时变得优柔寡断。他的确想要继承财产,也的确不希望父母找到晨安,可为了你,他宁可让自己前功尽弃,也要去意大利替你寻找晨安的消息。"

戚婷说话的间隙,两行眼泪悄然落下:"我真正恨你的时候,就是我得到晨笙死在意大利的消息那一刻,从那时起我就告诉自己,我一定要让你衣繁夏尝一尝失去的滋味!"

这样的经历和控诉,的确令衣繁夏一时难以接受,卫佳慧却在此时提出了一个除了衣繁夏和戚婷外,众人都疑惑不已的问题:"等一下,我想知道晨笙是谁?"

衣繁夏不愿再撕开自己的伤疤,所以不愿开口解释晨笙的身份,于是此刻的气氛一下又陷入令人不安的沉默中。

"晨笙……是我弟弟。"

众人将视线聚集到晨安的身上,只见衣繁夏的眼神里充满惊喜、激动和不可置信。

3

衣繁夏走近晨安,不敢置信地捧住他双颊,声音颤抖:"你都想起来了?"

从被救醒的那刻起,晨安就觉得太阳穴一阵阵疼痛,脑海中不间断地出现惊涛骇浪拍打岩石的画面,不知是不是因为同样跌落水中,他似乎还记起自己被人袭击后脑勺后掉下海崖的场景。

"云崖石海岸……衣繁夏……"晨安恍如隔世般地凝视着衣繁夏,这一声呼唤,唤醒了时间对情感的隔阂,也让那份被封存的记忆得以苏醒。

衣繁夏扶住晨安,碰触到他冰凉又颤抖的身体,担心道:"不舒服就别再想了。"

第八章
戴着云崖石吊坠的少女

距离三人从水里出来已经过去了一个小时,湿漉漉的衣服紧贴在身上,风一吹,着实令人冷得颤抖,谭苏阳消耗了最多体力,赶忙建议道:"先送晨安去医院吧,衣繁夏身子也弱,顺便一起做下检查。"

"等一下,那她怎么办?"卫佳慧指着跌坐一旁的戚婷,恨得牙痒痒,"应该报警,将她绳之以法。"

对于一个想置自己于死地的人,衣繁夏的确做不到大度原谅,但在对戚婷的恨中,又同时夹杂着对晨笙的愧疚,毕竟爱一个人没有错。

"我不会报警的。"衣繁夏从容自若地说完,扶着晨安就要离开。

"你这是可怜我,还是想显示你的大度?"戚婷语气中依旧夹杂着对衣繁夏的不满,不愿接受她一丝一毫的怜悯和施舍。

衣繁夏扭头无奈地看着戚婷,解释道:"不是可怜你,也不是因为我大度,而是出于我对晨笙的愧疚,从今往后,我与你互不相欠!"

在衣繁夏一行人走后,戚婷独自坐在原处痛哭起来。

一个人,因为得不到的爱,而将一切情绪转嫁到另一个人的身上,并任由这份恨演变成毫无下限的报复。这本身就是一种负担,如今将一切说出,戚婷反倒觉得心中释怀不少,那一刻戚婷才明白,两个彼此喜欢的人在一起才叫爱情,否则只能叫一厢情愿,自己是,晨笙亦是。

远海市第一人民医院。

门诊室的走廊上,谭苏阳和卫佳慧并肩坐在休息凳上,换药室里,护士正在帮衣繁夏的双手擦消毒药水,晨安站在一旁,看着她纤细的十指上,因为抓桥体而导致的累累伤痕,心中不禁一阵酸楚,他有好多话要说,但碍于护士在场,只好将想要说的话又咽回肚子里。

衣繁夏不经意间瞄到晨安眉头紧皱,好似受伤的是他,疼痛的也是他。

"没事,对我来说这些都是小伤。"衣繁夏的描述显得波澜不惊,仿佛刚才经历生死一刻的人并不是她。

倘若晨安没有恢复记忆,他一定会心生好奇,一个看似柔弱的女孩怎会如此坚强。但已经恢复记忆的晨安,极为清楚衣繁夏经历过的那些痛苦之事。

他深情地凝视着她,万千话语全都幻化成了温柔眼神,那眼神中夹杂着愧疚、歉意,那流经脸颊的泪水似乎在诉说着失去记忆的这段时间里,他对她的悔恨。

　　眼前的晨安令衣繁夏心疼不已，但依旧有些不确定他是否记起了全部，她弱弱地询问道："你当真记起我是谁了吗？"

　　晨安郑重地点点头，破涕为笑地解释："是，记起来了，你是那个被我在意大利救下来的女孩，是对巧克力又爱又恨的甜品女孩，是与我一起深入虎穴，并肩查案的好搭档……"

　　晨安话还未说完，衣繁夏热泪盈眶地忽然抱住他，激动得一句话都说不出，而那声声哭泣也似乎要将她长久以来积攒的委屈全部发泄而出。

　　而这个迟来的拥抱，来得太过珍贵了。毕竟，历经了晨安的死亡、重现和失忆，与之对应的痛苦、惊喜与失望的情绪，让衣繁夏有种反复被命运锤炼的疲惫感。

　　晨安轻拍她的后背，希望能帮她平复情绪。

　　但衣繁夏忽然从他怀中挣扎出来，像碰触珍宝一般轻手轻脚地捧出云崖石戒指："当初在意大利的爆炸中弄碎了云崖石，我好不容易才将它镶嵌成两枚戒指，就是希望有一天再见到你时能送给你。"她抬着一双通红的眼睛，惹人心疼地说，"你送我东西，我真的很努力、很用心地在保护它。"

　　"我知道，我都知道。"晨安拿起其中一枚戒指，戒指上还多了一条银色的挂链。

　　"我还是学生，戴戒指不合适，所以我就想穿上挂链，先当作项链吧。"

　　"我帮你把它戴上好不好？"

　　衣繁夏一愣，随即回应晨安一个甜甜的微笑，她赶紧扭过身子等他帮她戴上项链，生怕下一秒他就反悔。

　　衣繁夏摸着脖前的云崖石戒指，把另一枚也递给他："云崖石一分为二，这个就送给你吧。"她不由分说地走到晨安的身后，将相同样式的云崖石戒指也为他戴在颈间。

　　"以后不管发生什么事，你都不准弄丢这枚戒指！"衣繁夏忽然表情严肃，像个霸道的小公主。

　　这样撒娇的小情绪，要是放在以前，衣繁夏是断断做不出来的，所以此时的晨安竟有些错愕，但他随即一笑，他知道，衣繁夏并不是一个善于展现自己柔弱一面的女孩，如今她愿意对自己撒娇，这是多么大的信任啊！

　　晨安眼神中流露着对衣繁夏无限的宠溺，他郑重地点点头："以后即便我丢了性命，也不会丢下你的。"

第八章

戴着云崖石吊坠的少女

听了他的承诺后，衣繁夏却倔强地摇着头，努力纠正他的说辞："你一定要说那些令人伤感又不悦的话吗？如果真如你说的那样，我宁可你丢下我，也不要你丢了性命！而且……"衣繁夏欲言又止，还是决定要把话说下去，"而且我们以后能不能好好地生活，不要再让危险缠着我们？"

晨安怎会不懂她的担忧，正站在青春尾巴上的他们，却已经历了人间的生死离别和刻骨心痛。所以，但凡失去过的人，都会无比珍惜眼下的一切。

两个人相视一笑，使得充盈在眼眶中的晶莹的泪珠，犹如此时夜雨停息后的天空，繁星闪烁。

而此时在医院走廊上的谭苏阳和卫佳慧，却并肩坐在休息凳上沉默不语，显然刚才两人听到的那些回忆有些复杂，一时竟想不明白这其中的人物关系。

灯光昏暗的走廊上，卫佳慧用余光偷偷看了下谭苏阳，他沾了水的衣服透着潮气，头发也一缕缕地贴在前额上，浑身不自觉地发抖着。卫佳慧于心不忍，脱下自己的牛仔外套递给他："先换上吧。"

"你不要喜欢我。"谭苏阳冷不丁的一句话，竟然没让卫佳慧感到气愤或是尴尬。

毕竟是体育系的女孩，身上总是少了些女生的娇弱与敏感，她恬淡地回道："说晚了，已经喜欢上了。"

这一番对话中，卫佳慧占据了上风，反倒是谭苏阳被惊得有些手足无措。

谭苏阳像看外星人一样盯着卫佳慧，努力回想着两人间往来的点滴，然而他能想到的就只有针锋相对的日常和榴莲砸脸的场景，如今想到榴莲那臭烘烘的味道仍是觉得反胃。

谭苏阳使劲摇摇头，希望以此忘掉卫佳慧的表白，可就是那一瞬间的眼神对视，竟让谭苏阳觉得毛骨悚然。只见卫佳慧贼兮兮地笑着，冷不丁地说了句："我这人很有毅力的，你逃不掉的！"

平日在校园里没人敢招惹的谭苏阳，此刻在卫佳慧面前竟像个做错事挨训的孩子，不仅一句话说不出，反倒心生恐惧，只想逃离，他刚站起身要走，却又忽然停住了脚步。

"戚婷！"谭苏阳和卫佳慧几乎同一时间叫出眼前人的名字。

戚婷为了一己私欲，做出伤害他人性命的事，这在谭苏阳和卫佳慧看来，戚婷坏得很是彻底。

所以，两个人都怕戚婷再来医院做出什么过激的事情，于是像两位守门大将，将戚婷挡在病房门外。

"你来干吗？还嫌害人不够吗。"卫佳慧替衣繁夏打抱不平，"今天有我在，你别想进这个门！"

谭苏阳一只手按住卫佳慧，示意她不要再说下去了，因为他猜想得到，戚婷做的坏事都已败露，此时来医院找麻烦的可能性不大，而且又看对方神色平静，他总觉得戚婷此次前来是另有目的。

谭苏阳上前一步，更像是规劝："既然那么爱一个人，就把他放在心底吧，至少放下会让自己轻松些。"

"我不需要你教我怎么做。"戚婷依旧一副盛气凌人的样子，她甩甩手里的信封，说："晨笙能够为衣繁夏放弃自己的一切，我为什么就不能为了晨笙而放过衣繁夏呢？"

听着戚婷的话，谭苏阳总觉得哪里不对，晨笙与衣繁夏的过往和她戚婷又有什么关系？她到底是站在什么样的位置上，才决定放过衣繁夏的呢？这些谭苏阳都不愿再追究了，只要戚婷能够真的放下，他这个局外人也就无须较真。

"你进去吧。"谭苏阳挪动下身体，为戚婷让出一条小道。

而一旁的卫佳慧却不明白谭苏阳这一举动，生气地质问道："你到底站在哪边？干吗让她进去？"

"戚婷已经放下那些怨恨了，她们的事就让她们自己解决吧。"谭苏阳的劝阻起到了作用，卫佳慧极不情愿地让开道路，可那一双直勾勾的眼睛紧紧落在戚婷身上，监视着她的一举一动。

和谭苏阳、卫佳慧的态度不同，晨安和衣繁夏看见戚婷后都显得异常平静。

衣繁夏眉梢微挑，云淡风轻地问道："你应该不是来看我有没有受伤的吧？"

戚婷嘲弄一笑："我对你的确没有那样的好心。"并随手将信封扔在衣繁夏的病床上，"这是我最后能为晨笙做的了。"

"这是什么？"衣繁夏打量着信封，上面写着"给衣繁夏"四个字。

"晨笙出事后，我在他的遗物中找到的，都是他为你搜集的资料。"戚婷说罢，孤傲地转身离去。

卫佳慧看着一屋子人都沉默不语，忍不住指着戚婷的背影抱怨道："这么趾高气扬的，她做对了什么？"

"算了佳慧，我还有你们这群好朋友在身边，戚婷却什么都没有，她一直以来一定很痛苦，虽然我没伟大到能原谅她，但也不想过多提及她，就让戚婷和这件事过去吧。"衣繁夏的一番话算是彻底说服了愤愤不平的卫佳慧。

卫佳慧知趣地岔开话题，一双好奇的眼睛落在信封上，催促道："快看看晨笙给你留了什么东西？"

三个人凑上前，死死盯着衣繁夏手里的信封，直到看着她撕开信封，并拿出一沓A4纸，令在场的人纷纷皱起了眉头。

"这厚厚一沓是什么呀？"卫佳慧迫不及待地将脑袋伸了过去，一字一字地念着文件标题："诺基资料……"

"诺基是谁？"谭苏阳看着衣繁夏补充道，"这名字听上去像个外国人。"

衣繁夏皱眉努力在脑海中搜索"诺基"这个名字，她恍然想起，晨笙曾提起过这个人，并且在墓园外她亲眼看见苏青与叫诺基的人争吵。

"诺基是我亲叔叔。"

三个人同时看向晨安，最先开口询问的是衣繁夏："你确定吗？你从小就生活在敖家，我认识晨笙的时候，你应该已经在意大利坠海受伤了。"

"你说得没错，在那之前我对这一切都毫不知情，直到我抵达意大利后，利用各种机会去寻找我亲生父母和云崖石海岸的下落，不知是不是我打探的地点太过繁多，竟然引起了一些人的注意，那时我才知道，有一拨人也正在暗地里寻找我的下落，于是我顺藤摸瓜，终于弄清楚了我的亲生父母是谁，而不断寻找我的人就是诺基派来的。"晨安娓娓道来。

"原来是这样，看来你这个诺基叔叔很爱护你嘛，不然怎么会派这么多人来寻找你。"卫佳慧分析着，却被谭苏阳狠狠地打了下手臂，示意她不要打断晨安的讲话。

然而事实上并非外人所看到的那样，晨安冷淡地摇着头："如果是有着血缘关系的亲人，要拿着利剑来伤害你，你还觉得那是一种爱护吗？"

这世间有很多种痛，都能直接冲击到人的心灵深处，而这或是来自朋友，或是来自爱人，但这些痛永远无法与来自亲人的伤害相提并论，给人带来一种难以置信，却又无从躲避的痛。

晨安依稀记得，当初只身游走在波西塔诺的街头时，心底那股无助感让他有多么绝望，而当他经过多方打听，终于在卖花老奶奶的帮助下，得到了亲生父母和叔叔诺基的消息后，那种欣喜和激动又令他湿了眼眶。然而，当晨安在波西塔诺小镇里被诺

基派来的一群五大三粗的外国壮汉追赶时,心底犹如被万千利刃刺穿。

三个人不可思议地问道:"难道你的亲叔叔是要害你?"

晨安点下头,沉思道:"如今想来,当初在云崖石海岸上袭击我的人,应该是诺基的手下。"

衣繁夏将手里关于诺基的资料递给晨安,却从资料的最后一页掉出一张字条,上面写着这样的话:"晨安的失踪,应该与诺基有关,这些资料是我为你特意搜集的,我知道你恨我,但你想做的事我都会为你去做。衣繁夏,昙花一现,胜却无数美景,而看见你的那一刻,我只想为你变得更好。"

虽然寥寥数笔,却蕴含着晨笙对衣繁夏深深的爱意,因为爱而不得,所以痛起来也更缠绵悱恻。只是对于现在的衣繁夏来说,更多的则是内疚。

"那晨笙的死会不会也跟诺基有关?"衣繁夏大胆地猜测道。

晨安眼神迷茫:"这我也说不准了。"

"这些资料对你来说应该很有用,晨安,我一定会帮你查明一切的。"衣繁夏恳切地看着晨安,将资料放在他手中。

"我也会帮你们的!"卫佳慧举着手,一脸真诚,"繁夏的事,就是我的事。"

"我……也会帮你们的。"

众人顺着这个低沉的声音看去,久久未开口的谭苏阳竟因为这句话而窘得满脸通红,但他这句话的确是出自真心,其实在得到"解决"衣繁夏这一消息的时候,谭苏阳就犹豫了,然而让他彻底下定决心脱离荀斐的队伍,是因为看见衣繁夏落入水中的那一刻,他才真正地意识到,荀斐所做的事情是违法的,更是背离人性的。

听到谭苏阳的话,最开心的就是卫佳慧,她傻兮兮地问:"是不是被我的表白感动了?"

"表白?"

衣繁夏和晨安同时疑惑道,却换来谭苏阳的极力否认,只见他一手捂住卫佳慧的嘴巴,一手扯住她便往病房外走,嘴里还嘀咕着:"你这个大喇叭,看我不好好修理你!"

卫佳慧张牙舞爪地挥舞着手臂,口中嚷着:"哼,还不知道谁败下阵来呢。"

打闹间,病房里一片欢声笑语,衣繁夏与晨安相视一笑,好像天大的事情,只要有这些朋友在都能熬过去。

 第九章

Weitian Shaonü Chu Xin Ji

危险之时，总有彼此在身边

1

即使真相淹没在黑暗的深渊中,我们也会拼尽全力让它重见天日的!

那时已是六月初,道路两旁的杨树叶生长得枝繁叶茂,绿荫的夹缝中不时传来清脆的知了声,一阵一阵不绝于耳,像一场盛夏交响乐。衣繁夏和卫佳慧坐在街边的甜品店中,望着玻璃窗外沐浴在阳光中的那一丛翠绿的薄荷,鼻前萦绕着抹茶蛋糕的香气。

"繁夏,你在想什么?"

衣繁夏轻轻吐口气:"想起以前的事情了。"

衣繁夏想起了高中时的晨安还叫敖嘉彦,想起他在高中校外的奶茶店帮她补习功课,他也会在薄荷丛下放把送她的水蓝色雨伞……那些记忆洋洋洒洒地浮现在脑海中,像一幕幕珍贵的影像。

看着衣繁夏陶醉其中的模样,卫佳慧对她和晨安的过往很是好奇:"你们的过往一定是很甜蜜的。"

衣繁夏一愣,细细地回想过往,甜蜜吗?她给自己的答案是否定的。失去亲人的痛苦、寻找真相的艰辛,与人敌对、被人追杀,那些都不属于花样年华应该承受的东西,她全都经历了一遍,而这些不美好的经历早已超过了甜蜜的瞬间,所以那些过往她并不愿再回想,更不愿再提及。

面对卫佳慧的好奇,衣繁夏平静地摇摇头:"记忆虽然珍贵,但并不美好。"

衣繁夏的话语间充满淡淡的忧伤,而卫佳慧也很知趣地不再追问,继而指了指未动的蛋糕,问:"怎么不吃,不合口味吗?"

"不是亲手做的,怎么会合口味呢?"

衣繁夏和卫佳慧同时抬头看去,穿着白色衬衣的晨安和身着篮球短衫的谭苏阳站在门口的地方,明亮的阳光照射在两人身上,透着不同风格的帅气。

只是晨安的这句话引起了谭苏阳的注意,疑惑道:"你还会做蛋糕?"

"那当然,手艺不是一般的好。"说罢,晨安与衣繁夏相视一笑,他深知她父亲的名字是她身上的一道伤疤,所以他不会去伤害她,只是将那些过往变成两人不言而喻的秘密。

"喊!"看着衣繁夏和晨安如此默契,谭苏阳吃醋道,"行了,别秀你俩的过往了,我可是来协助你们查案的,惹烦了我可走了啊。"

第九章
危险之时，总有彼此在身边

谭苏阳话音刚落，卫佳慧就扣住他脖颈，威胁道："你这是吓唬谁呢？信不信我再给你表白一次？"

自从经历了卫佳慧的表白后，天不怕地不怕的谭苏阳是真的认怂了，这会儿慌忙求饶着："别别别，我怕你了，我不走行了吧。"

衣繁夏从没想过，谭苏阳会融进他们这个小集体，更没想到，这样一个刺头，会被卫佳慧镇服，看着谭苏阳被欺负得无力还击的窘迫样子，衣繁夏只好上前解围："你温柔一点儿，先听听他要说的内容。"

重获自由的谭苏阳赶紧躲到晨安身后，生怕一个不小心再落入卫佳慧手中，他清清发疼的嗓子眼，伸出左手臂说："这个钩形文身是我跟随荀斐大哥后文上去的，据说加入他们组织的人都要文这种文身。"

晨安若有所思地点点头："当初我被推下悬崖时，曾努力回头，看到那人手腕上也有这种钩形文身。"

卫佳慧兴奋地一拍大腿："当初把晨安推下悬崖的人身上有这文身，那我们直接去问荀斐不就行了。"

"不行！"谭苏阳制止道，"荀斐并非等闲之辈，就我们这样冒失前去，非但问不出任何线索，可能还会被修理一顿，更何况，荀斐也只是负责管理台球厅的，这组织背后的老板是谁，我们都不知道。"

自己的提议被有理有据地否定掉，卫佳慧泄气地靠在衣繁夏的身上，毫无头绪地问："那我们现在该怎么办？"

四个人皆沉默不语，衣繁夏也只是用手指在桌上不停地画着竖线，仿佛他们眼前遇到的是前所未有的困境。

"我……有一个大胆的猜测。"衣繁夏抬头一一看过三个人后，继续说出自己的想法，"把晨安推下悬崖的人身上有钩形文身，而我们现在肯定荀斐所在的不知名的组织就是钩形文身的发源地。"

衣繁夏说到此处，突然又陷入长久的思索中，急得三个人都将目光锁定在她身上，其中最沉不住气的卫佳慧兴冲冲地追问："到底想到了什么，先说出来一起分析看看。"

"而我们自从调查琉璃之死后，就发生了各种意外，现在也确定那些找我们麻烦的人就是荀斐派来的人，所以杀琉璃的人和害晨安的人会不会是同一伙人，或者说是同一个人指使的呢？"衣繁夏一口气将自己想到的疑点说了出来，紧接着又补充道，"至少，荀斐是我们查找线索的突破点。"

四个人面面相觑，都觉得衣繁夏分析得很有道理。

卫佳慧是四个人中最积极的，不知道她是不是有破案情结，提到这两个案子，她两眼放光地建议道："不如我们分头调查学校超市和台球厅吧。"

"但我觉得在调查之前，我们最好把所有的案情细致地罗列一遍。"晨安谨慎地说道。

"我同意！"谭苏阳破天荒地赞同晨安的说法。

"我也同意！"说着，衣繁夏拿出纸和笔，将和案情有关的发生过的所有事情都一一记录下来——

1. 2017年夏，晨安于意大利的波西塔诺小镇，被一名手腕有钩形文身的男人推下云崖石海岸；

2. 2018年1月，琉璃死于远海学院未建好的图书馆里；

3. 在发现琉璃尸体的图书馆楼梯下的墙面上，发现了五条指甲划痕；

4. 衣繁夏与卫佳慧被荀斐派来的人追赶；

5. 在琉璃的储物柜中找到的录有李昀达和王旭对话的录音笔；

6. 衣繁夏深夜被人差点儿勒死，又被神秘人救下，以及橡胶水坝惊险落水时出现的花衬衣男子。

罗列好事件的发生顺序，衣繁夏将纸放在桌面中间，习惯性地看向晨安，说："以我们四个人的力量，与他们周旋不了多久，我们得尽快查出真相。"

晨安点点头，突然想起什么似的问衣繁夏："上次用丝巾勒你和救你的人，你有什么眉目吗？"

"嗯……"衣繁夏迟疑片刻，纠结要不要把自己不确定的事情说出来，在一番衡量后，她觉得自己的判断和分析并不会有太大的偏差，于是开口道，"我怀疑想杀我的人是高原修，救我的人可能是李昀达。"

"啊？"三个人不约而同地惊讶道。

"高原修？"卫佳慧念着这个名字，感叹道，"这个人虽然有些呆板，但看他白白净净，不像是会做坏事的人呀。"

谭苏阳双手抱肩，若有所思地说："表里不一的人更可怕，难道坏人要把坏字写在额头上吗？"

卫佳慧与谭苏阳斗嘴的间隙，晨安追问着："你是发现了什么吗？"

"那晚我被袭击时，闻到了一股浓重的纸箱霉腐味，后来我在超市工作时遇到了

第九章
危险之时，总有彼此在身边

李昀达，他身上出现了同样的味道，我一度以为李昀达就是凶手。"衣繁夏伸出自己的手掌心，指着关节处解释道，"但那晚救我的人手上有明显的老茧，我后来特意观察了，李昀达手上的老茧位置及质感和救我的人是一致的。"

"那高原修呢？"

"高原修身上同样有着纸箱霉腐味，而且李昀达告诉我，高原修曾是琉璃的男朋友，而我被袭击刚好又是在戚婷散播我与琉璃之死有关的那段时间。"衣繁夏的分析似乎也有些道理，但她并没有找到确凿的证据，一时也不敢妄下定论，"这些事穿插在一起，错综复杂，一切还是等我们查清楚再说吧。"

想要查找真相，就要有所行动，团结一致的四个人凑在一起分析后，决定分成两组，同时展开调查。

因为衣繁夏和谭苏阳分别在学校超市和台球厅工作的特殊身份，为了避免声张和起疑，所以将卫佳慧和谭苏阳分成一组，去超市调查高原修和李昀达，至于晨安和衣繁夏，则去台球厅打听苟斐背后的组织以及文身的相关信息。

所有的部署都在晨安的大脑中飞速运转着，除了寻找是否有遗漏的问题，他更担心众人会因调查真相再度遭遇不测，于是提醒道："从今天起，大家手机都要保持畅通，尤其你们两个女生，不要单独行动。"

晨安说完，手机适时响起，他讲了几句外语，语气谦和恭敬。

待晨安挂掉电话后，卫佳慧和谭苏阳诧异地问："你的花圃还有海外市场呀？"

"不是的，这位奶奶是在意大利救过我的恩人，不仅收养失明的我，还一直照顾我的起居。"晨安说着，忽然补充道，"对了，水晶花圃也是那位奶奶在国内的产业，所以我回国后，就一直替她打理。"

"竟然会有这样的好人。"

谭苏阳浅浅一笑，视线扫过衣繁夏三个人，说道："这世界上能与恶势力相抗衡的只有充满正义的好人，就像你们一样。"

听到这样的话语，三个人的心底被一股无名的力量重重地撞击着，他们一直以来都是追寻初心，而晨安和卫佳慧更只是因为衣繁夏的坚持，才选择并肩探寻真相，从未想过自己的行为能被认为是正义之举。

"是吗？"衣繁夏不好意思地看向谭苏阳，笑容灿烂而温暖，"如果我们如你所说的那样，那你也是，从你救我和卫佳慧那一刻起，你就与我们同在一起了。"

"那我们就赶快行动起来吧！"晨安说着伸出自己的右手，继而另外三个人也将

右手叠加在一起,紧紧握住的不仅是四人间的信任,更是对即将到来的困难境遇的一种坚持。

2

第二天,四个人便按照计划开始行动。

台球厅的经营时间一般是在傍晚五点开始,放学后男生总爱聚集在此一展球技,衣繁夏和晨安为了不引起注意,刻意等到六点后桌桌爆满才进入台球厅。

两个人拿着球杆穿梭在人群中,直到走到最后一张台球桌才停下来,透过身后那扇虚掩的木门,衣繁夏隐约看见荀斐正在和一个男人交谈着,那个男人身材魁梧,金黄色的头发看上去是个外国人,但因为背对着木门,看不到他的正面。

"这点儿事都做不好!"

衣繁夏听到木门内传来这句不标准的中国话后眉头微微一皱,努力在脑海中搜索着上一次听到这句话的场景。

黄色的头发、魁梧的身材,加上蹩脚的中国话,衣繁夏的脑海中只闪现过一个人的名字:"诺基!"

衣繁夏不自觉地念着这个名字,双眼紧紧盯着门缝里的背影,直到那人侧转过身,一切都如她所分析的那样,眼前的男人正是当初与苏青在墓园外争吵的诺基。

衣繁夏小心翼翼地拽着身旁的晨安,示意他看向房内的人。

晨安随着她手指的方向望去,平静的眼神中多了几分憎恨,他咬牙切齿地想要冲进房内,被衣繁夏奋力拦下,她一边拉着晨安往台球厅外走,一边小声提醒道:"别轻举妄动。"

充满愤恨的晨安,双手紧紧攥拳,直到走出台球厅许久,他的身体还因愤怒而不停颤抖着。

"你应该让我进去!我有好多问题想要当面问他!"

"不,诺基一直想抓你,你这样进去除了自投罗网一点儿好处都没有,而且……"衣繁夏与晨安四目相接,坚定地告诉他,"你质问诺基的时间不是现在,而是等你找到足以指正他的证据后,有理有据地再去质问他。"

的确,自己不够强大的时候,一味地意气用事只会是以卵击石。

晨安冷静下来,也十分认同衣繁夏的说法:"诺基会出现在这里,看来并不是巧合，也许诺基与琉璃之死也有着千丝万缕的联系。"

事情的真相似乎在按照他们的预想，渐渐显露出冰山一角，那一件件看似分离的个体，却莫名其妙地纠缠在一起。

然而此时的衣繁夏在考虑另外一件事，晨安恢复了记忆，而诺基也如此近距离地出现在晨安的生活中，她在衡量要不要告诉晨安他亲生母亲苏青存在的事实。

虽然两人在台球厅待的时间并不长，但确认了诺基的出现总算有些收获。

晨安轻轻吐口气，终于让自己紧绷的神经放松下来："我们先走吧。"

夏季的夜晚总是来得稍晚些，带着残余热度的空气中夹杂一丝凉风，吹乱了衣繁夏束起的长发。

晨安走在她身后，看得出神，不禁好奇地问："我好像还没见过你穿裙子呢？"

衣繁夏忽然驻足，扭头盯着晨安，半晌才回过神，笑着回答道："等一切结束后，我就穿一条像你花圃中的花一样美的裙子。"

两个人默契一笑，然而在晨安即将错过衣繁夏肩膀的瞬间，忽然被叫住："晨安！"

晨安一脸疑惑地看向衣繁夏。

"你当初去意大利就是为了寻找亲生父母，你有他们的消息了吗？"衣繁夏试探着问。

"苏青，我只知道我母亲的名字叫苏青，本想继续查下去，结果就被袭击了。"

晨安遗憾的模样，坚定了衣繁夏告诉他真相的决心。

衣繁夏从自己钱包的夹层中拿出一张名片，递给晨安："之前我去墓园看望父亲时，在那里遇到了你的母亲苏青，这是她当时给我的名片。"

"你怎么会认得我母亲？"

"晨笙，因为晨笙曾是远海学院的学生，你父母来看望他时，我见过一面。"衣繁夏停顿片刻，还是鼓起勇气继续说了下去，"后来晨笙去意大利找你，在一场爆炸中再也没回来。"

听到此处，晨安的情绪变得有些低落，眼眶中也泛着盈盈泪光："原来我的母亲还活着……"

此刻的晨安内心极其复杂，那素为谋面的母亲，心心念念寻找多年的母亲，多少个日夜的想念，多少次午夜梦回的惊醒，如今他与母亲就只相隔这一张名片的距离，激动、害怕、期待这些情绪杂糅在一起，竟让他有些退却。

衣繁夏看出他的迟疑，更懂他的无奈："放心吧，在没征得你同意前，我不会告

诉你母亲的。"

"不,我要见母亲!"晨安语气坚决,捧着手里的名片,将上面的地址印刻在心里,他又抬头看向衣繁夏,请求道,"你能陪我去吗?"

衣繁夏点点头,虽然嘴上并没有言语,在心底却已经做出了即便前方是荆棘之路,也要与他并肩前行的决心。

两天后,晨安和衣繁夏按照名片的地址,找到了远郊一处两层的小洋楼,绕过一片田园,晨安伸着手在门铃前犹豫许久,最终还是心情忐忑地按下门铃,不多时房门便打开了。

半开的门内,走出一名身材瘦削的中年女人,她穿着一件黑色连衣裙,面色憔悴而惨白,脸颊上还带着泪痕。

晨安望着眼前的女人,而女人的眼神也由黯淡变得明亮起来,皱在一起的眉头,微颤的嘴唇,无不显示出震惊之情。

"晨安……你是晨安……"苏青哭着抱住晨安,撕心裂肺地唤道,"我的孩子,我是你的母亲啊。"

虽然晨安想象过无数次与母亲见面的场景,可还是经不住此刻被母亲的哭声强烈撞击着内心,嗓子眼像被一团乱麻堵住,想要喊声妈妈,却又发不出口,只好像个孩子一样紧紧抱住苏青。

苏青抬起哭红的眼睛,祈求一般地问道:"能喊我一声妈妈吗?"

"妈……"

十九年,在晨安的十九年人生里,第一次见到妈妈,第一次饱含深情地唤着妈妈,这么多年的委屈与痛楚,终于可以在这一声呼唤声中得以宣泄。

那时,晨安的父亲比奇已因病去世。

晨安跟着母亲走进住处,看着父亲的照片,心底隐隐作痛。

"父亲什么时候走的?"晨安声音颤抖。

苏青坐在沙发上,叹口气:"两周前,你父亲身体本就不好,加上你叔叔诺基常来威胁他要钱,就气得一病不起了。"

"妈,诺基为什么会出现在远海市?"听到诺基的名字,晨安瞬间来了精神,一再追问,"2017年夏天,诺基在不在意大利?"

苏青努力回忆着,点头说:"我记得那年夏天你父亲病情突然恶化,我就带他回意大利休养了，没过半个月诺基就找来家里借钱，我记得那天是6月1日，我还给邻居家的孩子准备了礼物。而那天你父亲没办法，给了诺基一笔钱，之后听说他来到远海的一所大学开了一家超市，还做些其他的小生意。"

"诺基！"晨安一拳打在木质茶几上，右手鲜血直流。

苏青和衣繁夏赶紧上前查看他的伤势，母亲心疼道："干吗这样伤害自己？难道你见过诺基？"

晨安咬着下嘴唇："2017年夏天，我去意大利找你和父亲，在云崖石海岸上被人推下海崖，如果我没猜错，就是诺基做的！"

虽然眼下还没有找到确凿的证据证明诺基就是幕后主使，但将目前所查找到的零散线索串联起来，诺基的确脱不了干系。

看着晨安下定决心的模样，苏青担心地提醒道："诺基想要争夺你父亲的遗产，但是没有得逞，你就不要再招惹他了，他不是正经商人，在意大利就有很多打手，我已经失去了你父亲和晨笙，好不容易与你相认，我绝不能让你冒险！"

晨安扶住苏青的肩膀，安慰她："妈，我紧盯着诺基不只是因为我自己，还因为远海学院里死去的一个女生，他是不是无辜，我要查清楚，必须将坏人绳之以法！你放心，我会好好保护自己，因为以后我还要照顾好您的。"

"那你会过来和我一起住吗？"苏青感觉这一切像做梦般，生怕会再次与儿子分离。

好不容易才与母亲相见，晨安也是想多些相处时间，他依偎在母亲身旁，声音轻柔："会的，以后只要忙完花圃的工作我就回家陪您，今晚我也留下来。"

看着母子二人如此温馨的画面，衣繁夏缓缓退出客厅，她靠在房门外，望着门前一簇不知名的花发呆。

"怎么出来了？"

衣繁夏回过神，恭敬地回道："苏阿姨，我出来走走。"

苏青打心眼里喜欢衣繁夏，不论是当初在学校第一次见她，还是此刻，作为一个过了半辈子的人，苏青能感觉到眼前这个女孩是个有故事又善良的孩子。

"晨安都告诉我了，谢谢你曾经陪在他身边。你看，既然都来了，你也留在这儿一晚，我做些好吃的，明天你再和晨安一起回去好吗？"苏青语气柔和得令人不忍拒绝。

衣繁夏偷偷看向晨安，见他含笑点头，她也就不再坚持了："那麻烦苏阿姨了。"

这栋洋楼已经冷清很久了，而自从老公和晨笙离开后，苏青一个人住在此处，也早已失去对生活的热情，像现在不经意间的笑声和交流声，在苏青看来才是充满人情

味的家的味道。

为了让晨安吃到自己做的饭菜,苏青兴奋地一头扎进厨房开始忙碌起来。

苏青是上海人,做得一手地道的上海本邦菜,所以不多时,餐桌上便呈现出一桌色香味俱全的丰盛午餐,有色泽光亮的糖醋小排、肉质酥烂的锅烧河鳗、晶莹剔透的水晶虾仁、爽滑劲道的葱油小面。

看着一桌丰盛的菜肴,衣繁夏同晨安一样竟莫名地流泪了,他们两人虽然命运不同,但都经历了孤苦无依的时期,都很久没有吃过热气腾腾的家常菜了。

苏青为两个孩子夹了满满一碗菜:"今天家里没有红豆了,下次来我再给你们熬红豆粥。"

偌大的洋楼里,充盈着饭菜香和说笑声,这不可多得的美好时光,对三个人来说都是极其珍贵的。

3

兵分两路的谭苏阳和卫佳慧通过暗中调查学校超市,以及跟踪高原修和李昀达,不仅查到诺基在远海市居住的地点,更得到一个令人震惊的消息。

谭苏阳和卫佳慧坐在校园的休息凳上,沉思半天,他开口道:"佳慧,你快点儿联系衣繁夏和晨安,把我们得到的消息先告诉他们,免得中间出差错。"

卫佳慧点着头,可拨出去的电话全都无人接听:"怎么办?晨安也联系不上。"

"继续联系,我要好好想些事情。"谭苏阳说罢,捡起石子在地上写写画画。

此时,在洋楼二楼与苏青一起收拾房间的晨安和衣繁夏,听到手机铃声后迅速跑下楼,就在晨安拿起手机的瞬间,门铃适时响起。

衣繁夏一招手,说:"你接电话,我去开门。"

晨安刚划向接听键,话还没说,只听听筒那端传来卫佳慧着急的声音:"你们怎么都不接电话呀!听我说,还记得繁夏差点儿掉进橡胶坝那天出现的花衬衣男人吗?他是高原修的亲哥哥!而那晚想要勒死繁夏的人就是高原修,你们见到这两人一定要小心……"

后面的话,晨安没有心情再听,因为透过衣繁夏打开的那扇门,他看到了那个穿着花衬衣的男人就站在他们面前,晨安快速跑到门口,将衣繁夏挡在身后,用警惕的眼神盯着对方。

第九章
危险之时，总有彼此在身边

花衬衣男人依旧透着杀手的阴冷气息，一双如鹰般的双眼死死锁在衣繁夏身上，僵持十几秒后，男人才开口："衣繁夏，跟我去个地方吧。"

晨安向后退一步，想要把门关上，却被男人抢先一步推开。

"你曾妄图伤害衣繁夏，你觉得我们还会跟你走吗？"晨安情绪激动地反驳。

花衬衣男人似乎没了耐心，挑眉看向晨安，威胁道："你以为你们能跑得掉吗？"说罢，从男人身后的汽车中又走出四个打手模样的人。

跑，的确不是办法，这是母亲的家，这些人既然能找到这里，就说明他们早有准备，晨安与衣繁夏对视一眼，两个人心有灵犀般做出了一个决定。

"告诉我，你要带我们去哪儿？指使你这样做的人又是谁？"晨安做着最后的挣扎，即便去，他也想去得安心些。

但显然，这个花衬衣男人并不好应付，只见他面露不耐之色："别废话，在我一把火烧了这房子前，你们赶紧跟我走。"

此时，苏青还不知晓这一切，为免母亲担心，晨安留下一张字条：繁夏学校有急事，我送她去去就回。

他们心情忐忑地上了这些人的车，看着窗外陌生的景象，晨安和衣繁夏都暗觉不妙。

危险的环境、陌生的去处，两个人想要凭借自身的力量逃出去是不可能了，但坐以待毙也不是办法，趁着晨安与花衬衣男人攀谈的间隙，衣繁夏顺势从晨安的裤兜里拿出手机，她通过手机地图的定位功能，终于确定了他们现在驶去的方向，是距离远海市中心五公里处的巨山别墅区。

衣繁夏将手机屏幕截图发给卫佳慧，刚按下发送键，手机就忽然被其中一名打手抢走，随手扔到了车窗外。

"不要耍花样！"花衬衣男人狠狠按着手指关节，发出令人毛骨悚然的骨头的响声。

就在衣繁夏查看周边建筑物时，晨安不知从哪儿抄起一把铁扳手，狠狠朝衬衣男砸去，衬衣男本就放松警惕，冷不丁遭到袭击，晨安挥舞着手里的铁家伙，吓得司机方向盘没握稳，直冲路边的广告牌撞去。

轰隆的巨响后，汽车的前身冒起了白烟，车内的人也因为巨大的冲击而没回过神，晨安趁机打开车门，拉着衣繁夏就朝车外跑，只是没跑多远，两个人便不得不放弃逃跑。

看着眼前二十几名身穿黑色T恤的男人，衣繁夏和晨安的心底开始发怵。

"我们不是在做梦吧，感觉像是拍电影。"衣繁夏自嘲地说道。

"我也希望是做梦，但显然我们没那么幸运。"晨安重新握住衣繁夏的手，说，

"既然逃不了,我们就一起勇敢面对吧。"

衣繁夏紧张的情绪,就这样因为晨安有力的话语变得沉静下来,她望着他,笑而不语,做好了与他并肩作战的准备。

被黑衣人前后包围着的衣繁夏和晨安,不约而同地发现了一个细节,她扯扯晨安的衣袖,小声提醒道:"你看他们的左手腕。"

晨安点头,他早已发现这些人左手腕上全都有钩形文身,也猜测到这必定与诺基有关。而事实上晨安的猜测的确分毫不差,在绕过别墅区的喷泉池后,一行人朝一栋气派的三层别墅走去。

这栋别墅看上去有些与众不同,外观的设计风格与欧洲古堡有些相似,而别墅的内部也装饰考究,穿过长长的走廊,所有人在客厅的外围驻足。

衣繁夏与晨安将视线落在坐于沙发上的男人身上,果然不出他们所料,恨恨地叫出他的名字:"诺基!"

但诺基看上去很惬意,笑道:"不愧是双胞胎兄弟,长得真是一模一样,不过……你初次见到自己的亲叔叔怎么是这副丧气面孔?"

诺基这副阳奉阴违的嘴脸恨得晨安牙根痒痒,他压住怒气:"我们真的是初次见面吗?"

"不然呢?"不知是不是心虚了,诺基轻咳一声,赶紧呷了一口茶,以掩饰自己的尴尬。

晨安早就知晓诺基的真面目,于是直截了当揭穿他道:"2017年夏天的云崖石海岸,叔叔你不记得了吗?那可是我遇袭的地方。"

诺基一副恍然大悟的样子,故作关心道:"伤着了吗?你怎么这样不小心呀。"

早就猜到诺基不会乖乖承认,可他如泥鳅般令人无法抓住把柄的回答,简直令晨安都不得不佩服。

在叔侄两人对峙的过程中,一个人跑到诺基耳边窃窃私语着,诺基的表情也由轻松变为紧张,并死死盯着晨安,方才阴笑的脸孔骤变:"怎么?开始调查我了,还有帮手。"

话音未落,别墅内开始弥散起呛人的烟味,诺基的手下慌忙打开门,灰色的浓烟更加肆虐。

"着火了,快走啊……"

面对死亡,人们总是慌不择路的,整个别墅内乱作一团,晨安趁乱抓着衣繁夏的手往窗口的方向逃去,紧闭的窗口开关任凭他如何努力都掰不开,而身后的诺基正朝

第九章

危险之时，总有彼此在身边

两人咄咄逼近。

诺基冷哼一声："就凭你们四个乳臭未干的小孩，还想调查我，即便你们调查出来了，又能把我怎样？"

这些烟雾其实是谭苏阳和卫佳慧放的，两个人通过衣繁夏发出的手机定位，一路寻找到了巨山别墅区，两人深知诺基人多势众，所以只能选择稳妥的方法，他们见别墅外的绿化带中堆放着许多枯黄的草叶，于是想到制造浓烟，逼诺基一行人跑出来，使得衣繁夏和晨安趁乱得以逃脱。

但两人真的能够安全逃脱吗？眼下看来是不太容易了。

诺基手捂住口鼻，语气冷肃："不管你以前有多么幸运，今天你一定逃不了。"

"推我掉下云崖石海岸的人，是受你指使的，这些证据我一定会找到的！"晨安一字一顿地吼道，并没有隐藏自己对诺基的怀疑。

"当年的事就不要再提了，现在你们敢调查那女孩的死亡，才是最令我愤怒的！"诺基的眼睛向左前方瞄了一眼，命令道，"高清朗，现在就是解决他们的最好时机，还不动手吗？"

高清朗？听到这个陌生的名字，衣繁夏和晨安同时注意到一直站在诺基身后不远处的那名身穿花衬衣的男人。

衣繁夏与晨安互相看一眼，这个性情冷漠的男人原来叫高清朗，但此刻重点不是这人的名字，而是他们看得出高清朗这人不会心慈手软，更何况他还有过一次要置衣繁夏于死地的经历，连晨安都紧张得一时间想不到更好的逃脱办法。

而此时的高清朗已经开始缓慢地挪动脚步，晨安将衣繁夏护在身后，两个人一并退到尽头，再无后路，烟呛得人喘不过气，更遮挡住高清朗和诺基的表情。

前方是要置自己于死地的敌人，后方又是打不开的双层窗户，晨安自己跑不掉没关系，但他决不能让衣繁夏落入诺基之手。晨安看了眼斜上方的窗户，正握紧了拳头准备赤手击碎玻璃时，一旁得意扬扬的诺基忽然被人从后方勒住脖子，浓烟弥漫中，听到一道冷漠而焦急的声音："还不快逃！"

晨安和衣繁夏诧异地看着高清朗，完全搞不懂他现在的举动。

而晨安也顾不上这么多，他拿起角落的一只凳子，用力朝玻璃窗挥去，双层的玻璃窗很是结实，一次两次都没能将它击碎，晨安的心底越发焦躁，为了衣繁夏的安全，他再次将全身力量集中在双手上，随着"轰隆"一声巨响，玻璃窗上露出半米宽的出口："快，繁夏，我抱你上去。"

那扇窗距离地面一米多高,已经耗费大量体力的晨安咬牙将衣繁夏推到窗口,她回身,伸手喊道:"快抓住我的手!"

然而晨安还没来得及伸手,身后的诺基便挣脱高清朗的束缚,吆喝道:"谁能抓住这两个人,我奖励他十万元。"

仅此一句话,居然让那些忙着逃命的打手疯了一般朝晨安袭来,衣繁夏尝试着努力去抓他的手,但一切为时已晚。

"快走,你出去再找人救我!"晨安吼完这句话,便被几人按在墙上动弹不得。

衣繁夏纵身一跃而起,跳到别墅外的草地上,一直躲在暗处的卫嘉慧和谭苏阳上前扶起她,问:"晨安没出来吗?"

"他应该被抓住了,诺基的手下很多,我们快想办法,找人来救晨安。"说罢三个人朝巨山别墅区的出口跑去。

一路狂奔到马路上,体力不支的衣繁夏突然无力地瘫倒在地上,她抬头看一眼布满霞光的天空,黑夜即将来临。

"我们报警吧。"眼看事态发展到不可控制的地步,卫佳慧担忧地建议道。

衣繁夏点点头:"报警的确是正确的选择,但这里是远海市的远郊,警察赶到这里也需要40分钟,而晨安待在里面的每一分钟都有危险,我们不能坐以待毙。"

"靠人不如靠己,我觉得衣繁夏说得对。"谭苏阳手指着前方,提醒道,"你们看,机会这不是来了吗?"

顺着谭苏阳手指的方向,四辆轿车缓缓驶离巨山别墅区的大门。

"佳慧,你留在这儿报警,我和繁夏返回别墅查看晨安的去向,有事记得打电话给我。"谭苏阳安排完,就和衣繁夏重新折回诺基的别墅。

"晨安,你在吗?"

回答他们的是一片寂静,因为此时的别墅已是人去楼空,屋里一片狼藉,衣繁夏不甘心地在房内细致地察看,在通往别墅后花园的走廊上,她找到了一枚云崖石戒指。

"看来这里没人了,晨安应该被他们带走了。"谭苏阳确定别墅内没人后,肯定地说道。

但衣繁夏有不同的想法,她沉思片刻,举着手里的戒指说:"不,我觉得晨安还在这里。"

"你怎么这样确定?"谭苏阳不解。

第九章
危险之时，总有彼此在身边

衣繁夏手指着自己方才逃离的地方，解释道："刚才我逃出去的时候，我和晨安的位置在那里，可这枚戒指出现在相反的地方，而这里是通往别墅后花园的。"

谭苏阳觉得她分析得很有道理，说："走，我们去找找。"

偌大的别墅后花园，两个人漫无目地寻找着，任何一间房都不错过，而衣繁夏的心情也随着寻找中的期待、失望揪作一团……

而此时，在别墅后花园尽头的一间高温花室里，晨安和高清朗分别被捆绑在凳子上，嘴巴也用胶带封住，因为高温花室是透明式的，又经过一天的太阳暴晒，此时花室内的温度达到30摄氏度，两个人热得满头大汗，但依然不愿坐以待毙。

距离晨安最近的地方，有一个摆放花盆的铁架子，他努力挪动身体，整个人连同椅子一起摔倒在地，好在被反绑的双手距离铁架很近，他将绳索在铁架处上下摩擦，顾不上手腕被勒出的血道，一下、两下、三下……

"你别再费力气了，等我给你松绑吧。"说话间隙，高清朗已经挣脱束缚，几步跑到晨安面前，替他松开绳索。

晨安盯着高清朗毫发无损的手腕，诧异地问："你是怎么做到的？"

高清朗依旧保持高冷的态度，平静地解释道："我随身会带把小刀，既能防身又能应对不时之需。"

都说患难见真情，与高清朗相处的这两个小时里，晨安竟对他渐渐放下了戒心。

"你为何要救我和繁夏，你曾经明明……"

"明明差点儿杀了衣繁夏是吗？"高清朗直起身子，眼神中闪过一丝抱歉之色，继续解释道，"我是高原修的哥哥。"

晨安听得目瞪口呆，一个是成绩优秀的大学生，一个是神秘社团里的冷血打手，这样的兄弟关系着实有些混乱。

"可这也不足以成为你救我们的原因啊。"晨安疑惑地盯着他，"毕竟你是诺基的人。"

高清朗显然并不认同，他苦笑一声："我不是谁的人，只不过是混日子罢了。"他抬眼看向晨安，"按照你们调查的进度，应该知道了我弟弟高原修和琉璃的关系，没错，当初差点儿勒死衣繁夏的人的确是我弟弟，但那时戚婷放出凶手是衣繁夏的消息，所以我们才……"

话没说完，花房的大门便被谭苏阳用力撞开，看见高清朗和晨安距离不过半米，

衣繁夏上前推开高清朗，警告道："离他远点儿！"

"繁夏，刚才救我们的人就是他，听他解释完好吗？"晨安温和的声音令衣繁夏不禁想要依靠，随之也放下对高清朗的戒备之心。

高清朗向衣繁夏深深地鞠了一躬，赔礼道："我弟弟一直放不下琉璃，几经查找后发现她的死的确蹊跷，所以即便大学毕业了，也不出去找工作，就守在那个超市，本来我答应替他查出真凶，可谁知他一听到风声就把你锁定成了目标，我不想弟弟成为杀人凶手，又想让他放下心结，而那时刚好苟斐说幕后大哥要解决衣繁夏，我这才趁此机会，让戚婷骗你到桥上。"

"那当晚救我的人是不是李昀达？"衣繁夏迫不及待地想要知道答案。

高清朗点点头："是，李昀达的妻子患病，我私下给了他一笔钱，我怕弟弟做出出格的事情，毁了自己的前程，所以让李昀达帮我照看下，那晚就是李昀达救的你。"

"那你查到凶手是谁了吗？"

"应该跟诺基有关，但具体细节我还没查到。"高清朗如实说道，"你们愿意相信我，让我跟你们一起查找真相吗？"

三个人面面相觑，说真的，衣繁夏还真的无法相信他，即便他此时的解释很合情合理，可毕竟当初她差点儿失去性命。

看出三个人的迟疑，高清朗很识趣地说："算了，道不同不相为谋，我们各自行动吧。"说罢，他起身要离开，走出几步又转头提醒道："诺基这次会放过我们，是因为你的朋友追到了这里，他肯定是不想惹祸上身，下次一定要小心了。"

三个人看着高清朗远去的背影，竟一时说不出话来。

Weitian Shaonü
Chu Xin Ji

第十章

世间险恶不过人心

1

几个人利用课余时间继续暗中调查，衣繁夏和晨安跟踪超市负责人王旭，一周的时间里就发现他频频出入一家银行。

那是周末的午后，王旭再次来到银行前台办理业务，衣繁夏和晨安躲在银行外面，透过玻璃看着他的一举一动。

衣繁夏数着手指算天数，兀自念叨："一周七天，王旭要来银行五天，他不过是大学超市的负责人，工资也就四五千，用得着天天来银行吗？"

晨安轻轻弹下她的额头："所以我们要先查清楚他来银行是做什么的。"

可是他们不过是大学生，想要用正规途径得到客户信息显然是不可能的，两人正冥思苦想时，身后突然有人拍了拍他们的肩膀。

两个人回头去看，异口同声地唤出一个名字："高清朗。"

高清朗似乎知道他们想要做什么，他指了指银行一角的垃圾桶，说："银行的票据上或许能查到你们想要的内容。"

看着那一排半米高的垃圾桶，衣繁夏心里有些发怵，她想了想，看向晨安："我们可以找吴帅叔叔帮忙，他是警察，应该能问到些信息。"

晨安摇头拒绝："吴叔叔虽然是警察，可无凭无据，吴叔叔也没有办法直接调查的。"

别无他法的两人，只得朝银行的垃圾桶走去。

"等下。"高清朗喊住他们，顺手递给他们一张纸条，上面写的是王旭前来银行办理业务的时间，"这是我最近调查王旭时记下他来银行的时间点，银行票据上没有名称，你们按这个查找或许会方便些。"

晨安接过字条，疑惑地问："你不和我们一起吗？"

"不了，我还有其他事要做。"说完，高清朗快步跟在王旭身后，朝银行VIP（高级会员）通道走去。

既然各查各的，晨安和衣繁夏也无暇顾及其他，将两个垃圾桶推到角落里便开始翻找起来，按照高清朗给的信息以及两人这些天跟踪的时间，找到了五张银行的业务小票，衣繁夏仔细查看着，发现其中一张上有签字的痕迹，她找来铅笔在小票上轻轻描了一遍，上面果然出现了"王旭"二字。

衣繁夏将小票递给晨安，那是一张五十万元的存款手续单。

第十章
世间险恶不过人心

"再找找，看看还有没有其他发现？"衣繁夏完全不顾形象地翻找垃圾桶，一旁的晨安则收到来自高清朗的一条手机短信。

短信上写着：王旭与诺基要见面，地点是学校超市。

面对高清朗给出的信息，衣繁夏不由得反问道："他的话能信吗？"

晨安声音低沉地回道："他若与我们为敌，那天在花房里就不会救我了。"不过，保险起见，他还是提醒衣繁夏，"我们现在赶回去怕是来不及了，先让谭苏阳和卫佳慧去超市吧。"

另一边，接到通知的谭苏阳和卫佳慧在超市门口集合，一见面两人就像冤家对头一样不停地斗嘴。

"谭苏阳，为什么不接我电话？"卫佳慧气鼓鼓地质问道。

谭苏阳被她尖厉的声音吓得一哆嗦，毫不掩饰自己的反感情绪，眉头一皱，说："对讨厌的人和事，当然是置之不理咯。"

谭苏阳原本做好被卫佳慧反击的准备，可抬眼一看，往日活泼开朗的俏皮女孩，此刻竟一脸失落，眼眶里也泛着水盈盈的泪光，这一反常态的样子着实吓到了谭苏阳，他结结巴巴地问道："你……你……你怎么了这是？"

"你真的就那么讨厌我吗？一点点好感都没有？"卫佳慧可怜兮兮的声音中透着一股倔强，有种不问个清楚绝不罢休的架势。

讨厌吗？谭苏阳的心中闪过这样的疑问，可内心在一瞬间给出的答案竟是否定的。虽然与衣繁夏相比，卫佳慧总是活泼得有些吵闹，可他不得不承认，一点儿也不淑女的卫佳慧每每都能令他忘却烦恼。

看着卫佳慧一脸委屈的模样，谭苏阳内疚地拍拍她的脑袋，安慰道："好了，讨厌是因为你太闹腾了，不过平日里我太沉闷，和你在一起的时候，我倒是很轻松自在。"

"真的吗？"卫佳慧双眼闪着光芒，脸上重新绽放出笑容。

这前后极速的转变着实让谭苏阳哭笑不得，于是宠溺地弹了下她的额头，一本正经地说道："好了，我们的事以后再说，别耽误了正事。"

两个人说话的间隙，一辆白色轿车缓缓停在学校超市门前，而从轿车里走出的人正是诺基。

卫佳慧悄悄碰了一下谭苏阳的手臂，小声提醒道："你看，王旭果然来了。"

　　王旭看上去很着急，一路小跑着钻进学校超市，卫佳慧和谭苏阳紧随其后。

　　"先把超市大门关了，我有话跟你说。"诺基说着不标准的汉语，向王旭命令道。

　　听见这个声音，刚走到货架前的谭苏阳身手敏捷地将卫佳慧拉到货架的后面，两人缩身蹲在地上，希望以此蒙混过关。

　　王旭走到休息室，冲着门内的人喊道："高原修，今天超市没事儿，放你半天假，你先走吧，走时把大门关上。"

　　高原修点下头，转身离开时，刚好从货架的间隙中看到一脸惊恐的卫佳慧和谭苏阳。

　　三个人的沉默对峙中，卫佳慧祈求地做了一个嘘声的手势，希望高原修能放过他们。

　　但高原修能否放过他们，卫佳慧并不确定，谭苏阳甚至握紧了拳头，准备万不得已时硬闯出去。

　　可高原修只是轻叹口气，像没看见两个人般转头走出超市，在关上门的那一瞬间，却故意将门锁放在两扇大门之间，给他们留下逃跑的路径。

　　而这扇关闭的大门像是一道屏障，将校园和超市一分为二，也将象牙塔的纯净与贪婪的欲望阻隔开。因为此刻在超市更衣室里，正在发生一场令人震惊的争吵。

　　"老板，这五十万是近一个月来从进的过期货物中赚到的差价钱，送货的李昀达跟我说了好多次想辞职，您看……"王旭弯腰赔笑着将五十万元的支票递到诺基面前。

　　诺基轻蔑地看了一眼王旭，阴阳怪气地问："怎么，你也不想干了？"

　　王旭谄媚一笑，回道："君子爱财，取之有道嘛。"

　　听了这句话后，诺基仰天大笑，抬手拍在王旭的肩膀上："以为我不是中国人，就听不懂中国的谚语吗？君子？你也算君子吗？"

　　诺基蔑视的目光和轻浮的语调，令王旭自觉面子受损，但又不敢冲诺基发火，只好强忍怒气，小心翼翼地说："我当然算不上，可是这犯法的钱我也不敢赚太多了。"

　　诺基随即坐在椅子上，嘴角扯出一抹嘲讽的笑意："知道当初我为什么选你来做这超市的负责人吗？"

　　王旭一怔，摇头表示不知。

第十章
世间险恶不过人心

"Greedy。"诺基随口说出一个英文单词,看着王旭一脸无知的样子,他解释道:"是贪婪的意思。"

人总是当局者迷,所以当别人一针见血地指出自己身上的标签时,再贪得无厌的人,也会在那一刻深深感到自尊心严重受挫。

王旭是个精明人,只想全身而退,并不想招惹是非,面对这种事态,他依旧选择保持沉默。

但诺基的话更像是一种警告:"我们已经同坐在一条船上了,弃船而逃可能会被淹死哦。"诺基说着,将那五十万元支票重新塞回王旭怀中,说,"这钱算是你的劳务费了,以前怎么干,以后继续干吧。"

王旭张张嘴,欲言又止,思量几秒钟还是决心表明态度:"自从琉璃事件发生后,我没睡过一次安稳觉,钱虽然是好东西,可我也得给自己留条后路吧。"

看出王旭想要过河拆桥的决心,诺基收起嘴角的笑,阴鸷地说道:"能用钱解决的时候,你最好老老实实地接受,不是我威胁你,琉璃的事你也是同谋。"

一心想要撇清关系的王旭彻底急眼了,他随手扔掉支票,低吼道:"这事分明是你做的,和我没有任何关系!"

诺基毫不畏惧地大笑两声:"你有证据吗?就算是我做的,事后可是你处理的。不过你还真是会找地,刚把她搬过去,当晚图书馆就坍塌了。"

"人……人分明是你亲手干掉的!"王旭气得语无伦次,吼完这声后也只能无奈地瘫坐在地上。

而这一切都被躲在货架后的卫佳慧和谭苏阳听得清清楚楚!

卫佳慧推推谭苏阳,小声问:"都用手机录下来了吗?"

谭苏阳点点头,刚要去查看手机录音,却发现手机怎么也打不开了,他抱歉地看向卫佳慧:"没电了,大概没录上。"

卫佳慧气得抬手"啪"地一巴掌打在他脑门上,而这声音也引起了诺基和王旭的注意。

"什么人?"王旭惊恐地跑出更衣室。

谭苏阳暗觉不妙,拉起卫佳慧的手就朝大门跑去,两个人都觉得能够成功逃脱,毕竟高原修给他们留了出口。

2

眼看着超市的大门打开了，不过去路却被人挡住了！

谭苏阳站住脚，看看身后追来的王旭和诺基，又盯着眼前的人，掷地有声地问道："荀斐大哥，我们真要反目成仇吗？"

没等荀斐开口，诺基率先下了命令："把他俩的手机扔掉，人也看着处理了。"

自始至终荀斐都没有说话，也没有做出任何行动，他的确是在思量，毕竟诺基手下的人那么多，而他不过是一个组织里不起眼的小人物，倘若背叛诺基，等待他的必定是一顿皮肉之苦。

"谭苏阳，我早就提醒过你，别多管闲事。"荀斐语气无奈，却依旧迟疑着不愿动手。

此时诺基焦躁地催促道："赶紧的，别浪费我时间。"说罢转身就要朝超市外走去。

"诺基站住！"

一个浑厚的声音忽然响起，众人循声望去，不明所以地看着眼前四名身穿警服的男人，而他们身后则跟着衣繁夏和晨安。

为首的一名警察径直走到诺基面前，一边出示警官证，一边说道："我是远海市公安局警察吴帅，现有一起命案需要你协助调查。"

警察的突然介入震惊了在场的所有人，卫佳慧跑到衣繁夏身旁，诧异地问："这是什么情况？"

衣繁夏露出久违的笑容，解释道："本来想请吴叔叔帮忙调查王旭的银行账户，可晨安说没有依据，警察也不能随便调查人家，哪想到我们刚要离开银行，就见吴叔叔赶到银行，交谈中才知道，原来警方盯着诺基很久了。"

"这就是魔高一尺，道高一丈。"卫佳慧愤恨地看向诺基，"看他这次还怎么嚣张！"

面对吴帅，诺基无比淡定，他双手背在身后，笑吟吟地问道："我奉公守法，不明白你说的是什么命案？"

"琉璃这个名字你可听说过？"吴帅郑重反问道，并走上前一步，解释道，"琉璃的案子看上去像个意外，但我勘察过后，发现有很多地方存在疑点，所以我一直在暗中调查，跟我走一趟配合调查吧，诺基先生。"

第十章
世间险恶不过人心

"NO,NO,NO, I'm Italian.（不，不，不，我是意大利人。）"诺基故意说英文辩解着，以此显示自己的身份，逃避吴警官的追问。

吴帅整理下自己的警帽，声音坦然而有力量："我国法律以属地原则为主，也就是说，只要外国人在我国境内犯法，就必定受到我国法律的制裁。"

"Take out the evidence.（拿出证据。）"诺基依旧不愿屈服。

"看来不让你心服口服，你是不会跟我们走这一趟的。"吴帅说着，从同事手中拿过案件的资料，他先将一张照片递给诺基看。

那是一张琉璃脖颈的局部照，上面能看到明显的瘀青。

吴帅举着照片，以自己的专业性解释道："我在做检查时，发现琉璃右侧颈部皮肤上留有3至4个扼痕，右侧则有一个，所以琉璃并非死于图书馆倒塌，而是被人用左手扼压颈部而引起的窒息身亡。"

"你给我说这些干吗？我又不认识她。"诺基声音明显提高一个分贝。

"但是琉璃右颈第三个扼痕形状与其他很不一样，呈现出一排小圆圈。"

吴帅正说着的时候，诺基不自觉地将左手放到了身后，而这一举动刚好被吴帅尽收眼底，他直截了当地问："诺基先生，不知能否借我看下您左手食指上的洛菲限量黄金戒指呢？"

诺基强颜欢笑地回答："左撇子和戒指又不只是我的专属，你说的这些并没有实质性的证据。"

"只要做过，任何事物都会留下蛛丝马迹，如果你愿意将戒指给我拿去鉴定，或许就能查到某些意想不到的东西。"

"我不愿意！"

吴帅与诺基均语气强硬地对峙着，僵持许久，吴帅无奈一笑："好吧。"

说罢，吴帅又重新拿出一份证据，透明的取物袋中放着几块蓝色的丝状物，他解释道："我们在琉璃的指甲里发现了这些蓝色的纤维体以及白色石灰，应该是她在遇害的过程中努力挣扎时，从凶手的身上抓下来的，本以为通过这些蓝色纤维体去寻找衣服的来源，是大海捞针，可我们通过查找远海学院校门口的视频监控，通过筛选和排查，一步步将目标锁定在了诺基先生身上。"

诺基冷笑一声："就这也能称得上是证据？蓝色衣服只有我穿吗？这理由太可笑了，等你们拿到真正的证据再来抓我吧。"

诺基的有恃无恐让在场的所有人都沉默了，衣繁夏拽了拽晨安的衣角，接过被他

收藏已久的录音笔,转而走向吴帅和诺基。

此时的衣繁夏一副胜券在握的样子,举着手里的录音笔说道:"证据就在这里!"

吴帅担心地看向衣繁夏,小声问:"别闹了,这里面的录音录得不是王旭和李昀达吗?"

衣繁夏看着他道:"但在王旭和李昀达的对话后,也将诺基的杀人过程录了下来!时间有点儿间隔,我也是后来才发现的。"衣繁夏将录音笔递给吴帅,又继续补充道,"我们之前在图书馆的现场查找过,发现一楼楼道口下的墙壁上发现了五条指甲划过的痕迹,或许是您刚才所说的指甲里留下的白色石灰。"

吴帅拍拍衣繁夏的肩膀,点头示意道:"你们做得很好。"而再次看向诺基时,语气变得愈发强硬,"诺基先生,现在请你跟我们回警局协助调查,当然还有王旭先生,也请您跟我们走一趟。"

听闻自己要去警局,王旭一下慌张起来,急忙摆着双手,极力撇清关系:"和我一点儿关系都没有,是诺基做的,我只是被迫把琉璃转移到了图书馆而已……"

"你……"诺基气急,跑上前一把掐住王旭的脖子,恶狠狠地警告道,"拿了我那么多钱,现在居然敢出卖我,看我不好好教训你!"

扭打的两个人是被警察分隔开的,王旭躲在警察的身后,开口反击:"当初诺基也是这样掐死琉璃的。"

时间重回案发那天——

那是琉璃和高元修吵架的第二天,原本已经下班的琉璃,忽然想起买给高原修的礼物忘在了超市的储物柜中,她回到超市更衣室,找到录音笔时才发现早上她录给高原修一段话后,竟然一直没有关掉,她害怕想说的话没录上,于是重新检听一遍,却无意间听到了王旭和李昀达的对话。

而那时,王旭和李昀达都还没有离开,两人听到动静后将琉璃堵在门内。

"竟敢录我们的对话,你到底有什么目的?"王旭大吼道。

琉璃本就是无意间撞见的,但听了录音笔中的对话,她立马感知到危险,于是祈求道:"你们误会了,这录音笔是送给我男友的礼物,我真的不知道你们在说什么?"

"你以为我会信吗?"王旭一步步逼近琉璃。

祈求行不通,琉璃咬咬牙,气愤地质问:"我们超市卖给学生的食物全是过期的

第十章
世间险恶不过人心

吗？你们还有没有良心？"

不知是不是琉璃的吼声激怒了王旭，他转身去木橱后寻找铁棍想教训下琉璃，不想趁这个间隙，琉璃火速挤出房门，她在前面惊慌地逃命，后面的两个男人则心虚地穷追，他们绝不能让这件事败露，断了以后的财路。

那一刻，琉璃预感到自己可能无法逃脱，于是悄悄按开了录音笔的录音键……

然而谁也没有想到，琉璃在逃跑的过程中，诺基突然出现了！

"竟敢私自偷听，你到底什么目的？"诺基恶狠狠道，"你别想轻易跑掉！"

"你想干什么？"衣繁夏恐惧地看着他。

因为诺基的拉拽，她直接摔在了货物架上，而货物架上残缺的铁片生生在她脖颈上划开一个血口。

王旭和李昀达本来只想教训下琉璃，让她保守秘密，哪想到现在闹出人命，两人看着鲜红的血液惊悚不已，为了不被人发现，诺基命令王旭处理好琉璃的尸体，王旭连夜将尸体拖到学校正在建设的图书馆中，因为在搬运的过程中，琉璃的指甲划破了王旭的手臂，为了不惹麻烦，他将琉璃的手指在墙壁上划了一道，希望将自己的血迹抹去，但谁也没想到，第二天凌晨，学校图书馆就因质量问题而倒塌，所有人都以为琉璃是死于那场意外。

在琉璃死后的第二天，诺基等人到处寻找录音笔无果后便离开了，事后超市的清洁阿姨在货架的间隔里发现了掉落的录音笔，因为曾看见琉璃拿过，好心的清洁阿姨便将录音笔重新放在了琉璃的储物柜里，幸而被衣繁夏一行人找到。

而当初琉璃因为觉得没上过大学的自己配不上高元修，怕拖累他便提出了分手，哪想到高元修是个痴情专一的人，更知道琉璃心疼自己，为了让琉璃打消分手的念头，他煞费苦心甚至以绝食的方式吓唬她，琉璃才想到买录音笔向他道歉，想不到这录音笔却引出了诺基一行人肮脏的勾当。

3

一切真相大白后，百口莫辩的诺基只得垂头丧气地走进警车。

晨安走到警车前，盯着诺基问道："当年在意大利把我推下云崖石海岸的人是你派来的对吗？"

诺基闻言诡异一笑，在唇间挤出一个声音："嘭……我只能说，晨笙做了你的替罪羔羊，他当初信誓旦旦跟我说想抢夺遗产，可结果呢，还不是因为心太软功亏一篑。你们一家人都成不了大事。"诺基说完，警车便缓缓驶离。

晨安望着渐渐远去的警车，心底五味杂陈，他不止一次在心底问自己，拥有金钱的意义到底是什么？被人羡慕的眼神，还是那浮夸的虚荣心？

衣繁夏看了眼晨安，发觉他站在原地出神，于是靠在他身边，小声问道："你的表情怎么那么复杂？"

晨安依旧看着远方，极具深意地反问她："如果你有一笔钱，你打算做什么？"

"不义而富且贵，于我如浮云。"衣繁夏笑得洒脱，"要那么多钱干吗？够用就好。"

这样的答案，就像是一服良药，疏解开晨安心底对这个问题的纠结。两个人相视一笑，晨安开口道："果然，知我者莫若衣繁夏。"

说话的间隙，衣繁夏收到一条来自高原修的短信，短信写道：对不起，也谢谢你。我哥说自己罪孽深重，做了许多错事，我也犯了错误，我们决定去投案自首，去承担自己应承担的法律责任。

读完短信，衣繁夏四处寻找着，刚好看见不远处的高原修、高清朗，两个人冲她鞠了一躬，挥挥手也离开了。

在那之后，远海学院联系了一家连锁超市，经过装修又重新开业了，而从送货司机那里听说，李昀达因联系运送过期商品而被行政部门处以重罚，现在他找了份看守停车场的工作，薪酬不多，倒是能抽出很多时间陪伴自己的妻子。

衣繁夏在脑海中回顾这些相识的人，她突然发现，不管是高家兄弟，还是李昀达，原来每个人在自己在乎的人遭遇不测时，都有两面性。

她靠在宿舍的窗台上，陷入深深的沉思，忽然有人拍了下她的肩膀，回头望去，是匆忙抓起衣服往外跑的卫佳慧。

"大清早的你去哪儿呀？"

已经跑出宿舍门的卫佳慧又折回身，一颗脑袋伸到门框内，神神秘秘地回道："秘密！"

衣繁夏不以为然地撇了下嘴，顺着窗户冲楼下瞄了一眼，谭苏阳正站在女生宿舍楼下，她恍然大悟地偷笑着："原来是有人在谈恋爱。"

然而刚自语完，衣繁夏就看到谭苏阳的身边又多出一个熟悉的身影，看着那人，

第十章
世间险恶不过人心

她只觉得心中一暖，直冲宿舍楼下，那姿态不比方才的卫佳慧淑女多少。

人来人往的宿舍楼前，晨安捧着一束鲜花，面含微笑地看着衣繁夏。

"这是花圃新栽种的粉色玫瑰花，送给你。"晨安第一次给女生送花，不管是语气还是动作，都显得笨拙而可爱。

毕竟是女孩子，即便心中早已乐开花，可衣繁夏还是使劲咬着嘴唇，极力隐忍着那已经绽放于脸上的笑，她接过花束，埋头使劲嗅着，清新怡人的花香一下陶醉了此刻的时光。

"谢谢。"衣繁夏含羞一笑，回应她的则是晨安宠溺的目光。

那目光深情而带有余温，仿佛入春的暖风夹带着青草香。虽然这目光极尽温柔，可还是看得衣繁夏脸颊绯红，害羞不已。

晨安伸着手在她面前晃了晃，建议道："难得一切归于平静，不如陪我去散散步啊。"

衣繁夏脸一红，兀自点着头，错开他的视线匆忙往前走。

那天，两人一路相伴走在远海市的大街小巷上，没有疲倦和无趣，有的是彼此的陪伴和安心。

"繁夏，我能请求你一件事吗？"晨安忽然停住脚步，平静地望着她。

"请求"这个词颇为严重，衣繁夏不解地反问道："什么事让你这样严肃？"

晨安张张嘴唇，用极低的声音说道："我想去见见晨笙，你能带我去吗？"

听到晨笙的名字，衣繁夏心底的确一紧，但她还是点头应允了："你想什么时候去？"

"现在可以吗？"

"随时。"

远海市公共墓园内，比晨安和衣繁夏更早到来的是苏青。

墓碑前摆放着晨笙生前爱吃的食物，苏青一遍遍抚摸着冰凉的墓碑，只是这一次她没有再哭泣，连语气都显得极为平静："一切都结束了，诺基被抓，他受到了应有的惩罚，而我也找到你哥哥了。"

"妈，是我亏欠了弟弟，如果不是为了找我，他也不会……"

"不，说到亏欠，是我们亏欠你才是，我都不敢想这些年来你一个人是怎么撑过来的。"

母子两人没有再言语，似乎关于亲情，有些情感并不需要话语言明，就能直抵心扉。

晨安站在墓碑前，深深地鞠了一躬，他在心底说道："谢谢你曾不顾一切地去找我，我知道你这样做是因为衣繁夏，以后……我会替你好好照顾她的。"

三个人离开墓园的时候，衣繁夏识趣地走在最后面，把更多单独相处的时间留给他们母子两人。

"晨安。"苏青叫住他，继续说道，"我们家的家产在此之前已经全部捐给了孤儿院，你会介意吗？"

晨安摇摇头："怎么会？只要一家人能幸福地在一起，这比什么都重要。"

两个人相互搀扶着往前走，晨安学着孩子的口气撒娇道："妈，以后您要没事，能来花圃帮我吗？"

"当然可以，是因为太累了吗？"苏青关心地问。

"才不是，我是想要考大学，时间不够用，所以想请您帮我打理下花圃。"

听闻晨安要考大学，苏青脸上立刻绽放出笑容，然后回头冲衣繁夏招招手："那得请繁夏好好帮你补课喽。"

"她？想当年可是我帮她补课呢。"晨安难得开起玩笑，气得衣繁夏一路追着他跑。

不知是不是背负的压力太过长久，这沉闷许久的心情，似乎在这一刻终于回归了轻松。衣繁夏气喘吁吁地停在路边，眼角满含幸福地望着冲他做鬼脸的晨安，时光静好，彼此相伴，这就是最简单、平凡的幸福。

 第十一章

Weitian Shaonü Chu Xin Ji

找回那些流逝的美好

1

远海市进入一年中最寒冷的冬季时，水晶花圃迎来了一个特殊的人——一位满面慈祥的老奶奶。

这位老奶奶就是当初在意大利救下晨安的卖花奶奶，而水晶花圃是老奶奶在去意大利前就经营的，在她离开不久，花圃就荒废了，后来失忆的晨安断断续续想起远海这座城市，于是一心想要回国的晨安，碍于无家可归，老奶奶便把花圃地址告诉了他，为了报恩，晨安把花圃打理得井井有条，只是没想到会在这里再次遇到衣繁夏。

而回国后的老奶奶依旧喜欢惬意生活，每天除了坐在花圃的木屋外晒太阳，最常做的事就是选一些时令鲜花跑去街上赠花，用她的话说："赠花于人，心善貌美，下辈子我也想做一个心善貌美的人。"

衣繁夏对这位老奶奶充满好奇，经常趁课余时间跑来花圃帮忙打理花草。

那一日，晴空万里，却北风肆虐，冷冽的寒风中，老奶奶穿着单薄地站在鲜花大棚外，像看孩子般望着那些花苗。

"奶奶，天冷了，您进去歇会儿吧。"衣繁夏扔掉手中的杂草，搓掉泥土，这才将自己的外套披在了奶奶的身上。

奶奶回头望着衣繁夏，神色忧郁地呢喃道："结束即开始，开始亦结束，周而复始，无法逃脱。"

衣繁夏不明白这深奥的语句，只是关切地问："奶奶，您没事吧？"

奶奶伸手慈祥地抚摸着衣繁夏的脸颊，老泪纵横地说："真像啊……"

衣繁夏一愣，不知道如何与奶奶继续交谈，只好找着话题："奶奶，我还不知道您叫什么名字呢？"

"奶奶姓孙，名字……"微愣片刻，她轻笑地说道，"已经很久没人叫我的名字了，你就叫我孙奶奶吧。"

衣繁夏点点头，本想继续问些问题，奈何吴帅警官赶来，打断了她的问话。

吴警官这次前来是为了找晨安，可事与愿违，晨安前一晚回家陪母亲，这会儿还没回来，衣繁夏知道吴警官是无事不登三宝殿，这次专门来找晨安，一定是有什么大事，于是死活缠着他，非要他说出来。

吴警官拗不过衣繁夏，无奈地摆摆手："好好好，告诉你也无妨。我托朋友在意大利调查了，波西塔诺爆炸案正是诺基所为！"

第十一章
找回那些流逝的美好

晨笙的死和诺基有关！这样的推测曾不止一次出现在衣繁夏的脑海中，可却没有证据做支撑，而吴警官此时说出的调查结果，也证明了诺基是个视财如命的小人，他置之死地的人可是与他血脉相连的亲人啊。

而按照吴警官所说的，当初设计把晨安推下云崖石海岸，其实最开始晨笙也有参与其中。而唯一让晨笙动了恻隐之心的是，他考入远海学院后，在与衣繁夏相处的日子中，那些美好与青涩，温暖与伤痛，令他初尝到爱情的滋味。

所以，当晨笙明白了衣繁夏对晨安长久的思念，并不会因为晨安的离去而削减一分一毫时，他便知道，伤害晨安就会令衣繁夏伤心。

所谓爱，不正是愿为其不计后果地牺牲，甚至是改变自己曾一味追求的事物吗？所以晨笙在确定自己心意的那一刻，便决定放弃伤害晨安，并为了衣繁夏去意大利寻找晨安，然而暗中寻找晨安的诺基却错将晨笙当作晨安，于是在密谋的那场爆炸中，晨笙再也没有回来。而那时失忆和失明的晨安由于一直在老奶奶那里休养，这才躲过一劫。

听吴警官说了这些后，衣繁夏央求道："吴叔叔，这件事你可不可以不要告诉晨安？"

"为什么？"吴警官不明白她请求的原因，"这不正是晨安一直以来想要寻找的真相吗？"

衣繁夏的眼神变得黯淡许多，她娓娓道来自己的看法："伤痛经历一次就好了，不管是琉璃事件，还是晨安被推下海崖，他一早就知道了是诺基所为，现在就不要再提晨笙了，就这样悄无声息地让一切翻篇吧，现在的晨安生活得很满足。"

吴帅再三思量，觉得衣繁夏说的不无道理，点点头："行吧，我尊重你们的意见。"吴帅走出几步又回头说道："对了，有个名叫戚婷的女孩前些天来找过我。"

戚婷，这个名字对于衣繁夏来说就像一阵风，所有的恨都早已烟消云散了，此刻再被提起，曾经发生过的一切竟有种恍如隔世的错觉。

"她都说了些什么？"衣繁夏平静而好奇地问。

吴帅长叹一口气："说很对不起你，我觉得你最好见她一面吧，听说她要去英国留学了。"

我们遇到的每一件事，不论好与坏，似乎都应该有个结果，而那个结果大概只有原谅吧。所以，衣繁夏决定去见一见戚婷。

去见戚婷的那日天空阴得令人窒息，这种感觉在衣繁夏给戚婷发出短信的那一刻

起便感觉到了。

"能见一面吗？"

"在远海市图书馆附近的书吧见吧。"

两个人的短信对话简洁明了，衣繁夏诧异地发现，这是她们第一次没有硝烟的交流。

环境幽雅的书吧里，戚婷坐在靠近窗口的地方，看见衣繁夏推门而入，脸上浮现一抹笑容，那笑是从未有过的温暖。

衣繁夏径直坐在戚婷对面，语气平静："从没想过，有一天我们会这样平静地坐在一起。"

戚婷微微垂下头，沉默半晌说道："对不起……其实那天我并不想推你下水的，只是那一瞬间脑袋转不过弯了，我知道，我的行为已经触犯了法律，我想要得到你的原谅，我不想以后的生活带有遗憾，所以我会去警局自首，向警察坦白一切……"

这番话在衣繁夏的内心一遍遍回荡着，一直以来她都以为自己是恨戚婷的，即便消除恨意，也无法做到这般坦然，可是不得不说，作为一个知错之人，但凡诚心悔过，都能令她就此释怀。

她点点头，友善地伸出一只手，说道："很久前我听过这样一句话'总要承担恶果'，只有承担了我们的过错，才能让错误结束，让自己重新开始。我们过往的纠缠，无关原谅与否，就到此结束吧。"

戚婷握住衣繁夏的手，一脸诚恳道："如果可以，我希望我们不要再见了，给我留点儿自尊好不好？"

衣繁夏猛吸一口饮料，潇洒回道："那就让一切随缘好了。"她站起身，郑重道别，"戚婷，再见哦。"

戚婷冲衣繁夏微微一笑，在她走出书吧后，戚婷自言自语："要一直幸福下去啊，衣繁夏。"

一切都朝着美好的方向发展，每个人也都找到了各自的生活，但是在谭苏阳的心里最放不下的便是大哥苟斐。

自从诺基被抓、超市重新装修后，苟斐的台球厅也连续关门一周，谭苏阳不敢给苟斐打电话，只能每天放学后蹲守在台球厅外。

那天，等待谭苏阳的依旧是大门紧锁，正当他想转身离开时，苟斐竟站在距离他两米的地方，彼此沉默片刻，苟斐率先开口问："你怎么还来这里？"

找回那些流逝的美好

"荀斐大哥,你会怪罪我吗?"

谭苏阳并没有直说,但荀斐明白他所谓的"怪罪"是指什么。

荀斐拍拍谭苏阳的肩膀,语重心长地说:"在我混日子的这些年里,你是我最珍惜的弟弟,更何况你的选择是对的,何来怪罪一说呢?"

的确,28岁的荀斐已经混迹社会多年,既然当初选择了"混",他就打算只拿钱干活,直到在橡胶坝上,谭苏阳信誓旦旦地说了那句"人有所为,有所不为,他们做的事情是对的,我为有他们那样的朋友而骄傲"时,荀斐第一次觉得自己活得有些窝囊。

"那你有什么打算?"谭苏阳一直将荀斐视作哥哥,由衷地希望他以后能生活得安逸些。

"我已经把这间台球厅卖出去了,我学历不高,却也想活出个人样来,想要重新开始,就要与曾经的自己做了断,我会去投案自首,坦白这些年我做过的坏事。"荀斐说着张开双臂,给了谭苏阳一个兄弟间最有力的拥抱,"好好上学,不要走我的路。"

谭苏阳紧紧抱住荀斐,算是给他的回应。

直到看着荀斐离开的那一刻,泛酸的心底才让谭苏阳明白,所有的情感都是需要经历离别和结束,才会开始下一个阶段的重逢与开始。

"谭苏阳,你考虑到所有人,可什么时候才能给我一个确切的答复呢?"卫佳慧忽然从谭苏阳身后蹿出来,横眉怒视着他,两个腮帮子鼓得像一对气球。

谭苏阳挠挠头,傻笑着拖延时间,毕竟是男孩子,那些柔软的话语说起来总是有些抹不开面子。

见他不言语,卫佳慧佯装生气地质问:"谭苏阳,你是不是喜欢衣繁夏才会这样一直帮她?"

这个问题一下令谭苏阳慌了神,像做错事的孩子匆忙解释道:"最初是有好感,但真正让我决定帮她的原因是我觉得你们的坚持是对的。"他的语气突然变得柔软下来,说起话来也吞吞吐吐,"我……我喜欢的其实是你……"

谭苏阳委屈地凝视着卫佳慧,那可怜兮兮的眼神瞬间让她有些内疚,但也不可否认,因这句难得的表白,让她内心的甜蜜度也直线飙升。

"你紧张什么,我懂你的。"卫佳慧笑靥如花,一改往日大大咧咧的性子,小女生般地靠在谭苏阳的肩膀上,自语道:"不知道衣繁夏和晨安如何了?"

谭苏阳不以为然地看着卫佳慧,一副不必为他俩担忧的表情:"放心吧,这俩人共同经历过那么多磨难,早就懂得彼此的心意。"

对于谭苏阳的说法,卫佳慧有着截然不同的看法,她摇摇头:"就因为他俩经历过那么多磨难,又都不善于表达,才会导致两人不敢向对方表白。"

谭苏阳翻着白眼,冷不丁地拉住她手腕:"我们就别瞎操心了,卫佳慧!"他叫着她的名字,郑重地说道,"可以陪我去看场电影吗?"

这样主动的邀约令卫佳慧受宠若惊,捂着绯红的脸颊,迫不及待地点着头。

因为冬季的原因,狭长的小巷中显得极为萧瑟,但也因为爱情的蔓延,小巷中充满青春和甜美的气息。

2

而用温暖的情谊抵御远海市寒冷冬季的,还有两个人。

冬季的花圃工作量减少许多,除了翻松土壤外,有着大量闲暇的时间,每每这时,衣繁夏与晨安就会坐在花田埂上聊那些过去的事情,好的、坏的,悲伤的、幸福的,闲谈中两个人轻松的语气似乎对过往的一切都看淡了。毕竟,时光能抚慰心灵。

衣繁夏表情恬静地抚摸颈前的云崖石戒指吊坠,感慨道:"时过境迁,想不到我们还能这样并肩而坐。"

"谢谢,谢谢你一直对我不离不弃!"晨安笑着追问道,"明天开始,能帮我补习功课吗?"

衣繁夏不假思索地点点头,但她还是疑惑他现在的选择是出于何种原因,于是好奇地问:"为什么突然想复习功课了呢?"

晨安点了下自己的脑袋,深情地说:"你去哪儿我便去哪儿,这是我曾经和你说过的话,我记得,承诺就应该遵守,而且我想陪在你身边。"

"哇!"衣繁夏惊喜地望着他,眼中闪着莹莹泪光,她拽住他的衣角,声音颤抖,"我怎么突然有种幸福来敲门的感觉呢?"

晨安从心底生出一种疼惜感,因为经历过人生大起大落的人,对于幸福的渴望度总是极高的,但又总是容易满足的,只因为他的一句话,她便觉得自己收获了幸福,他此刻才明白,原来两人早已在彼此的心中留下珍贵的种子,而在时光的流逝中,那颗种子生根发芽,开出了最娇美的花朵。

晨安双手按住她的肩膀，宠溺地笑道："听说容易满足的人，都很容易被忽视的。"

衣繁夏随即噘起嘴，用撒娇的语气问："那你会忽视我吗？"

晨安没有一丝犹豫地摇着头，语气坚定："不会，亏欠你的太多，我只想给你全部的幸福，陪你走在时间的长河里。"

或许，世间最甜蜜的话不是我爱你，而是我愿意陪你走完余生。

所以，在衣繁夏听来，这句"陪你走在时间的长河里"足以抚慰她心灵上所有的伤。

衣繁夏抬手弹了下晨安的额头："你啊，越来越油腔滑调了，不过我并不讨厌。"

两人相视一笑，爽朗的笑声一直回荡在花田中，并引起孙奶奶的注意，奶奶靠在木屋门前，眼神忧伤而不安地凝视着衣繁夏和晨安，仿佛在她久远的记忆画面中，有着关于两人的不为人知的秘密。

那天过后，晨安和衣繁夏开始了补课的快乐时光，两个人的身影有时出现在咖啡馆、学校自习室，有时出现在花圃或操场上，大多数时候都是衣繁夏捧着一本书，像个私塾先生一样，饶有架势地讲着考试重点。

按照衣繁夏列出的补习表，这天应该是数学，两个人并肩坐在校园的休息凳上，她一边捧着书一边在演草纸上计算着，不知是哪里出了错，她突然停下手里的笔，抓耳挠腮地自语道："怎么不对呢？"

而自始至终，晨安都只盯着衣繁夏，看她这会儿眉头皱作一团，既觉得心疼又觉得可爱，他抢过她手中的笔，宠溺地打趣："小笨蛋，这题应该这样算！"

说罢，晨安便在演草纸上利落地写出答案，衣繁夏探头一看，惊叹道："你失忆那么久，又一直没学过，怎么会……"

"自从恢复记忆后，我就一直在努力学习呢……"晨安话说一半戛然而止，一副说漏嘴的模样看向别处。

衣繁夏琢磨半天，恍然大悟地问道："好你个晨安，你其实都会，还故意骗我来给你补课，害我出丑。"生气中的女生总是不管不顾的，她猛地站起身，双膝上的课本"哗啦"一声掉了一地，背在身上的书包肩带也滑落下来，她干脆将书包扔在草地上，大步流星地离开了。

晨安本来只是想多些与衣繁夏相处的时间，可哪里想到会因为一道等差数列求和的题惹恼了她，为了尽快追上去道歉，他手忙脚乱地捡着地上的课本，正欲拾起草地上的书包，奈何手里东西太多，他只好将书包肩带挂在自己的颈前，三步并作两步追上衣繁夏，可怜兮兮地道起歉："对不起，对不起，我真的只是想和你多相处一会儿，只要看着你我就觉得既开心又幸福，我真的没有想看你出丑的想法……"

晨安着急解释，一口气说完，整张脸涨得通红，头发上也夹着两根杂草，样子看上去很是滑稽。

衣繁夏咬着下嘴唇"哼"了一声，将脸扭向另一边，倔强地绕过他继续朝前走。

"我错了繁夏……哎哟……"

身后忽而传来晨安痛苦的叫声，衣繁夏忙转头看去，只见他整个人以一个四仰八叉的滑稽姿势躺倒在地上，书本和书包里的杂物散落一地，她担心地跑上前，脚下却踩到自己的一管润唇膏，而在这管润唇膏的帮助下，她整个人失去重心，朝晨安的方向摔去，时间和巧合就在一刹那被定格，衣繁夏被晨安接在怀中，那样近的距离，让人有些心跳加速的感觉，衣繁夏怔在原处，轻轻吐露出的气息吹得晨安不知所措，他轻咳一声，支支吾吾地提醒道："你……你没事吧？"

晨安的声音瞬间点醒了衣繁夏，她匆忙起身，捂着绯红的双颊不语，只是摇着头。

"你别生我气了好不好？"晨安依旧最担心这一点。

"你第一次道歉的时候我就不生气了。"衣繁夏半低着羞红的脸，一改方才倔强的态度，兀自捡起散落在地上的东西，伸手扶着他道，"起来吧。"

虽然两人是和解了，可刚才的近距离又让两人陷进了新的尴尬中，以至于彼此都不知道该如何继续交谈下去。

好在晨安的手机适时响起，让尴尬中的两人都松了一口气。

打电话的人是苏青，简单交谈了几句后，晨安挂掉电话，他不好意思地说："我妈熬了红豆粥，特地叫我们回花圃尝尝。"

"苏青阿姨难得来一次，你们好好聚聚，我回宿舍就好。"衣繁夏很是懂事，但更多的是想避开晨安，虽然她的确很喜欢他，但对于从未恋爱过的女孩来说，内心总像是被石子激起涟漪的湖水，安静中透着波澜。

"不，不，不。"晨安着急反驳道，"我妈特意交代让我叫你一起去。"

衣繁夏是个不善于拒绝的人，晨安话说到这份儿上，她也不好再推辞，他拿过她怀中的书,两人一前一后地走出校园。

3

都说当世界的前进步伐将孩子与父母的距离越拉越大的时候,作为母亲所能做到的事情,大概就是一日三餐了。

所以自从与晨安相认后,苏青似乎又回到了家庭主妇的状态中,闲暇的时候总爱煲汤、做菜,然后打包带去水晶花圃,与晨安一起吃顿团圆饭,而晨安最爱喝的就是苏青熬的红豆粥。

当晨安和衣繁夏回到水晶花圃时,苏青已经在花圃的空地上摆好了小木桌,麻婆豆腐、芦笋炒腊肉、茄汁大虾,这一桌丰盛的午餐看得人直咽口水。

"你们回来了,快过来吃饭,我没找到孙奶奶,咱们先吃吧。"苏青热情地拉过衣繁夏,"快来坐,我以前只擅长做南方菜,今天这些不知合不合你的口味。"

能经常吃到家常饭菜,对于衣繁夏来说是一种奢侈,她满心感激地摇着头:"怎么会不合胃口呢?我能跟着晨安蹭到一顿美餐,开心还来不及呢。"

苏青看着两个孩子,满足地转身去盛粥,边盛边说道:"这粥我做了二十多年,喝过的人都会夸赞,你们也尝尝。"

看着摆在面前冒着热气的红豆粥,衣繁夏忍不住舀一勺送进嘴里,它软糯清淡、微苦略甜,虽然是热粥,回味却有种淡淡的凉意,这种特别的味道,吸引得衣繁夏又连尝两口,而方才轻松的模样也从她脸上消失。

晨安看出她的异样,伸手揉开她紧皱的眉头,疑惑地问道:"刚才还好好的,哪里不舒服吗?"

衣繁夏抬头看着晨安,一双眼睛中噙满泪水。

晨安心底一揪,捧住她双颊,缓缓为其抹去眼泪:"告诉我,到底怎么了?你不会无缘无故地哭,一定是有事。"

意识到自己的失态,衣繁夏匆匆平复好自己的情绪,回道:"没事,突然想起我上一次喝红豆粥还是父母在世的时候。"

这个回答显然消除了晨安的疑惑,但只有衣繁夏知道,她骗了晨安,因为那碗红豆粥的味道让她觉得似曾相识,不,应该说是唤起了她最不可磨灭的记忆中的味道。

那天午饭后,晨安被孙奶奶的一条短信叫去了花圃外的一处凉亭中。

"孙奶奶,您怎么没来吃午饭?"

"孩子,鱼与熊掌不可兼得,这句话不知道你有没有听说过?"孙奶奶意味深长的问题让晨安有些摸不着头脑。

看晨安愣在原处,孙奶奶继续追问道:"不打算跟我回意大利吗?"

"您要回去吗?"晨安失落地摇摇头,"我刚和母亲相认,又找到了与衣繁夏曾经的记忆,我觉得现在的自己很幸福,奶奶您还没见过我母亲呢,您留下来,我们一起生活,打理花圃不好吗?"

孙奶奶欲言又止,沉默半天重新开口道:"要知道,幸福稍纵即逝,越是一味沉浸其中,待到破灭时,你会更痛苦的。"

晨安无言以对,只觉得孙奶奶话中有话,似是在提醒他什么,却又不明说其中缘由。

"罢了罢了,让一切随缘吧。"孙奶奶吃力地站起身,无奈地摆摆手朝远处走去。

晨安望着孙奶奶的身影,忽然觉得眼前的老人与当初在意大利时每天赠花于人的奶奶判若两人,他不明白孙奶奶的意思,却坚定地相信,他此刻所收获的幸福感绝不会轻易破灭,即便会,他也会拼命守护的。

而在水晶花圃里,衣繁夏正在帮苏青整理着碗筷,她走近苏青,思前想后才委婉地问道:"苏阿姨,您做的红豆粥很特别也很好喝,你都用了什么材料?"

苏青正在洗刷粥锅,听到衣繁夏喜欢自己做的红豆粥,忍不住神秘地回答:"添加了两样独特的食材,一样是莲心,一样是薄荷草。"

衣繁夏听到她的回答后,一个人兀自陷入了沉思。

"对了,我只听晨安提起过你的过往,但他从未告诉过我你父母的名字,他们叫什么?"苏清和蔼可亲的声音像是她的母亲一样,听着让人觉得很是温暖。

"衣宁崎,何静怡。"

"啪……"

衣繁夏在说出父母名字后,苏青手里的陶瓷锅便应声落地,碎得一地狼藉。

衣繁夏被吓得后退两步,待缓过神来后,她慌忙上前搀扶着苏青,关心地问道:"苏阿姨怎么了?"

"没……没事。"苏青不自然地抚了下额头,努力解释道,"我前两天手腕受了伤，刚才手一滑没端住粥锅。"

衣繁夏握住苏青的手腕："我帮您揉揉吧。"然后通过与苏青的肢体接触，她发现苏青的手不停地抖动着，皮肤的温度不断上升。

苏青撒谎了！

"苏阿姨，你认识我的父母吗？"衣繁夏试探性地问道。

"不，不，不。"苏青神情忽然紧张起来，极力地否认着，"不认得，我怎么会认识你父母呢。"话音未落，便惊慌失色地逃走了。

女生的第六感总是很精准的，而不论是从红豆粥的味道上，还是苏青在听到衣繁夏父母名字后的强烈反应，都让衣繁夏察觉到一丝异样。

而更让衣繁夏怀疑的是，那天过后，很长一段时间，只要是能与苏青见面的场合，苏青都会躲得远远的。

那时已经临近寒假，感情发展顺利的谭苏阳和卫佳慧想来一场说走就走的旅行，一起外出游玩，卫佳慧第一个想到的便是衣繁夏。

两个人跑去水晶花圃的时候，晨安和衣繁夏正在复习功课，卫佳慧跑到他们面前，兴高采烈地建议道："我和谭苏阳想去南方小镇游玩，你们也一起去吧。"

对于卫佳慧的盛情邀请，晨安丝毫不给面子地拒绝道："不行，寒假过后没多久就要高考了，为了能和衣繁夏同在一所学校，没有考上远海学院前，我是不会松懈的。"

卫佳慧扫兴地撇了下嘴，将可怜兮兮的小眼神投向衣繁夏。

"不要看我，晨安已经做了决定，所以我得陪他一起复习功课。"衣繁夏笑眯眯地回答，彻底打破了卫佳慧想要四人同行的愿望。

"你们两个闷葫芦，在一起不会无聊吗？"卫佳慧没头没脑地吐槽着，嘴巴忽然被谭苏阳一把捂住。

谭苏阳冲着晨安和衣繁夏赔笑道："她最近被幸福冲昏了头，说话不经大脑。"转头狠狠地盯着卫佳慧，"你现在可以消停会儿了。"

经谭苏阳的提醒，卫佳慧也意识到自己的话有些过分，于是上前抱住衣繁夏的手臂："不准生我的气，我出去给你带好吃的回来。"

卫佳慧耍起宝就跟三岁孩童一样让人无奈，即便是再令人生气的话，衣繁夏也会被闹得哭笑不得。

"好了，你们玩得开心点儿，给我带点儿南方的小特产我就满足了。"衣繁夏刚

说完,余光刚好看到苏青从花圃的大门前一闪而过。

但是衣繁夏没有声张,更没有将自己心里的疑惑告诉晨安,她只是在心中画了一个大大的问号,因为在红豆粥里加入莲心和薄荷草是她母亲何静怡特有的做法,母亲去世后,父亲衣宁崎便按照这个配方偶尔做给她吃。可是这个配方苏青为什么会知道?当听到衣繁夏父母的名字时,苏青为何会有那样强烈的反应?如今苏青又为何选择躲避呢?

这让好不容易从一个个旋涡中爬出来的衣繁夏,又重新有了恐惧感,她本以为经历过种种不开心的事后,能找回些遗失的美好,可生活似乎并没打算让一切风平浪静。

Weitian Shaonü
Chu Xin Ji

第十二章

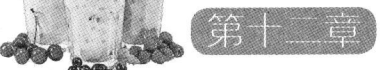

愿你我明媚，花开不谢

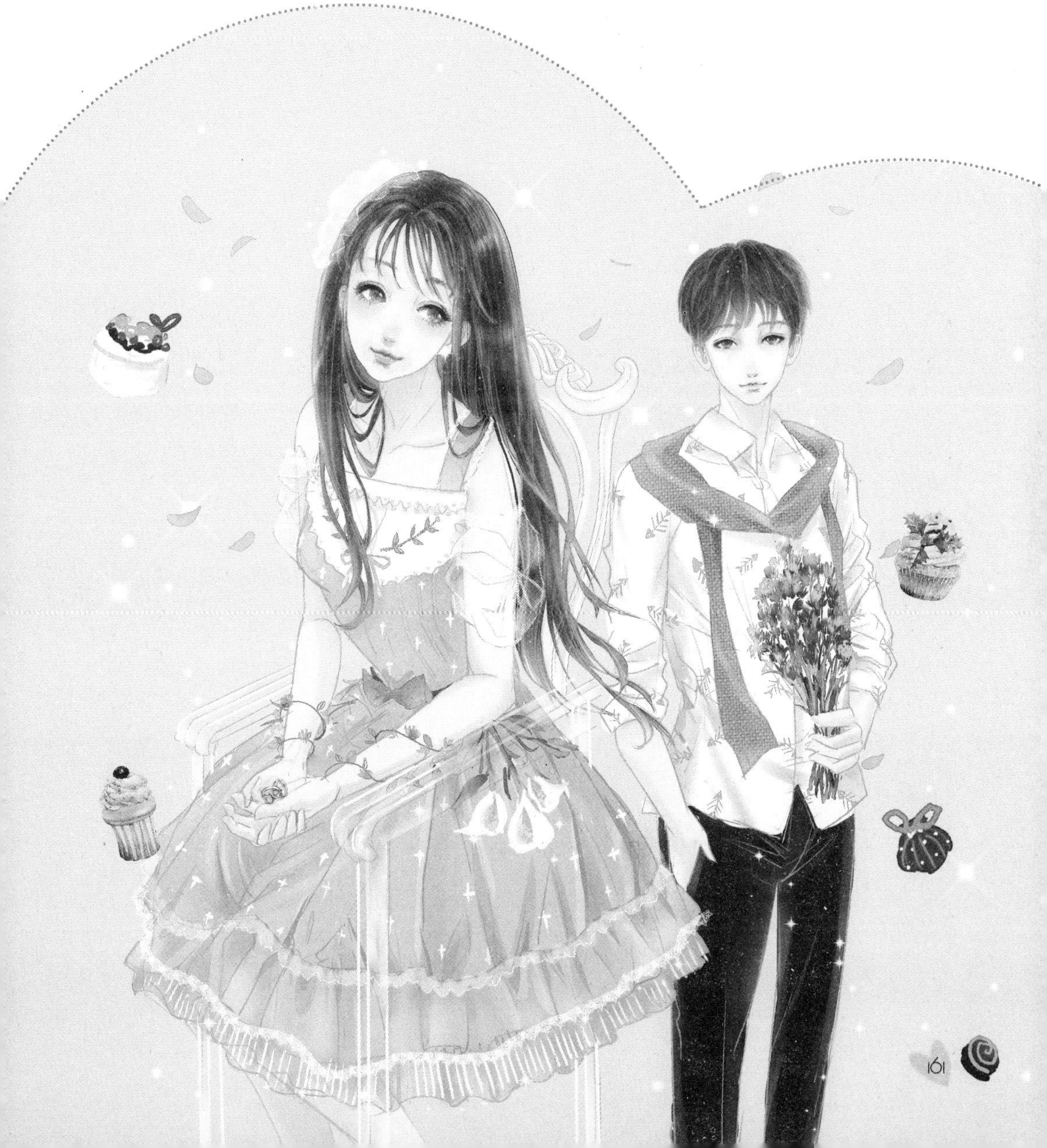

1

我愿与你携手走过余生，却总也敌不过命运给我们开的玩笑。即便错过是我们的必经之路，我依然希望你不要放开我的手。

谭苏阳和卫佳慧决定外出游玩的那天，是学校放假的第二天。

那时的衣繁夏已经搬去了自己在校外租的房，每天八点都会准时到远海市图书馆等晨安。

那天衣繁夏出来得早，一个人站在图书馆外闲逛，正想打开手机时，卫佳慧却打来了电话。

"繁夏，苏青好像在调查你！"

"你说什么？"

"今早我和谭苏阳收拾好背包准备离校时，看到苏青在校园里到处打听你的事情，而且我还看到她去办公楼找你的辅导员了。"

后面的话衣繁夏一句也听不进去，而远处是晨安正朝她招着手奔跑而来，此时阴沉的天空也落起了初雪，就如同她此时低落的心情。

衣繁夏默默挂掉电话，她昂起头，让冰凉的雪花肆意打在脸上，她现在终于确定了她的恐惧感真的来了，也更加确定苏青有事刻意隐瞒，但是苏青与比安奇一直生活在意大利，又怎么会认识她的父母呢？

正想着的时候，衣繁夏被晨安带到图书馆的大厅，语气中满是责备："天这么冷，还在外面淋雪，你就这么不爱惜自己吗？为了我，你也要好好照顾自己啊。"

衣繁夏努力挤出一个微笑，点着头，示意自己知道错了，然而实在按捺不住心中的好奇，她忽而看向晨安，问："我记得你妈妈是上海人，你知道她是什么时候来远海的吗？"

晨安努力地回想着，在他的记忆里，那些年在寻找父母身在何处的时候，他一直都将注意力集中在意大利，对于父母和出生地他从来没有去刻意打听过，他摇摇头："我还真不知妈妈是什么时候来的远海，你怎么突然问起这个？"

衣繁夏用微笑掩饰住自己的尴尬，回答道："我只是想，苏阿姨为了找你一定也吃了不少苦。"

衣繁夏禁不住撒了慌，毕竟这一切都只是自己的猜想，而且也没有弄清楚苏青

第十二章

愿你我明媚，花开不谢

是否真的在调查她的身世，她害怕这是一场误会，若此时被她毫无凭据地说出来，会让晨安变得很难堪。

"好了，那些伤心的事我们都不要再提了，现在不是已经越来越好了吗？"他拂去她长发上的雪花，霸道地拉着她的手腕朝自习室走去。

自习室内的暖气开得很足，冷热温差令玻璃窗上弥漫一片雾气，衣繁夏侧头偷瞄了眼正在认真做题的晨安，又心事重重地扭头看向窗外，抬手在玻璃上画出了两颗心，又在心中写出两人的名字。

"我看你最近越来越少女心了。"因为自习室内需要保持安静，所以晨安的声音极轻极低却又很是突然地响在耳畔，吓得衣繁夏猛地回头，冷不丁一头撞在他肩膀上。

衣繁夏恼羞成怒地推了他一下，低吼道："快点儿做题！"

安静下来的两人似乎内心都不平静，衣繁夏坐在座位上双手打着圈圈，晨安看出她的局促不安，悄悄用左手握住她的右手，那力道不重不轻，刚好让人很踏实。衣繁夏怕耽误他学习，极力挣脱，却被他更用力地握住，于是她便妥协了，只是静静地靠在他身旁，听着笔尖与纸张接触发出的"沙沙"声，她在心底告诉自己："算了，所有的烦恼就放到明天吧，今天、此刻，我只要幸福就好。"

整个寒假并没有发生特别的事情，只是苏青的躲避更加明显而已，衣繁夏也并不多言，就那样平静地与苏青和晨安相处着。三个人聚在一起吃饭的时候，已经是那一年的春节了。

为了和久未见面的衣繁夏相聚，斌威早早地从法国赶回远海市，看见前来接机的衣繁夏，两人紧紧地相拥在一起。

"好妹妹，这一年来辛苦你了，听吴叔叔说了你在大学里的事情，你就不能安安稳稳地做个淑女吗，查案是你做的事吗？"斌威毫不客气地教训起衣繁夏。

"想做就做咯。"衣繁夏难得恢复小女孩撒娇的模样，所以再次遇到亲近的人，自然也要卸下长久以来伪装的坚强。

斌威狠狠地拍了下衣繁夏的脑门："没人管你了是吧？我这次回来就不走了。"

"真的吗？"衣繁夏惊喜地追问斌威，"真的不走了？"

在国外的生活看似光鲜，可在斌威看来，那种思念故里和亲人的情感才是催促他归来的动力，他点点头："在法国学到了料理手艺，也攒下了一些积蓄，衣叔叔就是我的父亲，这里就是我的家，我应该替叔叔照顾你，给你更好的生活。"

被宠爱也是很幸福的一种感觉，衣繁夏笑得如蜜般甜，抱着斌威的手臂舍不得撒手。

两人并肩朝机场外走去，斌威突然停住脚步，问："怎么就你自己来了，晨安那小子呢？"

"他在帮忙收拾你的住处。"

斌威舒口气："我还以为你俩分手了呢。"

"哥！"衣繁夏大吼，眉宇间皱成一个"川"字，看来是真的生气了。

斌威也被她的举动吓了一跳，但转念便开怀大笑起来，也不安慰，更不求饶，反倒是夸赞道："我的妹妹真的痊愈了，什么社交恐惧症、心理压力、抑郁症全都好了。"

衣繁夏没好气地推开斌威的手："你才这病那病呢！"

"都会反驳了，也会表达不满了。"斌威收起一脸笑意，认真而欣慰地说道，"当初我都打算退掉去法国的机票，陪在你身边了。"

在衣繁夏的印象中，斌威是一心想去法国的，她不解地看着他。

斌威莞尔一笑："因为吴叔叔。"

原来，当年斌威在去法国的前一天，因为纠结去留，他特地找到吴叔叔想听听别人的意见。那时的衣繁夏刚查出父亲死亡的真相，又经历了晨安的失踪和死亡的消息，接连的打击让斌威打起退堂鼓，于情于理，他总觉得自己应该留在远海，待在衣繁夏的身边。可是，吴叔叔问了斌威一个问题："一个坠入河水中的人，倘若一直抱着一块石头，结果会怎样？"

聪明的斌威顿时理解了这个问题背后的意义。因为那时的衣繁夏就像是坠入河水中的人，来自自身的压力让她不愿意走出思想的束缚，痛苦、悲伤就像河水一样危险，而斌威就像那块石头，生活中他是她最坚实的后盾，可是在那一潭思想的河水里，能救她的只有衣繁夏自己，任何依靠都会让她继续逃避。

"所以你要离开，去到衣繁夏无法依靠你的地方，她才能真正地选择成长。"吴叔叔虽然也心疼衣繁夏，但依旧不得不这样狠心。

此时得知一切的衣繁夏，流下了滚烫的眼泪："谢谢，原来我的身边一直有这么多人在默默关心着我。"

的确，我们遇到的所有困难，即使现在觉得它如同高山一般难以越过，但请相信，在时光的细水长流中，那些高山总会被磨平，那些伤痛总会被治愈，一切都会悄无声息地过去。兄妹两人一路奔驰，归心似箭，连远海市的夜景，斌威都无暇欣赏。

直到回到自己的住处，斌威才感慨道："一切如旧啊。"

而此时，晨安已经将房间打扫得一干二净，看着两人站在门口，他张开双臂："欢迎回来。"

简单的一句话胜似千言万语，斌威也回敬他一个结实的拥抱，仿佛曾经的感情，刚发生过的事都尽在不言中。

"我买了些吃的，先填下肚子吧，明天就是春节了，家里就我和妈妈两个人，你们一起来过个团圆节吧。"晨安盛情邀请道。

听闻又要与苏青见面，衣繁夏的心里是抗拒的，可她还没有找到一个合适的理由，斌威就回道："好啊，毕竟是你母亲，而且一直那么照顾繁夏，作为她的哥哥，我应该亲自去道谢的。"

此时已经是晚上十点了，晨安穿好外套，嘱咐道："天不早了，我先回去，你们兄妹二人好好聊聊天，明天记得去吃饭，什么礼品都不许带。"

送走晨安后，斌威将衣繁夏叫到跟前，仔细打量着她的眼睛，直看得她心里发毛。

"你干吗呀？"衣繁夏以为是自己脸上有脏东西，不停地摩挲着。

斌威用手指点着下巴，根据自己的经验分析道："刚刚晨安提到他母亲苏青的时候，你脸上的表情明显黯淡许多，以我对你多年的了解，你这样的表情应该是说明，你对苏青是有抵触的，我说得对不对？"

衣繁夏摇摇头："等明天你见过苏青阿姨后，我再告诉你。"

斌威笑着揉了揉她的脑袋，在心里想着，看来苏青是个不好相处的人，也或许是繁夏太过敏感了吧，但他依旧对她宠爱有加："都依你。快去睡吧。"

然而那一夜，衣繁夏却怎么也睡不着，因为就在斌威回国的前一天，她求吴叔叔帮忙查询苏青的户口信息，结果令她大吃一惊——苏青的户口上显示的籍贯是远海市，而非上海市。

那么，苏青到底在隐瞒什么呢？作为晨安的母亲，看来有些事情的真相还没有真正浮出水面。

2

春节当天的清晨，远海市的上空便响起了此起彼伏的鞭炮声，大街小巷张灯结彩，好不热闹。

衣繁夏是被斌威生拉硬拽，万般无奈下才从床上爬起来的："哥，春节我们俩

在家吃饭好不好,或者我们送完礼物就回来?"

"答应过别人的事情就要做到,我昨天答应过晨安会去吃饭,阿姨做了一桌菜,我们让人家空等,是不是很没有礼貌呢?"斌威劝着衣繁夏,说得她无从反驳。

衣繁夏睡眼惺忪地盯着斌威:"去了趟法国,你做菜的手艺不知道有没有提高,嘴皮子倒是练得不错。"

"别啰唆,我们还要去买礼品,踩着午饭点儿到也是不礼貌的。"

衣繁夏无奈地叹口气,昨天还那么期待斌威留在远海市陪她一起生活,今天就被他唠叨得有些烦躁。

不过衣繁夏必须承认的是,只要有斌威在,大事小事都无须她过问,从出门打车,到去超市买礼品,全都由斌威一手包办,衣繁夏则像个小公主一样无忧无虑地跟在他身后,吃着平常不爱吃的零食。

两人赶到苏青远在郊区的洋楼时,正好是午间十一点,晨安在门口放了一挂鞭炮,迎接他们的到来,而屋内也是充斥着饭菜的香味。

斌威凑近一看,虽然不是山珍海味,却也是荤素搭配,色香味俱全,他咽了下口水,忍不住赞叹:"阿姨,您这手艺不输五星级大厨啊,在国外待了那么久,您这一桌菜真是勾起我胃里的馋虫了。"

一个人过惯了清静的生活,苏青难得听到这样的赞美,于是笑呵呵地附和道:"你这孩子就别哄我了,论起做菜你可是从法国学成归来的,是真正的行家,我这只是家常便饭而已。"

"我再怎么厉害,也都是衣叔叔的功劳。"斌威谦逊地说道。

苏青不失礼貌地笑了两声,谈笑间四人全都入席而坐,衣繁夏扫了一眼餐桌,果然没有红豆粥的身影。

显然这一点晨安也发现了,在倒果汁的间隙,他看向苏青,问:"妈,今天怎么没做红豆粥?"

苏青捋了下耳根后的头发,笑着解释道:"今天太忙了,没来得及做。"

"妈,做一次吧,真的很想喝你做的红豆粥,而且今天斌威来了。"晨安孩子般哀求的样子让苏青不忍拒绝。

毕竟每一位母亲对自己孩子提出的要求,都是尽力满足的,苏青点点头:"你们先吃,粥很快就能喝。"

饭桌前,晨安和斌威两人聊得不亦乐乎,衣繁夏只顾埋头往嘴里塞着食物……

166

第十二章
愿你我明媚，花开不谢

大约过了二十分钟，苏青将四碗盛好的红豆粥端到桌前，衣繁夏并没有要吃的打算，晨安和斌威倒很是迫不及待。

然而吃过一口红豆粥后，斌威诧异地看向衣繁夏，和她当初的反应一样，也忍不住多品尝了两口，直到他确定了那味道无疑后，才开口问道："苏阿姨，能冒昧地请教您，您这红豆粥是跟谁学的吗？"

苏青脸上的笑显得尤为僵硬，但语气依旧保持平稳："一位故人。"

"能问下这位故人的名字吗？"斌威继续追问。

苏青惨白的脸上掠过一丝笑容，委婉地拒绝道："过去的事情我不想再提了。"

简短的对话后，一桌人都陷入了长久的沉默中。这一次，连晨安也察觉到了这红豆粥的异样之处，因为方才斌威那样的表情，也曾出现在衣繁夏的脸上。

四个人各怀心事地吃完了那顿团圆饭后，衣繁夏和斌威便先行离开了，晨安信步挪到厨房边，对着忙碌的母亲质问道："妈妈，你是不是有事情瞒着我？"

苏青轻松一笑："怎么会？我现在只觉得生活满足而幸福，虽然失去了你父亲和晨笙，可我还有你，这就是我生活的全部，你只要相信妈妈就好。"

"那为什么斌威问你故友是谁的时候，你要避而不谈呢？那碗红豆粥里到底藏了什么秘密？"晨安一向聪明，分析能力极强，更何况苏青那些不自然的表情，根本逃不过他的眼睛。

当然，一个人若真想隐瞒一件事，那么无论是谁都无法撬开压住秘密的大石。而苏青自然不会将自己苦苦隐藏的东西和盘托出。

所以要想找到秘密的源头，这项任务眼下只能落在衣繁夏的身上了。

回去的路上，斌威与衣繁夏一前一后地走着，他突然转过身问道："苏青做的红豆粥里有莲心和薄荷草的味道，你也喝出来了对不对？"

"是，我喝出来了！"衣繁夏回答得斩钉截铁。

就在两人对话的时候，晨安急匆匆地追上他们，只见他眉头紧皱，疑惑地问："你们能告诉我红豆粥到底有什么故事吗？"

两个人面面相觑，最后还是由斌威说出了缘由——

当年衣繁夏的母亲何静怡嫁给衣宁崎时并不会做饭，而衣宁崎每天又忙碌着不回家，何静怡就只好自己学习熬粥。那时只有三岁的衣繁夏整日哭喊，嘴角因为上火起了一圈的水疱，为了给女儿去火，她特意在红豆粥里加上莲心和薄荷叶，哪想到几味食材放在一起混煮，味道竟出奇地好，小衣繁夏也吃上了瘾。后来何静怡去

世后,衣宁崎偶尔也会做给两兄妹吃,只是味道差了一些。

听完斌威的讲述,晨安提出自己的疑问:"会不会只是巧合呢?"

"不,红豆粥里加薄荷很少有人会这么做,即便这是巧合……"衣繁夏本不愿再说下去,可又一想,事到如今也没有什么可隐瞒的了,于是她继续补充道,"那你母亲暗中调查我的事又该怎么解释呢?就在我吃过她做的红豆粥并说出我父母的名字后,这应该不只是巧合吧。"

晨安不再说话,他一遍遍在大脑中回想着近来发生的一切,忽然想到孙奶奶曾在凉亭里跟他说过的话——幸福稍纵即逝,越是一味沉浸其中,待到破灭时,你会更痛苦的。

晨安这才想明白,或许她当时那句话是意有所指,恰好与红豆粥有某种关联。

"孙奶奶或许知道什么,我这就去找她,有消息我再联系你们。"说完,晨安便招手叫停一辆出租车,一路朝水晶花圃疾驰而去。

但晨安似乎来晚一步,他找遍了整个花圃,都没有发现孙奶奶的踪影,而她平时休息的小屋收拾得一尘不染,一些换洗的衣服都不见了,而书桌上只留着一张给晨安的字条,上面写道:我回意大利了,孩子,如果此处太辛苦,你可以来我这里。

晨安赶紧拨打孙奶奶的手机,一连打了三次都是无人接听的状态,他"扑通"一声坐在身后的沙发上,双手抱头,一遍遍问自己:"怎么办?怎么办?"

此时晨安依然不知一碗红豆粥会引发怎样的山崩海啸,但他隐约觉察到,一团迷雾正在向他们三人袭来,并且这团迷雾或多或少都会带来一些伤害。那么,为了避免这些伤害,真的要选择离开吗?

晨安捶胸叩问自己,失忆的那一年里,他已经让衣繁夏痛不欲生过了,如果再次弃她而去,他都无法再原谅自己。所以他给自己的答案是,不管迎面而来的是怎样的困难,他都要与衣繁夏并肩前行!

翌日清晨,晨安早早来到花圃中,刚准备走进花田时,身后瞬间响起衣繁夏的吼声,只见她叉着腰,声色俱厉道:"晨安,距离考试还有几天啊,你还不去学习!"

晨安一怔,满心欢喜地跑向她:"那天看你的语气,我还以为你不要我了呢。"

衣繁夏面露内疚之色,匆忙解释:"你是你,永远都是我的晨安,不会因为任何事的出现而改变的。"

听了她的话,晨安内心一阵感动,他冷不丁地抱住她:"繁夏,不管多艰难、多痛苦,我们都不要放开彼此的手好不好?只要有你在,我不惧怕任何困难!"

衣繁夏用力点着头,给了他无声却最有力的回答。

当耳畔再次响起卫佳慧那银铃般的笑声时,衣繁夏便知道,寒假已过,又要开学了。

初春时节的远海市,已经渐渐回暖,那时远海学院的图书馆也已建成投入使用,卫佳慧和谭苏阳依旧过着欢喜而吵闹的生活,而衣繁夏和晨安则将补课的地点彻底搬到了学校的图书馆里。

生活一下归于平静,而关于红豆粥的故事似乎也因高考的临近变得模糊了。至于斌威,他在远海市最繁华的街区租下一间100平米的房子,经过一番装修,变成极有品位的西餐厅。

虽然做起了餐厅老板,但斌威对衣繁夏的关心一点儿没少,为了给她改善伙食,每个周六斌威都要歇业一天,不辞辛苦地给她送便当,香煎三文鱼、奶油蘑菇汤……馋得晨安都吃起了醋,每每见到斌威都会赌气道:"到底咱俩谁是她的男朋友啊?"

不过看在晨安要备战高考的分上,斌威也并不与他斗嘴,反倒一改常态,每次都多准备一份美食,三个人的相处也变得欢乐而和谐。

3

时光总是过得很快,在盛夏来临的前夕,晨安终于迎来高考。

高考的那天衣繁夏特地请了假,带着水和面包一直蹲守在考场外,她猛地一回头,看见苏青抱着一个饭盒站在马路边,并朝她走来。

"天太热,我给晨安带了冰镇红豆粥,你也喝点儿吧。"苏青说着已经打开饭盒,往小碗中倒着。

衣繁夏本想拒绝,可苏青已经将粥碗递到了她面前,她只好接过碗和汤匙,象征性地喝了一口,但那红豆粥的味道的确是很美味,炎炎夏日,冰凉香甜,她竟忍不住一口气喝下半碗。

夹杂在熙熙攘攘的考生家长的队伍中,衣繁夏和苏青显得格外沉默,直到临近中午,考试结束,两个人毫无交流。而走出考场的晨安看着母亲和衣繁夏,心里疼惜,嘴上却抱怨她们:"我又不是小孩子,大热天你们就不要这么辛苦地跑过来了。"

衣繁夏莞尔一笑,默不作声,只是听着他们母子两人的交谈,她四处找寻着,

刚才被苏青抱在怀中的饭盒，此时已经不知去向了。

但衣繁夏并没有多想，看苏青坚持要带晨安去吃饭，并不想一同前往的她，找理由推托道："我是请假来的，下午还有课，我得赶回学校，还是你们去吧。"临走前，她还不忘对晨安做了个加油的手势，"放平心态哦，我等你。"

后来的两天，衣繁夏都一直待在学校里，一是为了不让晨安考试分心，二是那几天她总觉得自己身体乏力，整个人都昏昏沉沉的。

那天起床，也不知怎么的，衣繁夏身子一晃，径直朝前面倒去，幸好靠着仅存的力气，双手拉住了双人床的护栏，感觉到床体晃动，上铺的卫佳慧好奇地探出头，见衣繁夏状态不对，关切地问道："你怎么了？"

衣繁夏闻声，吃力地抬起头："可能是天气太热的原因，躺会儿应该就好了。"

此时的天气并没有热到令人中暑的程度，可衣繁夏的脸上不仅惨白无血色，而且额头上渗满汗水，卫佳慧从床上跳下来，摸摸她额头，温度尚算正常，可安全起见还是建议道："我陪你去医务室吧。"

衣繁夏摆摆手，连说话的力气都没了，她指着书桌，吐出一个字："水……"

卫佳慧将水递给她后，匆匆跑去医务室买了一瓶治疗头晕的药，回来喂她吃下后，状况倒是得以缓解。而得知衣繁夏生病的消息后，斌威第一时间为她请假，将其带回家中调养。奈何衣繁夏倔脾气，不愿再进医院，斌威拗不过只得由着她，不过好在有斌威照顾，休息半个月后，她的精神渐渐好转起来。

那段时间，水晶花圃进入了打理花草的关键时期，晨安每天在花田忙碌完后，再赶末班公交车去看衣繁夏。

那天已经是晚上八点了，衣繁夏看了眼时间，心情失落地想晨安今天大概不会来了，可是刚想完门铃便响了，她跑去开门，果然是晨安！

只见晨安怀中抱着一束粉色的香槟玫瑰，左手里还晃着一张写有"远海学院录取通知书"字样的卡片，没等衣繁夏问出口，他便兴高采烈地说："繁夏，我给你的承诺都实现了，我们终于在同一所大学里了。"

衣繁夏激动地点着头，可刚向晨安迈出一步，她只觉眼前一黑向前摔去，整个人便失去了直觉。

"繁夏，繁夏……"晨安抱着她，一遍遍喊着她的名字，瞬间急出一身冷汗，他努力告诫自己要冷静，可连按急救电话都需要用尽全身的力气。

救护车一路鸣笛，晨安却觉得那一路走得极其漫长，看着双眼紧闭的衣繁夏，他忽然好害怕失去她，那一路他都在默默地祈祷，深深地自责。

十分钟后，救护车停在了远海市立医院的急诊室门前，此时斌威、卫佳慧和谭苏阳全都赶来了。

"怎么会突然晕倒呢？"三个人将晨安团团围住，异口同声地问道。

晨安紧紧攥拳，还没从惊慌中回过神，说道："繁夏给我打开房门后，我刚说完话，她就毫无征兆地晕倒了，当时只觉得她脸色苍白，却没想到会这样严重。"

谭苏阳拍了拍晨安和斌威的肩膀，安慰道："放心吧，繁夏不会有事的。"

然而此时所有的安慰都无济于事，除了等，他们无能为力。

深夜的医院，寂静得让人心慌，悠长而明亮的走廊上，晨安和斌威来回踱步，正在四个人的心都揪作一团时，急诊医生从诊室里走出来。

"她怎么样了？"

医生推了下眼镜，说："初步推断是白砷慢性中毒。"

"中毒？"四个人同时惊叹道。

与如何中毒相比，晨安更加着急衣繁夏此时的处境，他拽住医生，追问道："那她现在脱离危险了吗？"

医生摇摇头："还处在昏迷中，我们已经用了10%的硫代硫酸钠静脉注射，以辅助肾排泄，剩下的尚需观察。"

医生走后，斌威疑惑地分析着："她这些日子都在家中休息，怎么可能会白砷慢性中毒呢？"

卫佳慧也在努力回忆着："等下，半个月前的早上，我记得衣繁夏就差点儿晕倒，我还给她买了头晕药，如果是慢性中毒的话，那时她便已经中毒了？"

几人围在一起继续推算时间，半个月前，正是晨安参加高考的日子，他努力回想着与衣繁夏相处的一幕幕，如果要说她哪里与平日不太一样的话，应该是他高考第一场结束后，在考场外遇到衣繁夏和母亲苏青了。

"我记得那天，衣繁夏的脸也是像今天这样惨白，话也不多，看上去全身无力的样子，我以为她是在外面等得疲惫了，哪想到会是这样……"晨安自责地蹲在地上，不停捶打着自己的脑袋。

斌威制止他的自虐举动："好了，现在医生也用了药，我们着急也没用。"他看向卫佳慧，请求道，"除了我，繁夏没有什么亲人，我白天晚上都会留在这里照顾她，可她毕竟是女孩子，有些事我做起来不方便，能麻烦你这段时间多来几趟吗？"

"这个时候你就别见外了，衣繁夏是我最好的朋友，我当然要来照顾她了。"卫佳慧抹了一把眼泪，忍不住朝病房里面看去。

而晨安"噌"地从地上站起来，睁着泛红的双眼说："陪护算我一个，不过我一定会查出给她下毒的人！"

那一晚是斌威留在医院陪护的，晨安跟着卫佳慧走出医院后，小声叫住她："第一天高考那天，衣繁夏中午回到宿舍有说过什么吗？"

卫家慧想了一会儿，慢吞吞地回答道："好像……好像说过喝了一碗红豆粥，还一直跟我夸红豆粥冰镇后更好喝。"卫佳慧歪着脑袋，不解地问，"莫非是这碗红豆粥有什么问题？"

此时晨安的心底似乎有了答案，他疯了一样跑出医院，他要回家，他要见他的母亲！从出租车上下来，他一口气跑到家门口，像一头失去心智的猛兽一样胡乱地捶打着大门。然而为晨安打开门的并不是母亲苏青，而是另有其人。

晨安诧异地看着眼前人，疑惑地问道："孙奶奶，你不是回意大利了吗？"

孙奶奶叹一口气，转身望着房内哭泣的苏青，口中一遍遍地念着："该来的谁也逃不掉。"

晨安走向哭倒在地的苏青，开口叫道："母亲，那碗红豆粥里的毒药是您放的吗？"

苏青抬起头，她只是一味地哭，那让人心碎的哭声中，夹杂着委屈、怨恨……

晨安不敢再问下去，于是转过身走出家门，他不知道衣繁夏何时能醒过来！母亲想要害衣繁夏的目的是什么？而那位曾经在意大利救过自己，又一直身份神秘的孙奶奶，究竟与他有何渊源？而那句"该来的谁也逃不掉"又蕴藏着什么含义？

晨安望着天空，将颈前的那枚云崖石戒指紧紧地握在手心中，他看了一眼房前开得正茂盛的紫色鸢尾花，在心底默默为衣繁夏祈祷着：你一定要像这鸢尾花一样生命顽强，我还等着你与我一起去解开那些未知的谜团，陪你走在青春的长河里，看那一路花开明媚，见证我们的花漾青春。

——本季完——